Quand Dieu
était un lapin

Sarah
WINMAN

Quand Dieu était un lapin

ROMAN

*Traduit de l'anglais
par Mathilde Bouhon*

Titre original :
WHEN GOD WAS A RABBIT

Éditeur original : Headline Publishing Group

© Sarah Winman, 2011

Pour la traduction française :
© Flammarion, 2013

Pour papa

Je découpe ma vie en deux parties. Pas vraiment un « avant » et un « après », mais plutôt deux extrémités contenant des années flasques de méditations vides, celles de l'adolescente et de la jeune fille engoncée dans un manteau de maturité mal ajusté, tout simplement. Des années d'errance que je ne perds aucun temps à me remémorer.

Lorsque je parcours les photos de cette époque, j'y note ma présence, debout devant la tour Eiffel ou la statue de la Liberté, par exemple, ou encore les pieds dans la mer, souriant et faisant un signe de la main ; mais de telles expériences, je le sais à présent, étaient accueillies avec cette nuance morne de désintérêt qui affadissait jusqu'aux arcs-en-ciel.

Elle n'apparaît nulle part durant cette période, et je m'aperçois que c'était elle, la couleur manquante. Elle s'est emparée des années de part et d'autre de cette attente pour les brandir tels des flambeaux. Lorsqu'elle est arrivée dans ma classe par un triste matin de janvier, on aurait dit le Nouvel An incarné ; la promesse même d'un au-delà. Mais j'étais la seule à le voir. Les autres, entravés par la convention, la trouvaient au mieux risible, au pire méprisable. Elle était d'un autre monde ; différente. Tout comme je l'étais alors, secrètement. Elle était ma pièce manquante – mon numéro complémentaire.

Un jour, elle s'est tournée vers moi en disant « regarde », avant de tirer cinquante pence tout neufs de son avant-bras. J'ai vu le bord aplati de la pièce pointer sous sa peau comme une agrafe. Elle ne l'avait pas matérialisée de nulle part, ni sortie de sa manche – tout ça, c'était du déjà-vu –, non, elle l'avait littéralement extraite de sa peau, laissant une cicatrice sanglante. Deux jours plus tard, la marque avait disparu ; les cinquante pence, pourtant, résidaient toujours dans sa poche. Et c'est là que tout le monde refuse de croire à mon histoire. La pièce portait une date étrange. Antidatée de dix-neuf ans : 1995.

Je ne m'explique pas ce tour de magie, pas plus que je ne m'explique son habileté soudaine à jouer du piano, ce matin-là, à l'église. Personne ne lui avait enseigné ces passe-temps. On aurait dit qu'elle pouvait contraindre son esprit au talent et, par la seule force de la volonté, atteindre un niveau de compétence aussi inattendu que temporaire. J'en étais le témoin émerveillé. Mais ces moments n'existaient que pour mes seuls yeux : comme des preuves, pour ainsi dire, afin que je la croie le moment venu.

Première partie

1968

J'ai décidé de faire mon entrée dans ce monde alors même que ma mère descendait du bus qui la ramenait d'une excursion stérile à Ilford où elle était allée échanger un pantalon. Distraite par mes changements de position, elle n'avait pu choisir entre des jeans patchwork et des pattes d'eph en velours ; craignant de me faire naître dans un grand magasin, elle avait regagné tant bien que mal le havre de son code postal, où elle avait perdu les eaux au moment précis où les cieux s'étaient déchirés. Et pendant les soixante et quelques mètres de marche qui la séparaient de notre maison, son liquide amniotique s'était mélangé à la pluie de décembre pour aller tourbillonner dans le caniveau jusqu'à ce que le cycle de la vie s'en trouve fondamentalement et, si j'ose dire, poétiquement bouclé.

J'ai été mise au monde dans la chambre de mes parents, sur un édredon remporté dans une tombola, par une infirmière en dehors de ses heures de service, et lorsque, après quelque vingt-deux minutes de travail, ma tête est apparue, l'infirmière a crié « Poussez ! », mon père a crié « Pousse ! », ma mère a poussé, et j'ai glissé sans encombre dans cette année légendaire. L'année où Paris est descendu dans les rues. L'année de l'offensive du Têt. L'année où Martin Luther King a perdu la vie pour un rêve.

Des mois durant, j'ai vécu dans un monde tranquille de désirs comblés. Chérie, choyée. Enfin, jusqu'au jour où le lait de ma mère s'est tari pour laisser la place au flot de chagrin qui s'est soudain emparé d'elle lorsqu'elle a appris la mort de ses parents pendant une randonnée en Autriche.
L'événement avait fait la une des journaux. L'accident terrible qui avait coûté la vie à vingt-sept touristes. La photographie pleine de grain d'un autocar détruit, pendu entre deux pins comme un hamac.
Seul le guide allemand avait survécu au crash, occupé à essayer un nouveau casque de ski au moment de l'impact – à l'évidence, l'objet lui avait sauvé la vie. Alité dans son hôpital viennois, il avait plongé ses yeux dans la caméra de télévision tandis qu'on lui administrait une nouvelle dose de morphine pour dire que, aussi tragique qu'eût été l'accident, le repas venait d'être servi, aussi tout le monde était mort heureux. À croire que le traumatisme induit par les rebonds successifs dans la crevasse rocailleuse avait effacé sa mémoire. À moins qu'un estomac rempli de beignets et de *strudel* n'amortisse réellement les chocs ? Nous ne le saurions jamais. Mais la caméra de télévision s'était attardée sur son visage tuméfié, espérant y glaner pour les familles bouleversées restées chez elles un éclair de lucidité sensible qui n'est jamais venu. Ma mère était restée en état de choc tout le long de ma deuxième année et une bonne partie de la troisième. Elle n'avait aucune histoire à rapporter, aucune anecdote concernant

mon apprentissage de la marche ou mes premiers mots ridicules, bref le genre d'événements qui vous donnent les indices de l'enfant en devenir. Le quotidien demeurait flou ; une fenêtre brumeuse qu'elle n'avait nulle envie d'essuyer.

« What's Going On », chantait Marvin Gaye, mais personne n'aurait su lui dire ce qui se passait réellement.
Pourtant, c'est l'instant qu'a choisi mon frère pour me prendre la main. Et me prendre sous son aile en m'attirant dans son monde.

Il s'était promené en périphérie de ma tendre enfance telle une lune en orbite, suspendue entre les forces d'attraction alternées de la curiosité et de l'indifférence. Sans doute les choses n'auraient-elles jamais changé si le Destin n'était entré en collision avec un car tyrolien en cette après-midi aussi tragique que déterminante.
De cinq ans mon aîné, il était doté d'une chevelure blonde et bouclée aussi insolite à notre famille que la voiture neuve que mon père achèterait plus tard. Il était différent des autres garçons de son âge ; une créature exotique qui, la nuit, essayait en cachette le rouge à lèvres de ma mère pour consteller mon visage de baisers imitant l'impétigo. C'était là son exutoire contre un monde conservateur. La timide rébellion du donné perdant.
Je me suis épanouie pour devenir une enfant curieuse et compétente, capable de lire ou d'épeler les mots dès l'âge de quatre ans et de tenir des conversations généralement réservées aux enfants de huit ans. Je n'avais pas été soudain visitée par la précocité ou le génie, mais simplement influencée

par ce frère aîné, alors accro à la prose de Noël Coward et aux chansons de Kander et Ebb. Il proposait une alternative haute en couleurs à nos vies déjà toutes tracées. Chaque jour qui passait, alors que j'attendais son retour de l'école, mon désir se faisait tendu, physique. Je ne me sentais jamais tout à fait entière sans lui. En vérité, je ne le serais jamais.

« Est-ce que Dieu aime tout le monde ? » ai-je demandé à ma mère en passant le bras par-dessus le bol de céleri pour attraper la dernière tête-de-nègre. Mon père a levé le nez de ses papiers. Comme toujours quand on évoquait Dieu. Un réflexe, comme s'il s'attendait à recevoir une gifle.

« Bien sûr, a répondu ma mère en interrompant son repassage.

— Est-ce qu'il aime les meurtriers ? ai-je poursuivi.

— Oui », a-t-elle répondu.

Mon père lui a jeté un regard en claquant bruyamment la langue.

« Et les voleurs ? ai-je demandé.

— Aussi.

— Et le caca ?

— Le caca n'est pas un être vivant, ma chérie, a-t-elle répondu avec le plus grand sérieux.

— Mais si c'était le cas, est-ce que Dieu l'aimerait aussi ?

— Je pense que oui. »

Cela me faisait une belle jambe. À croire que Dieu aimait tout, sauf moi. J'ai effeuillé la dernière courbe de chocolat, exposant le monticule de guimauve blanche et son cœur de confiture.

« Tout va bien ? m'a demandé ma mère.
— Je veux plus aller au catéchisme.
— Alléluia ! s'est exclamé mon père. Ravi de l'entendre.
— Mais je croyais que ça te plaisait ? a fait remarquer ma mère.
— Plus maintenant, ai-je expliqué. Tout ce que j'aimais, c'étaient les chants.
— Tu peux chanter ici, a dit mon père en retournant à sa paperasse. Tout le monde peut chanter dans cette maison.
— Il y a une raison particulière à cela ? a demandé ma mère, qui avait senti que je cachais quelque chose.
— Non.
— Tu n'as vraiment rien à me dire ? a-t-elle murmuré en me prenant la main. (Elle s'était mise à lire un essai américain sur la psychologie enfantine. Lequel nous enjoignait de parler de nos sentiments. Ce qui nous poussait à la boucler.)
— Non », ai-je persisté, bouche cousue.

Il s'agissait d'un simple malentendu. Je n'avais fait que suggérer que Jésus Christ était peut-être un accident, c'est tout ; une grossesse non désirée.

« Non désirée, juste Ciel ! s'était écrié le pasteur. Et où donc vas-tu chercher pareille fange blasphématoire, petite mécréante ?
— J'en sais rien, avais-je répondu. Une idée, comme ça.
— "Une idée comme ça" ?! Penses-tu sincèrement que Dieu aime ceux qui remettent en question son Divin Projet ? Je vais te dire, moi, ma petite demoiselle : ce n'est pas le cas, avait-il proclamé, le bras pointé en direction de mon lieu de bannissement. Au coin ! »

Et j'avais rejoint la chaise face au mur vert, humide et effrité, où j'étais restée assise, repensant à cette nuit ou mes parents s'étaient glissés dans ma chambre pour me dire : « Il y a quelque chose dont nous aimerions te parler. Quelque chose que ton frère n'arrête pas de répéter à ton sujet. Comme quoi tu serais un accident.

— Oh, ça, avais-je fait.

— Eh bien, c'est faux, avait dit ma mère. Tu n'étais pas un accident ; tu n'étais juste pas prévue. Nous ne t'attendions pas vraiment. Ou plutôt, nous ne nous attendions pas à ta venue.

— Comme M. Harris ? (un homme qui semblait toujours connaître le moment précis où nous allions passer à table.)

— Un peu, oui, avait dit mon père.

— Comme Jésus ?

— Tout à fait, avait répondu ma mère avec insouciance. Comme Jésus, exactement. C'était un miracle quand tu es venue ; le plus beau miracle qui soit jamais arrivé. »

Mon père a rangé ses papiers dans sa mallette usée avant de s'asseoir près de moi.

« Tu n'es pas obligée d'aller au catéchisme ni à l'église pour que Dieu t'aime, a-t-il dit. Ou qui que ce soit d'autre, d'ailleurs. Tu le sais, n'est-ce pas ?

— Oui, ai-je répondu, pas convaincue.

— Tu comprendras mieux quand tu seras plus grande. »

Mais je n'avais pas la patience d'attendre. J'avais déjà résolu que si ce Dieu ne pouvait m'aimer, alors j'avais intérêt à en trouver un autre plus à même de le faire.

« Ce qu'il nous faudrait, c'est une nouvelle guerre, a dit M. Abraham Golan, notre nouveau voisin. Les hommes ont besoin de guerres.
— Les hommes ont besoin de cerveaux, oui », a répliqué sa sœur Esther en m'adressant un clin d'œil tandis qu'elle passait l'aspirateur autour de ses pieds, avalant un lacet défait, ce qui a entraîné la rupture de la courroie de l'appareil et rempli la pièce d'une odeur de caoutchouc brûlé. J'aimais bien l'odeur du caoutchouc brûlé. Et j'aimais bien M. Golan. J'aimais le fait qu'il vive avec sa sœur en dépit de son âge, et non avec une épouse. J'espérais que mon frère ferait le même choix, une fois ce lointain moment venu.

M. Golan et sa sœur s'étaient installés dans notre rue en septembre, et dès décembre ils avaient illuminé chacune de leurs fenêtres de chandelles, proclamant leur foi dans un étalage de clarté. Adossés contre le mur, mon frère et moi avions regardé le van Pickford bleu arriver par un doux week-end. Nous avions observé les caisses et les meubles transportés sans ménagement par des hommes, la cigarette au bec et le journal coincé dans la poche arrière.

« On dirait que quelqu'un est mort dans ce fauteuil, avait dit mon frère en le regardant passer.
— Comment tu le sais ?
— Je le sens. »

Il s'était tapoté le nez, comme pour indiquer un sixième sens, même si les cinq autres s'étaient souvent avérés peu fiables.

Une Zephyr noire s'était garée, mal, sur le trottoir devant chez nous, et un vieil homme en était sorti, l'homme le plus vieux que j'eusse jamais vu jusque-là. Les cheveux blancs comme neige, il portait une veste de velours côtelé crème qui pendait sur ses épaules comme une peau lâche. Il avait parcouru la route des yeux avant de se diriger vers sa porte d'entrée. Et de s'arrêter à notre hauteur pour nous saluer d'un « Bonjour ». Il avait un drôle d'accent – hongrois, comme nous l'avons appris plus tard.

« Vous êtes vieux, avais-je répondu. (Je voulais dire « bonjour ».)
— Vieux comme le monde, s'était-il esclaffé. Comment t'appelles-tu ? »

Je lui avais dit mon nom et il m'avait tendu une main que j'avais serrée avec une grande fermeté. J'avais quatre ans, neuf mois et quatre jours. Il en avait quatre-vingts. Et pourtant, la différence d'âge s'était dissoute aussi spontanément qu'un cachet d'aspirine plongé dans l'eau.

Bien vite, j'avais rejeté la norme en vigueur dans le quartier au profit de l'univers illicite de M. Golan, avec ses chandelles et ses prières. Chaque chose était un secret, que je gardais comme un œuf fragile. Il me disait qu'on ne pouvait rien utiliser les samedis en dehors de la télévision, et quand il revenait du *shul* nous mangions des plats exotiques – des plats que je n'avais jamais goûtés de ma vie – des plats comme le pain *matzo* ou le foie haché ou le hareng ou encore les boulettes de *gefilte fish*, des plats qui, selon lui, « évoquaient des souvenirs du vieux pays ».

« Ah, Cricklewood », disait-il alors, essuyant une larme de ses yeux bleus chassieux, et ce n'est que plus tard dans la soirée que mon père venait s'asseoir au bord de mon lit pour m'informer que Cricklewood ne partageait aucune frontière avec la Syrie ou la Jordanie et qu'elle ne possédait à coup sûr aucune armée.

« Je suis juif, m'avait dit M. Golan un jour, mais je suis avant tout un homme », et j'avais acquiescé comme si je savais ce qu'il voulait dire. Au fil des semaines, j'écoutais ses prières, son *Shema Yisrael*, en pensant que Dieu ne pouvait manquer de répondre à de si merveilleux sons, et souvent il prenait son violon, laissant les notes porter sa parole jusqu'au cœur du Divin.

« Tu entends comme il pleure ? me demandait-il alors que l'archet glissait sur les cordes.

— Mais oui, mais oui », répondais-je.

Je restais assise là des heures, écoutant la musique la plus triste qu'oreille puisse supporter, et regagnais souvent la maison incapable de manger, incapable même de parler, mes jeunes joues envahies d'une lourde pâleur. Ma mère s'asseyait alors à mes côtés en me demandant, « Qu'y a-t-il ? Tu ne te sens pas bien ? » Mais qu'aurait pu répondre une enfant qui commençait à comprendre la douleur de son prochain ?

« Elle ne devrait peut-être pas passer autant de temps avec le vieil Abraham, entendais-je mon père dire devant ma porte. Il lui faut des amis de son âge. » Mais je n'avais pas d'amis de mon âge. Et je ne pouvais me détacher de lui.

« La première chose dont on a besoin, c'est d'une raison de vivre », a dit M. Golan en regardant les petites pilules colorées qui roulaient dans sa paume avant de les avaler en vitesse. Puis de s'esclaffer.

« OK », ai-je répondu en riant aussi, même si la crampe dans mon estomac serait identifiée par un psychologue, des années plus tard, comme un signe de nervosité.

Il a alors ouvert le livre qu'il transportait partout en disant :

« Sans raison, quel intérêt ? Il faut un but à l'existence, afin de pouvoir endurer la douleur de la vie avec dignité, de nous donner une raison de continuer. Son sens doit pénétrer nos cœurs et non nos esprits. Nous devons comprendre le sens de notre souffrance. »

J'ai contemplé ses vieilles mains, aussi sèches que les pages qu'il tournait. Il ne me regardait pas, il fixait le plafond, comme si ses idéaux étaient déjà en partance pour le ciel. N'ayant rien à dire, je n'avais d'autre choix que de rester coite, prise au piège de pensées si complexes à saisir. Ma jambe, pourtant, s'est rapidement mise à me démanger ; un petit ruban de psoriasis, qui avait trouvé refuge sous ma chaussette, commençait à s'enflammer, à enfler, et je ressentais un besoin urgent de le gratter – lentement tout d'abord, puis avec une vigueur vorace qui a dissipé la magie régnant dans la pièce.

M. Golan m'a regardée, un peu confus.

« Où en étais-je ? » m'a-t-il demandé.

J'ai hésité un instant.

« À la souffrance », ai-je répondu à voix basse.

« Vous ne voyez pas ? » ai-je lancé plus tard dans la soirée, tandis que les invités de mes parents se rassemblaient autour du poêle à fondue. Le silence s'est abattu sur la pièce, tout juste troublé par le doux gargouillis du mélange de gruyère et d'emmental et par l'odeur fétide qui l'accompagnait.

« Celui qui a un *pourquoi* pour lequel vivre peut supporter presque n'importe quel *comment*, ai-je déclaré solennellement – avant d'ajouter avec emphase : ça, c'est *Nietzsche*.

— Tu devrais être au lit, au lieu de te poser des questions sur la mort », a dit M. Harris, qui habitait au vingt-sept. Il était de mauvais poil depuis que son épouse l'avait quitté l'année précédente, non sans avoir entretenu une brève liaison avec (murmure) « une autre femme ».

« J'aimerais bien être juive, ai-je annoncé, tandis que M. Harris trempait un gros morceau de pain dans le fromage en fusion.

— On en reparlera demain matin », a rétorqué mon père en remplissant les verres de vin.

Ma mère s'est installée avec moi sur mon lit, son parfum dévalant mon visage comme un souffle, ses paroles parfumées au Dubonnet et à la limonade.

« Tu as dit que je pouvais devenir ce que je voulais quand je serai grande, ai-je dit.

— Et c'est vrai, a-t-elle répondu avec un sourire. Mais ce n'est pas facile de devenir juif.

— Je sais, ai-je concédé avec tristesse. Il me faut un numéro. »

Son sourire s'est évanoui.

C'est par un beau jour de printemps que je lui ai finalement posé la question. Je l'avais déjà remarqué, évidemment, comme l'aurait fait n'importe quel enfant. Nous étions dans le jardin, il avait remonté ses manches de chemise, et voilà.

« Qu'est-ce que c'est ? ai-je demandé en indiquant le numéro qui apparaissait sur la peau, fine et translucide, de son avant-bras.

— C'était mon identité pendant un temps, a-t-il répondu. Pendant la guerre. Dans un camp.

— Quel genre de camp ?

— Une sorte de prison.

— Vous aviez fait quelque chose de mal ?

— Non, non.

— Mais qu'est-ce que vous faisiez là-bas, alors ?

— Ah, a-t-il lâché en dressant un index devant lui. La grande question. Que faisions-nous là-bas ? Mais oui, tiens, qu'y faisions-nous donc ? »

Je l'ai regardé dans l'attente d'une réponse ; mais il ne m'en a fourni aucune. Puis j'ai rejeté un œil sur son numéro : six chiffres, qui ressortaient, aussi sombres et cruels que s'ils avaient été tracés la veille.

« Un seul type d'histoire peut sortir de ce genre d'endroit, a dit doucement M. Golan. Une histoire d'horreur et de souffrance. Pas bon pour tes jeunes oreilles.

— J'aimerais savoir quand même. J'aimerais savoir pour l'horreur. Et la souffrance. »

Et M. Golan a fermé les yeux en reposant la main sur les chiffres de son bras, comme s'il s'était agi du code d'un coffre-fort qu'il n'ouvrait que rarement.

« Alors je vais te raconter, a-t-il dit. Approche. Assieds-toi là. »

Mes parents étaient dans le jardin, occupés à fixer une mangeoire sur l'épaisse branche basse du pommier. J'écoutais leurs rires, leurs ordres criés, les « plus haut », « non, plus bas » que se renvoyaient leurs perspectives opposées. D'ordinaire, je me serais trouvée dehors avec eux. C'était là une activité qui m'aurait exaltée par le passé, surtout par une si belle journée. Mais j'étais devenue plus calme ces dernières semaines, saisie par une introversion qui m'aiguillait vers les livres. Je lisais, assise sur le canapé, quand mon frère a ouvert la porte avant de s'appuyer maladroitement contre le chambranle. Il semblait troublé ; je le savais toujours d'instinct car son silence fragile n'attendait que d'être disloqué par le bruit.

« Quoi ? ai-je dit en posant mon livre.

— Rien. »

À peine avais-je repris ma lecture qu'il a ajouté :

« Ils vont me couper popol, tu sais. Enfin, un bout. La circoncision, ça s'appelle. C'est pour ça que je suis allé à l'hôpital hier.

— Quel bout ?

— Le haut.

— Ça fait mal ?

— Ouais, sans doute.

— Pourquoi ils vont te faire ça, alors ?

— La peau est trop serrée.

— Oh, ai-je laissé échapper d'un air confus.

— Écoute, m'a-t-il dit plus gentiment. Tu sais, ton col roulé bleu ? Celui qui est trop petit ?

— Oui.

— Eh bien, tu te rappelles quand tu essayais de passer la tête et que tu y arrivais pas et que tu restais coincée ?

— Oui.

— Ben c'est pareil avec mon nœud. Faut couper la peau – la partie col roulé – pour libérer la tête.

— Ils vont te faire un col rond, alors ? ai-je demandé, les idées beaucoup plus claires.
— Y a de ça. »

Il a boitillé pendant des jours après cela, jurant et tripotant sa braguette comme le fou qui vivait dans le parc – le monsieur qu'on nous disait de ne jamais approcher, mais qu'on allait toujours voir quand même. Il refusait de répondre à mes questions ou de me montrer le résultat, mais un soir alors que nous jouions dans ma chambre une dizaine de jours plus tard, le gonflement disparu, je lui ai demandé ce que ça faisait.

« Alors, t'es content ? ai-je lancé en finissant mon Jaffa.
— Je crois bien, a-t-il dit en essayant de réprimer un sourire. Je ressemble à Howard comme ça. Mon pénis est juif !
— Comme celui de M. Golan, ai-je fait remarquer en m'allongeant sur mon oreiller sans me rendre compte du silence qui avait instantanément rempli la pièce.
— Comment tu sais pour le pénis de M. Golan ? »

Un voile de pâleur se formait à présent sur son visage. Je l'ai entendu déglutir. Je me suis redressée. Silence. Le faible son d'un chien aboyant au-dehors.

Silence.

« Comment tu sais ? a-t-il insisté. Dis-le-moi. »

Le sang battait dans mes tempes. Je me suis mise à trembler.

« Promets-moi de n'en parler à personne », ai-je dit.

Il est sorti de la pièce en titubant, emportant avec lui un fardeau qu'il était en réalité bien trop jeune pour soutenir. Il l'a pris quand même, protégeant mon secret, comme il l'avait promis. Et jamais je ne saurai ce qui était réellement arrivé après qu'il eut quitté ma chambre cette nuit-là, pas même plus tard ; il refusait de m'en parler. Je n'ai plus jamais revu M. Golan, c'est tout. Enfin, pas vivant, en tout cas.

Il m'a trouvée tapie sous les couvertures, respirant le parfum douceâtre de ma propre panique. Effondrée, perdue, je murmurais « C'était mon ami », mais je ne savais plus avec certitude si c'était toujours ma voix, maintenant que j'avais changé.

« Je te trouverai un ami, un vrai. » C'est tout ce qu'il a dit en me serrant dans les ténèbres, rebelle comme le granit. Ainsi étendus, lovés ensemble, nous avons fait comme si la vie était pareille qu'avant. Quand nous n'étions encore que des enfants tous les deux, et que la confiance, comme le temps, demeurait inébranlable. Et, bien sûr, omniprésente.

Mes parents étaient dans la cuisine, occupés à fourrer la dinde. Les effluves de viande rôtie imprégnaient la maison et nous rendaient nauséeux, mon frère et moi, alors que nous tentions de terminer les deux derniers chocolats d'une boîte de Cadbury's Milk Tray. Nous nous tenions debout devant le sapin, dont les lumières clignotaient et bourdonnaient de façon inquiétante en raison d'un faux contact situé quelque part près de l'étoile (que ma mère m'avait déjà prévenue de ne pas toucher les mains mouillées). Nous étions frustrés, les yeux rivés sur les piles de cadeaux intacts éparpillés dessous, des cadeaux que nous n'aurions le droit de toucher qu'après le déjeuner.

« Plus qu'une heure », a annoncé mon père en faisant une entrée sautillante dans le salon, déguisé en elfe. Ses traits juvéniles ressortaient sous son chapeau, et j'ai été frappée de voir qu'il ressemblait bien plus à Peter Pan qu'à un elfe : éternel jeune garçon plutôt que gnome malicieux.

Mon père adorait se déguiser. Il prenait cela sérieusement. Aussi sérieusement que son travail d'avocat. Chaque année, il aimait à nous surprendre avec un nouveau personnage jovial, qui nous accompagnerait tout au long des fêtes de fin d'année. C'était comme voir un hôte à l'improviste s'incruster de force dans nos vies.

« Vous avez entendu ? a demandé mon père. Plus qu'une heure avant le déjeuner.

— On sort », a déclaré mon frère d'un ton maussade.

Nous nous ennuyions. Tout le monde dans notre rue avait déjà ouvert ses cadeaux, exposant l'Utile et l'Inutile devant nos yeux envieux. Nous nous morfondions, assis sur le muret humide. M. Harris est passé en courant, exhibant son nouveau survêtement – survêtement qui, hélas, exhibait trop de M. Harris.

« De la part de ma sœur Wendy », a-t-il expliqué avant de sprinter inutilement le long de la route, les bras écartés en direction d'une ligne d'arrivée imaginaire.

Mon frère m'a regardée. « Il déteste sa sœur Wendy. »

Je me suis dit qu'elle non plus ne devait pas tellement l'aimer en regardant l'éclair violet, orange et vert disparaître au coin de la rue, manquant de peu Olive Binsbury et sa béquille.

« Déjeuner ! a crié mon père à deux heures moins trois.

— Allez, viens, a dit mon frère. Retournons à la brèche.

— Retournons où ? » ai-je demandé tandis qu'il me menait en direction de la salle à manger embaumée par les généreuses et enthousiastes offrandes de nos parents.

C'est la boîte que j'ai vue en premier ; un vieux carton de télévision qui masquait la tête de mon frère et forçait ses pieds à tâter le chemin comme une paire de cannes blanches.

« Est-ce que j'y suis ? a-t-il demandé en se dirigeant vers la table.

— Presque. »

Il a déposé son fardeau. Je sentais l'odeur humide et fertile de la paille. La boîte a bougé brusquement, mais je n'avais pas peur. Mon frère a ouvert les rabats pour en tirer le plus gigantesque lapin que j'eusse jamais vu.

« Je t'avais bien dit que je te trouverais un ami, un vrai.

— C'est un lapin ! me suis-je exclamée avec une joie perçante.

— Un lièvre belge, plus exactement, a-t-il précisé sur un ton tout fraternel.

— Un lièvre belge, ai-je répété à voix basse, comme si je venais de prononcer des mots signifiant l'amour.

— Comment tu veux l'appeler ?

— Eleanor Maud.

— Tu peux pas lui donner ton nom, s'est esclaffé mon frère.

— Pourquoi pas ? ai-je demandé, un peu déçue.

— Parce que c'est un gars.

— Oh, ai-je fait en regardant sa robe noisette, sa queue blanche et les deux petites crottes qui venaient de tomber de son derrière, avant de me dire qu'effectivement, il avait tout l'air d'un gars. Comment je devrais l'appeler, alors, à ton avis ?

— *Dieu* », a proclamé mon frère avec grandeur.

« Souris ! » a dit mon père en pointant son nouveau Polaroid sur mon visage. FLASH ! Le lapin s'est débattu dans mes bras tandis que je perdais momentanément la vue.

« Tout va bien ? m'a demandé mon père en coinçant avec excitation la pellicule sous son bras.

— Je crois, ai-je répondu en me cognant à la table.

— Allez, tout le monde ! Venez voir ça », s'est-il écrié.

Nous nous sommes rassemblés autour de l'image en développement, poussant des « Ohhh » et des « Ahhh » et des « La voilà » tandis que je regardais mon visage flou se préciser. En me disant que la nouvelle coupe courte pour laquelle j'avais plaidé me donnait un air bizarre.

« Tu es ravissante, a roucoulé ma mère.

— N'est-ce pas ? » a dit mon père.

Mais tout ce que je voyais, c'était un garçon, en lieu et place de ce que j'avais été.

Janvier 1975 était doux et dépourvu de neige. Un mois fade, terne, aux luges abandonnées et aux résolutions tues. J'ai tout essayé pour retarder mon retour imminent à l'école, mais j'ai quand même fini par franchir ces lourdes portes grises, le poids sombre du Noël révolu fermement pressé sur ma poitrine. Le trimestre allait être d'un ennui *mortel*, avais-je conclu en contournant les flaques étouffantes de torpeur maligne. Grisâtre et *mortel*. Enfin, jusqu'à ce que je pénètre dans le couloir, et que je tombe sur elle, debout devant ma salle de classe.

Ce sont ses cheveux que j'ai remarqués tout d'abord, sauvages, sombres, moutonnant, se jouant de l'entrave inutile d'un bandeau qui avait glissé sur son front luisant. Elle portait un gilet trop grand – fait maison, lavé maison aussi –, étiré plus que de raison, et qui pendait jusqu'à ses genoux, à peine plus haut que la jupe grise réglementaire que nous étions toutes obligées de porter. Elle n'a pas enregistré ma présence tandis que je la dépassais, pas même quand j'ai toussé. Elle fixait son doigt. J'y ai jeté un regard à mon tour ; elle avait dessiné un œil sur la pointe. Pour s'entraîner à l'hypnose, m'expliquerait-elle plus tard.

J'ai présenté la photo finale de mon lapin devant les visages éberlués de mes camarades.

« ...Et c'est comme ça qu'à Noël, Dieu est venu vivre avec moi », ai-je conclu d'un air triomphant.

J'ai marqué une pause, un sourire jusqu'aux oreilles, attendant les applaudissements. Rien. La pièce a été plongée dans le silence puis dans d'inattendues ténèbres ; les plafonniers impuissants, faiblards et jaunes face aux nuages orageux qui s'amassaient au-dehors. Tout d'un coup, la nouvelle, Jenny Penny, s'est mise à applaudir en donnant de la voix.

« Silence ! » s'est écriée la maîtresse, Miss Grogney, dont les lèvres disparaissaient dans une ligne de haine tout sauf profane. Sans que je le sache, elle était le produit de missionnaires qui avaient passé une vie entière à prêcher l'œuvre du Seigneur dans une zone inhospitalière de l'Afrique avant de se rendre compte que les musulmans les avaient coiffés au poteau.

Je me suis dirigée vers mon pupitre.

« Reste là », a dit fermement Miss Grogney. Ce que j'ai fait, en sentant une chaude pression s'élever dans ma vessie. « Crois-tu qu'il soit convenable d'appeler un lièvre... a-t-elle repris.

— C'est un lapin, en fait, a interrompu Jenny Penny. Même si on l'appelle li...

— Crois-tu convenable de nommer un lapin *Dieu* ? » a poursuivi Miss Grogney avec emphase.

Ça sentait la question piège.

« Crois-tu convenable de dire "J'ai promené *Dieu*, on a fait les boutiques" ?

— Mais c'est la vérité, ai-je répondu.

— Connais-tu le sens du mot "blasphème" ? »

J'ai pris un air interdit. Encore ce mot. La main de Jenny Penny a fusé.

« Oui ? l'a encouragée Miss Grogney.
— Ça veut dire stupide, a déclaré Jenny Penny.
— Cela ne veut pas dire stupide, non.
— Bon, ben, mal élevé, alors ? a retenté Jenny.
— Cela veut dire…, a asséné Miss Grogney, …insulter Dieu ou quelque chose de sacré. Tu m'entends, Eleanor Maud ? Quelque chose de *sacré*. Dans un autre pays, on t'aurait lapidée pour ça. »

Et j'ai frémi, sachant parfaitement qui m'aurait jeté la première pierre.

Jenny Penny attendait au portail de l'école, sautillant d'un pied sur l'autre, immergée dans son propre monde spectaculaire. Un monde étrange, qui dès la fin de la matinée avait provoqué de cruels murmures, et pourtant un monde qui m'intriguait, écrasant mon sens de la normalité avec la finalité d'un coup de grâce. Je l'ai regardée déployer un bonnet de pluie en plastique transparent autour de la masse de boucles frisées qui encadrait son visage. Je croyais qu'elle attendait la fin de l'averse, alors qu'en fait c'était moi qu'elle attendait.

« Je t'attendais », a-t-elle déclaré.

J'ai rougi.

« Merci pour les applaudissements.
— C'était vraiment super, a-t-elle dit, à peine capable d'ouvrir la bouche à cause de son nœud trop serré. Le meilleur exposé de toute la classe. »

J'ai ouvert mon parapluie rose.

« Il est chouette, a-t-elle remarqué. Le jules de ma maman va m'en acheter un, aussi. Ou un en coccinelle. Enfin, si je suis sage. »

Mais les parapluies ne m'intéressaient plus, maintenant qu'elle avait prononcé un autre mot.

« Pourquoi est-ce que ta maman a un jules ? lui ai-je demandé.

— Parce que j'ai pas de papa. Il est parti avant ma naissance.

— Mince alors.

— Mais je l'appelle "mon oncle". Comme tous les jules de maman.

— Pourquoi ?

— C'est plus simple. Maman dit que les gens la jugent. Disent des choses méchantes.

— Comme quoi ?

— Traînée.

— C'est quoi une traînée ?

— C'est une femme qui a plein de jules », a-t-elle expliqué en ôtant son bonnet avant de se glisser sous mon parapluie. Je me suis décalée pour lui faire de la place. Elle sentait les chips.

« Ça te dit, un Bazooka ? ai-je proposé en lui tendant le chewing-gum dans ma main.

— Non merci. J'ai failli m'étouffer la dernière fois que j'en ai pris un. Failli mourir, d'après maman.

— Oh. »

J'ai rangé le chewing-gum dans ma poche, regrettant de n'avoir rien acheté de moins violent.

« Mais j'aimerais beaucoup voir ton lapin, par contre, a dit Jenny Penny. L'emmener en balade. Ou plutôt en course de saut, a-t-elle ajouté en se pliant de rire.

— D'accord, ai-je acquiescé en l'observant. T'habites où ?

— Dans ta rue. On a déménagé il y a deux jours. »

Je me suis rapidement rappelé la voiture jaune dont tout le monde parlait, celle qui était arrivée au milieu de la nuit, une roulotte cabossée à sa suite.

« Mon frère va pas tarder, ai-je dit. Tu peux rentrer avec nous, si tu veux.

— Ça me va, a-t-elle répondu tandis qu'un léger sourire se formait sur ses lèvres. C'est toujours mieux que de rentrer toute seule. Il est comment, ton frère ?

— Différent, ai-je dit, incapable de trouver un terme plus précis.

— Très bien, a-t-elle décrété, avant de se remettre à sautiller d'un pied glorieux sur l'autre.

— Qu'est-ce que tu fabriques ?

— Je fais comme si je marchais sur du verre.

— Et c'est rigolo ?

— T'as qu'à essayer, si ça te dit.

— OK », ai-je dit, avant de m'exécuter. Bizarrement, ça l'était.

Nous étions en train de regarder *The Generation Game* en criant « doudou, doudou » quand on a sonné à la porte. Ma mère s'est levée et absentée un bon moment. Elle a manqué toute la partie du tapis roulant, le meilleur moment, et quand elle est revenue, elle nous a ignorés pour aller chuchoter quelque chose dans l'oreille de mon père. Il s'est levé rapidement en disant : « Joe, je te confie ta sœur. On va chez les voisins. Ça ne sera pas long.

— OK », a répondu mon frère, et il a attendu d'entendre claquer la porte d'entrée avant de me regarder avec un « Allez viens ».

La nuit était froide, chargée de givre, beaucoup trop rude pour nos pieds en pantoufles. Nous nous sommes glissés en hâte dans l'ombre de la haie jusqu'à atteindre la porte de M. Golan, heureusement toujours ouverte. Je me suis arrêtée sur le seuil – trois mois que je ne l'avais plus franchi, que j'évitais les questions de mes parents et ses yeux chassieux suppliants. Mon frère m'a tendu la main, et ensemble nous avons pénétré dans le vestibule, avec son odeur de vieux manteaux et de plats rances, en direction de la cuisine où le son des voix étouffées nous attirait comme un leurre miroitant.

Mon frère m'a serré la main. « Tout va bien ? » a-t-il murmuré.

La porte était entrebâillée. Esther assise sur une chaise, ma mère en pleine conversation téléphonique. Mon père nous tournait le dos. Personne n'a remarqué notre présence.

« Nous pensons qu'il s'est donné la mort, avons-nous entendu ma mère dire. Oui. Il y a des cachets partout. Je suis sa voisine. Non, tout à l'heure, c'était sa sœur. Oui, nous ne bougeons pas. Bien entendu. »

J'ai regardé mon frère. Il s'est détourné. Mon père s'est dirigé vers la fenêtre, et c'est alors que j'ai revu M. Golan. Mais cette fois, il gisait au sol ; les jambes jointes, un bras tendu bien droit, l'autre en travers de sa poitrine, comme s'il était mort en plein tango. Mon frère a essayé de me retenir, mais j'ai échappé à son emprise pour me rapprocher.

« Où est son numéro ? » ai-je demandé à voix haute.

Ils se sont tous retournés pour me regarder. Ma mère a reposé le combiné.

« Viens avec moi, Elly, a dit mon père en me tendant les bras.

— Non ! ai-je protesté en me dégageant. Où est son numéro ? Celui sur son bras ! Où il est ? »

Esther a regardé ma mère. Ma mère s'est détournée. Esther a ouvert les bras.

« Elly, approche. »

Je l'ai rejointe. Me suis dressée devant elle. Elle sentait les bonbons. Les loukoums, je crois.

« Il n'a jamais eu de numéro, a-t-elle expliqué avec douceur.

— Mais si. Je l'ai vu.
— Il n'a jamais eu de numéro, a-t-elle répété calmement. Il traçait les chiffres lui-même, quand il se sentait triste. »

Et c'est ainsi que j'ai appris que ces chiffres, qui semblaient fraîchement tracés la veille, l'étaient probablement.

« Je ne comprends pas, ai-je dit.
— Tu n'es pas censée comprendre, a rétorqué mon père avec colère.
— Mais, et les camps de l'horreur ? »

Esther a posé les deux mains sur mes épaules.

« Oh, ces camps étaient bien réels, et l'horreur aussi. Nous ne devons jamais oublier. »

Elle m'a attirée à elle, sa voix tremblotant légèrement.

« Mais Abraham n'y est jamais allé, a-t-elle expliqué en secouant la tête. Jamais. Il était dérangé mentalement, a-t-elle ajouté, aussi nonchalamment que si elle parlait d'une nouvelle teinture. Il est venu dans ce pays en 1927 et y a vécu heureux. Certains diraient même égoïstement. Il a beaucoup voyagé grâce à sa musique, et remporté un grand succès. Quand il prenait bien ses cachets, il restait mon bon vieux Abe. Mais quand il arrêtait – là, alors, il commençait à devenir un problème. Pour lui-même, pour les autres...

— Mais alors, pourquoi est-ce qu'il m'a raconté tout ça ? ai-je demandé, le visage baigné de larmes. Pourquoi est-ce qu'il m'a *menti* ? »

Elle était sur le point de me répondre lorsqu'elle s'est ravisée, les yeux rivés sur moi. Et je pense à présent que ce qu'elle a vu à ce moment-là dans mes yeux, ce que j'ai vu dans les siens – la *peur* –, était la révélation qu'elle savait ce qui m'était arrivé. Alors je lui ai tendu la main, à elle, ma bouée de sauvetage.

Elle s'est détournée.

« Pourquoi il t'a menti ? a-t-elle repris en hâte. Par culpabilité, c'est tout. Parfois, la vie apporte trop de bienfaits. On a l'impression de ne pas en mériter tant. »

Esther Golan m'a laissée sombrer.

Ma mère l'a mis sur le compte du choc, comme une réaction retardée à la perte soudaine de ses parents. C'est ainsi qu'avait commencé sa grosseur, disait-elle, tandis qu'elle déposait la tarte Bakewell sur la table de la cuisine et nous tendait les assiettes. C'est fou comme votre énergie s'en trouve décuplée, selon elle, et tourbillonne, emportée par la force centrifuge, jusqu'au jour où, alors que vous vous séchez à la sortie du bain, vous la sentez, là, installée dans votre sein, et vous savez qu'elle ne devrait pas y être mais vous l'ignorez quand même, et les mois passent et la peur la fait augmenter de taille et vous atterrissez devant le docteur à dire « J'ai trouvé une masse » tout en déboutonnant votre cardigan.

Mon père croyait à une masse cancéreuse, non parce que ma mère y était particulièrement prédisposée génétiquement, mais parce qu'il se tenait toujours à l'affût d'un malheur prêt à saboter sa merveilleuse vie. Il s'était mis à penser que la bonne fortune avait ses limites et que même un verre autrefois à moitié plein pouvait soudain devenir à moitié vide. C'était étrange de voir son idéalisme fondre aussi rapidement.

Ma mère ne s'absenterait pas longtemps, quelques jours tout au plus, le temps de procéder à une biopsie et une évaluation, et elle a fait sa valise avec une calme assurance, comme si elle se préparait à partir en vacances. Elle n'emportait que ses plus beaux habits, son parfum aussi, et même un roman, un livre qu'elle qualifierait comme une bonne lecture. Ses chemisiers étaient pliés avec un petit sachet de lavande glissé entre le coton et le papier. Les docteurs s'exclameraient bientôt, « Vous sentez très bon. C'est de la lavande, n'est-ce pas ? » Et elle acquiescerait aux questions des étudiants de médecine rassemblés autour de son lit tandis qu'ils proposaient chacun son tour un diagnostic sur la grosseur qui avait trouvé illicitement refuge dans sa poitrine.

Elle a déposé un pyjama neuf dans son sac écossais. J'ai passé la main sur l'étoffe.

« C'est de la soie, a dit ma mère. Un cadeau de Nancy.

— Elle te fait toujours de beaux cadeaux, pas vrai ? ai-je remarqué.

— Elle va venir rester à la maison, tu sais.

— Je sais.

— Pour aider papa à s'occuper de vous.

— Je sais.

— C'est bien, non ? a-t-elle dit.

(Encore ce satané bouquin ; le chapitre intitulé « Choses difficiles à dire aux petits enfants ».)

— Oui », ai-je répondu à voix basse.

C'était étrange de la voir partir. Sa présence dans nos jeunes vies était sans équivoque, sans faille. Toujours là. C'était nous, sa carrière ; il y avait longtemps qu'elle avait abandonné cet autre monde, choisissant à la place de veiller sur nous, nuit et jour, avec une vigilance de tous les instants

– son bouclier, comme elle nous l'expliquerait un jour, contre le policier à la porte, l'inconnu au bout du fil, la voix lugubre annonçant que la vie, une fois de plus, avait été anéantie : cette déchirure irréparable qui part du cœur.

Je me suis assise sur le lit, relevant dans ma tête ses qualités d'une façon que la plupart réserveraient à l'élaboration d'une épitaphe. Ma crainte se faisait aussi silencieuse que ses cellules en cours de multiplication. Ma mère était magnifique. Elle avait des mains ravissantes qui soulevaient la conversation lorsqu'elle parlait, et si elle avait été sourde, ses signes auraient été aussi élégants qu'un poète récitant des vers. Je contemplais ses yeux : bleus, bleus, bleus ; pareils aux miens. J'en psalmodiais la couleur dans ma tête jusqu'à ce qu'elle noie mon essence comme de l'eau de mer.

Ma mère s'est arrêtée pour s'étirer, plaçant une main délicate sur son sein ; peut-être disait-elle adieu à sa masse ou imaginait-elle l'incision. Peut-être imaginait-elle la main prête à s'en saisir. À moins que ce ne fût moi.

Avec un frisson, j'ai déclaré : « Moi aussi, j'ai une boule.

— Où donc ? »

Et j'ai désigné ma gorge ; elle m'a attirée à elle et m'a serrée dans ses bras, et j'ai senti la lavande qui s'échappait de son corsage.

« Est-ce que tu vas mourir ? » lui ai-je demandé, et elle a éclaté de rire comme si j'avais dit une plaisanterie, d'un rire qui signifiait tellement plus, pour moi, que n'importe quel « non ».

Ma tante Nancy n'avait pas d'enfant. Elle les aimait, ou tout du moins disait-elle nous aimer, nous, et j'entendais souvent ma mère dire qu'il n'y avait pas vraiment de place dans sa vie pour les enfants, ce que je trouvais plutôt étrange, surtout quand on savait qu'elle vivait seule dans un grand appartement londonien. Nancy était une star de cinéma ; pas une superstar, si on se base sur les critères actuels, mais une star tout de même. Elle était également lesbienne – une particularité qui la définissait tout autant que son talent.

Nancy était la sœur cadette de mon père. Elle aimait à dire qu'il avait reçu l'intelligence et la beauté, et elle le reste, mais nous savions tous qu'elle mentait. Lorsqu'elle décochait son sourire de starlette, je comprenais comment les gens pouvaient tomber amoureux d'elle, parce qu'on l'était tous un peu, après tout.

Elle était vive ; ses visites souvent fugaces. Elle apparaissait simplement – parfois de nulle part – telle une bonne fée dont le seul but était d'arranger les choses. Elle partageait ma chambre lors de ses séjours à la maison, et je me disais que la vie était plus gaie quand elle était parmi nous. Elle nous faisait oublier les coupures de courant qui accablaient le pays. Elle était généreuse, gentille, sentait divinement bon. Je n'ai jamais su quel était son parfum ; simplement que c'était elle. On disait que je lui ressemblais, et même si je ne l'ai jamais admis, j'adorais cette idée. Un jour, mon père a déclaré que Nancy avait grandi trop vite. « Comment est-ce qu'on peut grandir trop vite ? » lui ai-je demandé. Il m'a dit d'oublier, mais je ne l'ai jamais pu.

À l'âge de dix-sept ans, Nancy a rejoint une troupe de théâtre radical avec laquelle elle a sillonné le pays dans une vieille camionnette, jouant des pièces improvisées dans des pubs et des clubs. Le théâtre demeurait son premier amour, disait-elle souvent dans ses interviews ; nous nous esclaffions alors, rassemblés autour du téléviseur, en criant « Menteuse ! », car nous savions tous que c'était Katherine Hepburn, son premier amour. Pas *la* Katharine Hepburn, non, mais une régisseuse blasée et baraquée qui lui avait déclaré son amour sans entrave après une représentation de leur peu prometteuse pièce en deux actes, *Aller-Retour pour l'enfer, No Problem*.

La troupe s'était arrêtée dans un petit village juste en bordure de Nantwich. Leur première rencontre avait eu lieu dans l'arrière-cour du Hen and Squirrel – un lieu d'ordinaire réservé aux mictions, mais ce soir-là, au dire de Nancy, seul le parfum de l'amour flottait dans l'air. Elles marchaient côte à côte, les bras chargés d'accessoires, lorsque Katherine Hepburn avait soudain plaqué Nancy contre le mur en crépi pour l'embrasser, avec la langue et tout, et Nancy avait lâché son carton de machettes, le souffle coupé par la rapidité de cet assaut féminin. Décrivant la scène plus tard, elle avait remarqué : « Ça semblait tellement naturel et sexy. Comme si je m'étais embrassée moi-même » – la reconnaissance ultime pour une actrice primée.

Mon père n'avait jamais rencontré de lesbienne auparavant. Dommage que K.H. ait été sa première, car son manteau de libéralisme est promptement tombé pour révéler un arsenal de préjugés caricaturaux. Il n'avait jamais pu comprendre ce que Nancy lui trouvait, et elle-même ne cessait de répéter que K.H. était dotée d'une extraordinaire beauté intérieure, dont mon père prétendait qu'elle devait être terriblement bien cachée, puisque même une fouille archéologique soumise aux trois-huit aurait sans doute du mal à l'exhumer. Et il avait raison. Elle était bien cachée ; cachée derrière un certificat de naissance au nom de Carole Benchley. Une cinéphile autoproclamée dont la culture filmique n'avait d'égale que sa connaissance de la prise en charge des maladies mentales par la Sécurité Sociale ; une femme qui franchissait régulièrement la frontière de Celluloïd séparant Dorothy et sa route de briques jaunes du reste de l'humanité, bien au chaud dans son lit.

« Désolée du retard ! s'était écriée Nancy un jour alors qu'elle se précipitait dans un café pour la retrouver.

— Franchement, ma chère, c'est le cadet de mes soucis, avait rétorqué K.H.

— Tout va bien, alors », avait répondu Nancy en s'asseyant.

Puis, après avoir parcouru la pièce du regard, K.H. avait ajouté un peu plus fort : « De tous les bistros de toutes les villes du monde, c'est le mien qu'elle a choisi. »

Nancy avait remarqué que tous les clients les regardaient.

« Un sandwich, ça te dit ? avait-elle demandé à voix basse.

— Dussé-je mentir, voler, tricher ou tuer, je jure devant Dieu que je ne connaîtrai jamais plus la faim.

— Je suppose que ça veut dire oui », avait conclu Nancy en attrapant le menu.

La plupart des gens auraient immédiatement reconnu là un pacte allègrement conclu avec la folie, mais pas Nancy. Elle était jeune, et, avec son âme d'aventurière, se laissait emporter par l'exaltation de ses premiers émois saphiques.

« Elle était géniale au lit, pourtant », ajoutait ma tante, ce qui poussait toujours l'un de mes parents à se lever avec un « En tout cas... ». Mon frère et moi attendions la suite, mais elle ne venait jamais, pas avant que nous ayons grandi, *en tout cas...*

Mon père n'avait, à ma connaissance, jamais pleuré auparavant. La nuit qui a suivi le départ de ma mère a marqué sa première fois. J'épiais leur conversation, assise en bas de l'escalier, quand j'ai entendu les larmes bégayer entre ses mots.

« Et si elle meurt ? » a-t-il murmuré.

Mon frère a descendu les marches à pas de velours pour venir s'asseoir près de moi, nous enveloppant tous les deux dans une couverture encore chaude prise sur son lit.

« Elle ne va pas mourir », a décrété Nancy avec assurance.

Nous nous sommes regardés, mon frère et moi. J'ai senti son cœur battre plus vite, mais il n'a rien dit ; il s'est contenté de me serrer plus fort.

« Regarde-moi, Alfie. Elle ne va pas mourir. Il y a des choses que je sais. Fais-moi confiance. Son heure n'est pas venue.

— Oh, mon Dieu, je ferais n'importe quoi, a lancé mon père, absolument n'importe quoi. Je deviendrais n'importe quoi, je ferais n'importe quoi, pourvu qu'elle s'en tire. »

Et c'est ainsi que j'ai assisté au premier marchandage de mon père avec un Dieu auquel il n'a jamais cru. Une expérience qu'il répéterait quelque trente ans plus tard.

Non seulement ma mère n'est pas morte, mais elle nous est revenue cinq jours plus tard en bien meilleure forme que nous ne l'avions vue depuis des années. La biopsie avait été couronnée de succès, et la tumeur bénigne promptement retirée. J'ai demandé à la voir – je l'imaginais noire comme du charbon – mais mon frère m'a dit de la fermer et que j'étais bizarre. Nancy a fondu en larmes dès l'instant où ma mère a franchi la porte. Elle pleurait dans les moments les plus inattendus ; c'était ce qui en faisait une bonne actrice. Mais dans sa chambre ce soir-là, mon frère m'a expliqué que c'était parce qu'elle aimait notre mère en secret depuis leur première rencontre.

Il m'a raconté qu'elle était allée passer le week-end à Bristol avec son frère (notre père, bien entendu), qui finissait ses études à l'université là-bas. Ils étaient partis se promener le long des Mendip Hills, et lorsque le froid pénétrant avait engourdi leurs membres, ils avaient à leur tour pénétré dans un pub où ils s'étaient assis, hébétés, devant l'âtre rugissant.

Nancy était allée commander une bière et une limonade au bar quand une jeune femme, trempée comme une soupe, avait fait irruption par la porte battante avant de se diriger droit sur elle. Nancy était fascinée. Elle avait observé la demoiselle tandis que celle-ci commandait un scotch, l'avait contemplée alors qu'elle l'éclusait, cul sec. L'avait admirée en train d'allumer une cigarette. Avec un sourire.

Très vite, elles avaient noué conversation. Nancy avait appris que la jeune femme s'appelait Kate, et son pouls s'était enflammé en enregistrant la sonorité robuste de ce prénom. Elle était en deuxième année, littérature, avait rompu avec son petit ami pas plus tard que la semaine précédente – une tête de nœud, avait-elle décrété, avant de s'esclaffer, la tête rejetée en arrière, révélant le doux duvet de son cou. Nancy avait agrippé le zinc, rougissant tandis que la faiblesse qui s'était emparée de ses genoux remontait vers le nord. Et c'est à cet instant précis qu'elle avait décidé que, si cette femme n'était pas pour elle, elle serait donc pour son frère.

« Alfie ! s'était-elle écriée. Ramène-toi, je veux te présenter quelqu'un d'extra ! »

Et c'est ainsi que Nancy lui avait fait la cour pour mon père pendant ses dernières vacances universitaires. C'était Nancy qui faisait livrer des fleurs à ma mère, encore Nancy qui passait les coups de fil et réservait les tables pour les dîners clandestins. Et toujours Nancy qui lui écrivait des poèmes dont mon père n'a jamais rien su, ceux-là même qui ont ravi le cœur de ma mère en lui « révélant » les profondeurs insoupçonnées de ses émotions souvent stagnantes. Lorsque le nouveau semestre avait commencé, mes parents se pâmaient d'amour tandis que Nancy, du haut de ses quinze ans, clopinait, perdue, à la surface accidentée d'un cœur meurtri.

« Tu crois qu'elle l'aime toujours ? ai-je demandé.
— Qui sait ? » a soupiré mon frère.

« Bonjour, a dit Nancy en ouvrant les yeux dans la morne lueur de ce matin de novembre.
— Salut.
— Quoi de neuf ? a-t-elle demandé en roulant sur elle-même pour se retrouver nez à nez avec moi.
— C'est les auditions aujourd'hui », lui ai-je répondu à voix basse, en passant ma cravate réglementaire rouge et bleu autour de ma tête.
Elle s'est assise d'un mouvement vif.
« Quelles auditions ?
— Pour la pièce de la Nativité.
— Je ne savais pas que tu t'y intéressais.
— Je m'y intéresse pas, mais c'est Jenny Penny qui m'a convaincue.
— Tu vises quel rôle ? s'est enquise Nancy.
— Marie, Joseph, comme tout le monde. Le rôle principal, quoi, ai-je répondu. (Omettant l'enfant Jésus, puisque c'était un rôle muet, et aussi parce que je ne savais pas si on m'avait pardonné d'avoir suggéré que sa naissance avait été un accident.)
— Qu'est-ce que tu dois faire pour ton audition ?
— Juste me tenir là.
— C'est tout ?
— Ouaip.

— Tu es sûre ?

— Oui, c'est ce qu'a dit Jenny Penny, ai-je expliqué. Elle dit que ça suffit pour repérer ceux qui ont l'étoffe d'une star. Elle dit que c'est dans mes jeans.

— Je vois. Bonne chance, petit ange. »

Nancy a tendu le bras jusqu'à sa table de nuit pour en ouvrir le tiroir.

« Prends ça, a-t-elle ajouté. Porte-bonheur. Elles exsudent le talent. Ça marche à tous les coups. »

Je n'avais jamais entendu le verbe *exsuder*. J'allais l'employer le jour même.

J'ai traversé la route d'un pas vif jusqu'à la haie de troènes qui y avait fait son nid. C'était là que je retrouvais toujours Jenny Penny pour aller à l'école ensemble ; on ne se donnait jamais rendez-vous chez elle, parce que c'était compliqué, rapport au nouveau jules de sa mère. Elle s'entendait pas trop mal avec lui, à ses dires, tant que sa mère était dans les parages. Mais elle n'était pas toujours là, voyez-vous ; elle assistait souvent à des enterrements ces jours-ci, un passe-temps qu'elle venait de se découvrir. Je supposais que sa maman aimait bien pleurer, tout simplement.

« Rire, pleurer... c'est un peu la même chose, non ? » disait Jenny Penny.

Je n'étais pas tout à fait d'accord, mais je me taisais. Même à l'époque, je savais que son monde était différent du mien.

Balayant la route des yeux, j'ai aperçu Jenny Penny qui accourait vers moi, une ligne miroitante d'humidité suspendue à sa lèvre supérieure charnue.

« Désolée du retard », a-t-elle dit.

Elle était toujours en retard à cause de sa tignasse ingérable.

« C'est pas grave, ai-je répondu.

— Sympa, tes lunettes. C'est Nancy qui te les a passées ?

— Bingo, ai-je dit avec fierté. Elle les porte aux avant-premières.

— C'est bien ce que je me disais.

— Elles sont pas trop grosses ? ai-je hasardé.

— Absolument pas. Mais elles sont vraiment foncées. T'y vois quand même ?

— Bien sûr », ai-je menti, manquant de peu un réverbère mais pas, hélas, la volute de crotte de chien positionnée à sa base qui s'est empressée d'enrober la semelle de ma chaussure comme de la graisse. Une odeur âcre est venue se loger au niveau de mes narines.

« C'est quoi cette odeur, a demandé Jenny en regardant alentour.

— C'est l'hiver qui se profile », ai-je répondu avec un lourd soupir avant de lui attraper le bras, et nous avons gagné le refuge délimité par le portail en fer noir.

En y repensant, j'aurais sans doute mieux fait d'enlever mes lunettes pour l'audition, parce que j'ai rejoint le préau de l'école à tâtons comme une vieille voyante.

« Tu es sûre que ça va ? m'a demandé le surveillant en me guidant par le bras.

— Oui, tout va bien », lui ai-je assuré en trébuchant sur son pied. Les grandes portes se sont ouvertes, laissant échapper Jenny.

« Comment ça s'est passé ? lui ai-je demandé avidement.

— Super, a-t-elle répondu en dressant les pouces.

— Qu'est-ce que tu as eu comme rôle ? ai-je murmuré.

— La pieuvre. Un rôle muet. Comme je voulais.

— Je savais pas qu'il y avait une pieuvre.

— Y en a pas, a-t-elle dit. On m'a demandé de faire un chameau. Mais avec tous les animaux qui paradaient deux par deux, il devait forcément y avoir une pieuvre.

— Tu confonds avec l'Arche de Noé.

— C'est pareil. C'est toujours la Bible. Personne verra la différence.

— Tu as sans doute raison, ai-je concédé dans un effort pour la soutenir.

— Je vais me faire mon costume moi-même », a-t-elle annoncé, et je me suis soudain sentie nerveuse.

En entrant dans la grande salle, c'est à peine si je pouvais distinguer les cinq visages qui siégeaient derrière le bureau ; l'un d'entre eux, cependant, se détachait dans les ténèbres tel l'œil omniscient d'Horus – celui de mon institutrice, Miss Grogney. Elle se vantait d'avoir écrit la pièce de la Nativité – son « bébé » – toute seule, omettant bizarrement toute référence à Matthieu ou à Luc.

« Eleanor Maud ? a lancé une voix masculine.

— Oui, ai-je répondu.

— Tout va bien ? a-t-il demandé.

— Oui.

— Ça va, vos yeux ?

— Oui, ai-je glissé en ajustant nerveusement la monture sur mon visage.

— Cesse donc de gigoter, s'est écriée Miss Grogney, et j'ai attendu qu'elle ponctue d'un *Blasphématrice*.

— Qu'est-ce que vous nous présentez ? a interrogé l'homme.

— Quoi ?

— Comme morceau d'audition », a précisé Miss Grogney.

La panique s'est emparée de mon être non préparé.

« Eh bien ? m'a pressée Miss Grogney. Dépêchons. »

J'ai gagné lentement le devant de la scène, le cerveau empli de mots flottant, certains lucides, la plupart au hasard, jusqu'à ce qu'un groupe se soude et que je lui reconnaisse un schéma rythmique cohérent. Je ne m'en rappelais pas l'intégralité, mais c'était un des monologues préférés de Nancy, que je l'avais entendue répéter aussi religieusement qu'une gamme. Je ne comprenais pas tout, mais peut-être qu'eux si, alors j'ai toussé un peu avant d'annoncer : « C'est tiré du film *Le Pacte*[1], et je fais Jackie et je suis prête.

— Vas-y », a ordonné Miss Grogney.

J'ai écarté les bras avec une profonde inspiration.

« Je sais que tu refuses de payer les chaussures ou même la robe. Mais et l'avortement, bordel ! Tu pourrais au moins me filer du fric pour une bouteille de gin.

— Assez ! a rugi Miss Grogney en me pointant du doigt. Toi. *Attends*. »

Figée dans mes ténèbres auto-infligées, je les ai regardés se presser les uns contre les autres pour chuchoter. Je les ai entendus dire « Intéressant ». Je les ai entendus dire « Riche idée ». Mais je ne les ai pas entendus prononcer « Marie » ni « Joseph ».

Cette nuit-là, ma mère a préparé son ragoût préféré, qu'elle a déposé, encore fumant, sur la

---

1. *Le Pacte*, sorti plus tôt la même année (1975), jouissait d'un véritable culte en raison d'une scène de sexe fétichiste située dans une crypte. C'était une réalisation de B.B. Barole, jeune homme promis à la célébrité, jusqu'à ce que les acides le vouent à la démence. (*N.d.A.*)

table. La cuisine était plongée dans le noir et les bougies brillaient un peu partout.

Ma mère a soulevé le couvercle. Effluves capiteux de viande, d'oignons et de vin.

« Si seulement on pouvait s'alimenter comme ça tous les soirs », a soupiré mon frère.

S'alimenter était sa nouvelle expression favorite. Bientôt, ce serait *se sustenter*.

« On pourrait peut-être se faire une petite séance de spiritisme après ça ? » a suggéré Nancy, s'attirant un regard furtif de ma mère – un regard que je voyais si souvent et qui semblait dire, *Mauvaise idée, Nancy ; tu le saurais si tu avais des enfants*.

« Tu es bien calme, Elly. Tout va bien ? » a demandé ma mère.

J'ai acquiescé. Si je parlais, les larmes menaçaient de débouler à califourchon sur mes mots. Au lieu de quoi je me suis levée, marmonnant une vague excuse comme quoi j'avais « oublié de le nourrir » avant de me diriger vers la porte de service. Mon frère m'a tendu une lampe torche, et je me suis glissée dans la froidure de la nuit, deux carottes en poche.

Il n'était pas aussi tard qu'il le semblait ; ce n'était qu'une impression donnée par les ténèbres de notre maison. La cage à poules dessinait un étrange squelette dans le crépuscule, comme une échine courbée à l'envers. Elle serait démolie au printemps suivant et ses restes utilisés comme bois de chauffage. J'ai descendu le sentier en direction du clapier. Dieu tirait déjà sur le grillage ; son museau remuait, détectant l'odeur de ma tristesse avec autant de détermination qu'un chien. J'ai ouvert la trappe d'un coup et il a bondi vers moi. Des mèches de fourrure bleue et verte se découpaient dans le faisceau de la lampe ; les restes d'une bonne idée qui avait essaimé par un week-end oisif durant lequel Nancy et mon frère lui avaient teint le pelage avant de le photographier en équilibre sur leurs têtes. Dieu aimait la scène tout autant que Nancy. Je l'ai pris sur mes genoux. Il était doux, il était chaud. Je me suis penchée pour l'embrasser.

« Ne t'en fais pas, m'a-t-il dit de sa petite voix étranglée. Tout finira par s'arranger. Comme toujours.

— OK », ai-je répondu avec calme, pas le moins du monde perturbée par le fait que c'était la première fois que je l'entendais parler.

J'ai vu la silhouette élancée de Nancy se diriger vers moi, avec à la main une tasse dont la vapeur fumante formait des spirales dans le ciel glacé de novembre.

« Alors, raconte, m'a encouragée Nancy en s'accroupissant. Comment ça s'est passé ? »

Ma bouche a pris une drôle de forme, mais, trop bouleversée pour parler, j'ai dû me résoudre au chuchotement.

« Comment ? » a-t-elle demandé en se penchant vers moi.

J'ai mis mes mains en cornet autour de son oreille avant de chuchoter de plus belle.

« L'aubergiste ? s'est-elle exclamée. L'aubergiste avinée ? »

J'ai secoué la tête, le corps parcouru de convulsions. Je l'ai regardée droit dans les yeux.

« L'aubergiste *aveugle*. »

C'était le jour de la représentation. Elle a émergé des profondeurs des coulisses telle une tarentule géante plutôt que la pieuvre qu'elle était censée figurer, et lorsque Miss Grogney l'a vue, elle a poussé un hurlement comme si le diable en personne lui avait tranché la gorge. On n'avait pas le temps de sortir Jenny Penny de son costume pour la changer en chameau, aussi Miss Grogney l'a-t-elle sommée de rester dans le coin le plus sombre et le plus éloigné de la scène, en précisant que si elle apercevait le moindre petit bout de tentacule, elle l'étoufferait avec un sac en plastique. L'enfant Jésus s'est mis à pleurer. Miss Grogney lui a dit de la boucler avant de le traiter de poule mouillée.

J'ai jeté un coup d'œil rapide par le rideau, scrutant le public à la recherche de ma mère et de Nancy. La salle était bien remplie, presque pleine ; c'était mieux que pour le festival des moissons, qui avait eu le malheur de coïncider avec un tournoi de football local, et auquel une vingtaine de personnes étaient venues exprimer leur gratitude pour ce qu'elles allaient recevoir, ce qui à l'époque se résumait à deux douzaines de boîtes de haricots en sauce, dix miches de pain et une caisse de pommes tombées par terre.

Nancy m'a fait un clin d'œil, juste avant que la main ferme de Miss Grogney ne s'abatte sur mon épaule pour me ramener à l'ère chrétienne.

« Tu vas gâcher la magie si tu fixes le public », a-t-elle déclaré.

Je vais tout gâcher de toute façon, me suis-je dit, un nœud à l'estomac.

« Où sont les chameaux ? a aboyé Miss Grogney.

— Ils en ont ras la bosse, a répondu M. Gulliver, le nouveau maître, déclenchant l'hilarité générale.

— Très drôle, M. Gulliver. »

Miss Grogney s'est éloignée à grands pas, cognant son orteil contre un sac de sable.

« Bonne chance », ai-je murmuré à Jenny Penny, tandis qu'elle ondulait vers la mangeoire, projetant une ombre surnaturelle sur le mur du fond. Elle s'est retournée pour m'adresser un grand sourire. Elle s'était même noirci quelques dents.

Les lumières se sont éteintes. Je me sentais mal. La musique crachotait dans l'auditorium. Je me suis essuyé les mains sur ma tunique rouge, laissant une marque de transpiration, avant de chausser mes lunettes de soleil. Devenue aveugle dans les ténèbres, j'ai piqué un des moutons à la fesse d'un coup de ma canne blanche. Il s'est mis à pleurer. J'ai présenté mes excuses à Miss Grogney, en lui expliquant que je ne voyais pas ce que je faisais, à quoi elle a répondu : « Heureusement que Dieu n'était pas aussi aveugle », provoquant un frisson le long de mon dos.

Le fourrage de la mangeoire sentait fort. Je l'avais ramené de la maison ; à défaut d'être propre, il était authentique. Michael Jacobs, qui jouait l'enfant Jésus, n'avait pas cessé de se gratter depuis qu'on l'avait placé dans le récipient surdimensionné, et sous le feu des projecteurs, ses traits robustes, combinés aux traces de boue, lui dessinaient comme une barbe de prophète. J'ai trouvé ma position à coups de canne.

La scène avec l'Archange Gabriel semblait se dérouler sans heurts et j'ai entendu le public applaudir avec extase lorsque Maria Disponera, une nouvelle d'origine grecque qui avait oublié son texte, s'est contentée de lancer : « Toi là, Marie. Tu vas avoir gosse. Va à Beth-laine. » Elle avait décroché un rôle majeur parce que ses parents étaient les propriétaires d'un restaurant grec auquel Miss Grogney avait un accès illimité, jusqu'au soir où elle a cassé des assiettes alors que personne d'autre ne le faisait.

Les bergers, un peu à la masse, ont pointé la direction opposée à celle de l'étoile et semblaient aussi blasés et rigolards en s'éloignant que si c'était un furet qui faisait son entrée dans le monde, et non le fils de Dieu. Il y a eu un regain d'espoir quand les Rois Mages ont fait leur apparition – enfin, jusqu'à ce que l'un d'entre eux laisse échapper sa boîte d'encens, qui était en réalité une boîte de thé en porcelaine remplie d'Earl Grey. Un soupir s'est élevé dans l'auditorium tandis que sa mère sortait un mouchoir, pleurant silencieusement le deuil d'un précieux héritage familial. Il ne l'avait pas prévenue de l'emprunt. Tout comme il ne l'avait pas prévenue qu'il lui piquait ses cigarettes. Entre ses sanglots discrets, un mouton solitaire, qui tardait à quitter le plateau, a émis un brusque hurlement avant de s'écrouler sur le ventre, s'empalant le genou sur un fragment de porcelaine pointue. Les Rois Mages l'ont piétiné en sortant. Seule Miss Grogney a eu la présence d'esprit de se glisser sur scène pour emporter l'enfant, telle une encombrante peau fraîchement tannée.

Je me tenais prête derrière ma porte factice. Soudain, j'ai entendu des coups.

« Ouuuiiiii ? » ai-je lancé suivant les conseils de Nancy avant d'ouvrir la porte pour sortir en hâte dans le spot de Marie. Sursaut du public. D'après Nancy, j'avais tout d'un croisement entre Roy Orbison et le nain de *Ne vous retournez pas*. Je ne connaissais ni l'un ni l'autre.

« Moi c'est Marie, lui c'est Joseph. On a nulle part où aller. Y a des chambres dans votre auberge ? »

Mon cœur battait à tout rompre ; ma langue se faisait épaisse et lourde. *Allez, vas-y, dis-le.*

« Vous voulez une chambre ? » ai-je demandé, m'écartant soudain du script.

J'ai vu Marie et Joseph échanger un regard. Miss Grogney me surveillait depuis les coulisses, brandissant son texte pour le désigner d'un doigt accusateur.

« Attendez voir », ai-je ajouté.

Silence pesant dans la salle qui trépignait d'impatience. Le cœur battant, la gorge nouée, je m'encourageais. *Dis-le. Vas-y !* Et je l'ai dit.

« Oui, ai-je finalement repris, j'ai une chambre, avec une vue ravissante et à un prix imbattable. Par ici, je vous prie. »

Et deux mille ans de christianisme se sont immédiatement trouvés remis en question tandis que, toute canne blanche dehors, je menais à tâtons Marie (à présent en larmes) et Joseph vers une suite double avec téléviseur et minibar.

Le rideau est alors tombé pour un entracte anticipé que le Jésus barbu a passé à contempler le gâchis, oublié dans sa grande bassine dans un coin de la scène. Effrayé d'un coup par l'ombre arachnéenne de Jenny Penny à l'approche, il a tenté de sortir de sa mangeoire, mais son pied s'est pris dans ses langes et il est tombé sur un rocher de papier mâché, que Miss Grogney décrirait plus tard à la police comme « bien plus dur et compact qu'on ne l'aurait cru ».

Ses hurlements ont fait frémir l'auditorium, et les premières sirènes d'ambulance et de police se sont fait entendre par-dessus les accords d'*Il est né le divin enfant* tandis que Jenny Penny essayait de faire entonner à la foule le premier couplet.

L'ENFANT JÉSUS DANS LE COMA

Telle a été la première une. Pas de photo de Michael Jacobs, juste celle d'un roi mage en pleurs, et qui ne pleurait pas à cause de l'accident mais parce que sa mère le grondait pour avoir volé. Un témoin a déclaré que l'incident sonnait le glas de Noël pour la communauté, mais mon frère a rétorqué qu'il ne fallait pas exagérer et que Jésus se relèverait. Pas avant Pâques, a dit Jenny Penny en sanglotant sur un oreiller.

Bien sûr, Miss Grogney nous tenait toutes les deux, Jenny et moi, pour responsables de cette tragédie dans son entier, ce qu'elle s'est empressée de dire à la police, mais les agents faisaient la sourde oreille. On avait affaire à un Défaut de Sécurité, et puisqu'il lui incombait de superviser ce capharnaüm (selon leurs propres termes), c'était sur ses rondes épaules que retombait justement la faute. Elle allait démissionner sous le coup de l'enquête, traitant l'incident comme une épreuve de foi. Elle allait renoncer à la vie moderne pour se consacrer à faire le bien. Et déménager à Blackpool.

Ma mère avait essayé de joindre Mme Penny tout au long de la journée. C'est finalement elle qui a contacté ma mère pour lui dire qu'elle se trouvait à Southend-on-Sea, où elle dégustait des coques, et est-ce que ma mère pouvait garder Jenny cette nuit ? Bien entendu, a répondu ma mère, avant de lui résumer promptement les événements.

« Je reviens dès que possible. Demain, ça vous va ? a dit Mme Penny, avant d'ajouter avec un peu trop d'empressement, tel un dingo excité par l'odeur du sang : Quand a lieu l'enterrement ?

— Il n'est pas encore mort », a sèchement répliqué ma mère, avec tout de même une pointe d'insouciance.

MORT DE L'ENFANT JÉSUS

C'était la une du soir. L'*Evening News* de mon père circulait dans un silence hébété. Tous les signes vitaux avaient disparu, aussi la famille athée de Michael avait-elle consenti à débrancher le respirateur artificiel.

« Bon sang, ça a pas traîné, a remarqué Nancy. À quoi ils jouent ? Ils économisent l'électricité ?

— Très drôle, Nancy, a dit ma mère en se cachant le visage. Très drôle, vraiment. »

J'ai pourtant bien vu mon père rire, ainsi que mon frère, et Jenny Penny a juré qu'elle avait vu ma mère glousser tandis qu'elle levait le nez de son chocolat chaud. Elle adorait ces moments-là. Le cercle chaleureux de la famille. Sans doute parce qu'elle n'en avait pas.

On ne pouvait imaginer mère plus différente de la mienne que celle de Jenny Penny ; cette femme était elle-même une enfant, constamment à la recherche de l'approbation dorée de ses pairs, quel qu'ait pu être leur âge. « Alors, les filles, de quoi j'ai l'air ? » « Brossez-moi les cheveux, les filles. » « Alors les filles, vous me trouvez jolie ? »

C'était amusant au début – un peu comme jouer avec une poupée surdimensionnée – mais ses attentes et ses exigences prenaient vite le dessus, et son féroce ressentiment flottait dans la pièce comme un luminaire tape-à-l'œil, exposant la jeunesse qu'elle ne possédait plus.

« "Madame Penny", ça fait tellement vieux, Elly. On est amies. Appelle-moi Hayley. Ou Hayles !

— D'accord, madame Penny, j'essaierai », promettais-je. Mais j'en étais incapable.

Son quotidien était un mystère. Elle n'avait pas de travail mais était rarement à la maison, et Jenny Penny savait peu de choses de sa façon de vivre, si ce n'est qu'elle adorait s'entourer de petits amis et adopter divers passe-temps qui s'accordaient à son existence de « Gitane ».

« C'est quoi, une Gitane ? ai-je demandé.

— Quelqu'un qui voyage ici et là, a répondu Jenny Penny.
— Ça vous arrive souvent ?
— Très souvent.
— Et c'est chouette ?
— Pas toujours.
— Pourquoi ?
— Parce qu'on se fait chasser.
— Par qui ?
— Des femmes. »

Elles vivaient dans un monde éphémère peuplé d'hommes éphémères ; un monde qui pouvait se briser et se remonter aussi facilement et rapidement que des Lego. La plupart des murs étaient agrémentés de tissu qui pendait en lambeaux asymétriques, et l'encadrement de la porte était orné d'un motif d'empreintes florales roses et rouges, qui dans la lumière tamisée ressemblaient à des mains ensanglantées tâtonnant à la recherche d'une issue sur une scène de crime. Des tapis s'étiraient au sol et dans un coin, perchée sur un recueil de nus, se trouvait une lampe avec un abat-jour de soie magenta. Elle jetait sur la pièce une ambiance de lupanar – non que j'y connaisse quoi que ce soit aux bordels à cette époque – mais elle était rouge, malsaine, suffocante, et me mettait dans l'embarras.

Je montais rarement à l'étage à cause du petit ami actuel, qui s'y trouvait souvent endormi, partageant avec ses prédécesseurs une existence faite de services nocturnes et de beuveries plus tardives encore. Mais je percevais les pas au-dessus de nos têtes, la chasse d'eau qu'on tirait, l'air angoissé de Jenny.

« Chuuut, disait-elle. Faut pas faire de bruit. »

Et c'était à cause de cette restriction que nous jouions rarement dans sa chambre – non qu'elle eût beaucoup de jouets avec lesquels s'amuser –, mais elle possédait un hamac qui me faisait de l'œil, suspendu au-dessus d'un poster aplani qui représentait une mer bleue et paisible.

« Je regarde en bas, je me balance et je rêve, me disait-elle avec fierté. La cité perdue d'Atlantis se trouve quelque part en dessous. L'aventure m'attend.

— Tu as déjà vu la mer ? lui demandais-je.

— Pas vraiment, répondait-elle en détournant le regard, essuyant une petite empreinte qui maculait le centre d'un miroir.

— Pas même à Southend ?

— C'était la marée basse.

— Elle remonte, tu sais.

— Maman en avait marre d'attendre qu'elle revienne. Mais je la sentais, pourtant. Je crois que j'aimerai la mer, Elly. J'en suis sûre. »

Une fois, seulement, j'ai vu un de ses petits amis. J'étais montée aux toilettes et, seule et curieuse, m'étais glissée dans la chambre de Mme Penny, à l'ambiance chaude et poisseuse, avec un grand miroir au pied du lit. Je n'ai vu que son dos. Une masse dénudée que ce dos, aussi grossière dans son sommeil qu'elle devait l'être à l'éveil. Même dans le miroir, je n'ai pu voir son visage ; seulement le mien, alors que je me tenais là, hypnotisée, près du mur à ma gauche, là où Mme Penny avait écrit au rouge à lèvres « Je suis moi », encore et encore, jusqu'à ce que ses pleins et déliés multicolores fusionnent dans un embrouillamini informe et expressif qui déclarait, l'air hagard, « Suis-je moi ».

J'étais fascinée par la possibilité d'une imagination au sein de ce foyer, aussi étrange qu'il ait pu m'apparaître. Rien à voir avec la tranquille symétrie de mon quotidien à moi : les rangées de maisons alignées, avec leurs jardins rectangulaires et leur routine aussi fiable qu'un fauteuil robuste. Rien à voir avec le monde où tout s'emboîtait et s'accordait. C'était là un monde dénué d'harmonie. Un monde de drame, où comédie et tragédie se disputaient le feu des projecteurs.

« Il y a ceux qui donnent, et il y a ceux qui prennent, a dit Mme Penny tandis que nous prenions place pour un goûter de bonbons et de jus de fruits. Moi, je donne. Et toi, Elly ?

— Elle, elle donne, maman, a déclaré Jenny Penny sur un ton protecteur.

— Les mères donnent, les hommes prennent. » Ainsi parlait l'oracle.

« Mon père donne beaucoup, ai-je dit. Tout le temps, même.

— Alors, c'est un oiseau rare », a-t-elle glissé avant de bifurquer sur un sujet qui ne souffrirait aucune contradiction. Lorsque Jenny Penny a quitté la pièce, sa mère a pris ma main dans la sienne en me demandant si je m'étais déjà fait lire les lignes de la main. Elle était très douée dans ce domaine, selon ses propres dires, de même que pour le tarot et le marc de café. Elle pouvait tout lire ; c'était dans son sang de Gitane.

« Et les livres ? » ai-je demandé benoîtement.

Elle s'est esclaffée, les joues rouges, d'un rire qui semblait plein de colère.

« Allez, les filles, a-t-elle lancé lorsque Jenny est réapparue. J'en ai ma claque de vos jeux stupides. On sort.

— Où ça ? a demandé Jenny Penny.

— Surprise, a rétorqué sa mère de cette horrible voix joyeuse dont elle avait l'habitude. Tu aimes les surprises, Elly, n'est-ce pas ?

— Euh... ai-je hasardé, pas vraiment sûre de les aimer si elles venaient d'elle.

— Allez, manteaux ! » s'est-elle exclamée avant de nous lancer nos vêtements tout en fonçant vers la sortie.

Elle conduisait mal, au hasard, usant de son klaxon comme d'un bélier pour se frayer un chemin dès que nécessaire. La roulotte cabossée cahotait derrière nous, penchant dangereusement dans les virages, grimpant sur le trottoir, et manquant d'un pouce les pieds des piétons.

« Pourquoi on ne la décroche pas ? avais-je suggéré au démarrage.

— Peux pas, avait-elle répondu en passant la première. L'est attachée. Soudée. Partout où je vais, elle me suit. Comme ma petite fille », avait-elle ajouté en riant à pleine gorge.

Jenny Penny avait regardé ses chaussures. Je l'avais imitée. J'avais aperçu le plancher, encombré de canettes de Coca-Cola, de mouchoirs, de papiers de bonbons et d'un machin bizarre qui ressemblait à un ballon dégonflé.

On a vu l'église juste en face et, sans mettre le clignotant, on a viré sec dans le parking. Klaxons stridents. Poings menaçants.

« Va te faire foutre ! » s'est exclamée Mme Penny tout en se garant mal derrière le corbillard : un éclat de vie tape-à-l'œil, raillant le transport des disparus. On lui a demandé de bouger. Ce qu'elle a fait, de mauvais gré.

« La maison du Seigneur, a-t-elle marmonné. Qu'est-ce qu'il en a à faire ?

— Rien, a répondu le directeur des pompes funèbres. Mais vous nous empêchez de sortir le cercueil. »

Nous sommes entrées dans l'église, Mme Penny au milieu, nous tenant la main à chacune, son corps penché en avant dans une représentation de la contrition. Elle nous a poussées sur le banc en nous offrant des mouchoirs ronds. Avant de lever les yeux et d'adresser un sourire bienveillant aux âmes vraiment en peine. Elle a corné les pages du missel en préparation des chants et lança à terre le coussin sur lequel elle s'est agenouillée pour prier. Ses mouvements étaient fluides et gracieux – professionnels, presque ? – et de sa bouche s'échappait un étrange murmure onirique, inextinguible même lorsqu'elle reprenait son souffle, et pour la première fois depuis que je l'avais rencontrée, elle m'a semblé vraiment à sa place.

Tandis que l'église se remplissait lentement, Jenny Penny m'a attirée vers elle en me faisant signe de la suivre. Nous nous sommes glissées au-dehors, rampant le long du mur jusqu'à atteindre une lourde porte en bois barrée d'un *Sacristie*. L'intérieur était vide et irrespirable. Inconfortable.

« Tu l'as déjà fait ? lui ai-je demandé. Venir à un enterrement, je veux dire ?

— Une fois, a-t-elle répondu, pas plus intéressée que ça. Regarde ! »

Elle s'est hasardée jusqu'au piano.

« T'as déjà vu un mort ?

— Ouais, a-t-elle répondu. Dans un cercueil. Le couvercle était enlevé. J'ai dû lui faire la bise.

— Pourquoi ?

— Dieu seul sait.

— C'était comment ?

— Comme embrasser un frigo. »

Elle a appuyé sur une touche, faisant résonner une note médiane claire.

« Vaut peut-être mieux pas trop toucher, ai-je suggéré.

— T'inquiète, personne peut nous entendre », m'a-t-elle assuré avant d'appuyer de nouveau.

Bing, bing, bing. Elle a fermé les yeux. Respiré à fond un moment. Avant d'élever les mains devant sa poitrine et de les étaler à l'aveugle sur le clavier noir et blanc en face d'elle.

« Tu sais jouer ? ai-je murmuré.

— Non, a-t-elle répondu, mais j'essaye un truc », et alors qu'elle appuyait sur les touches, je me suis retrouvée embringuée dans la plus belle musique que j'aie jamais entendue. Je l'ai regardée se balancer, vaincue. Le ravissement qui barrait son front, la luminescence. Je l'ai regardée *être* quelqu'un à ce moment-là ; délivrée des quolibets, des contraintes, des critiques calamiteuses qui avaient modelé son comportement à jamais. Elle était comblée. Et lorsqu'elle a rouvert les yeux, je pense qu'elle le savait, elle aussi.

« Encore, ai-je dit.

— Je crois pas que j'en serai capable », a-t-elle répondu tristement.

D'un seul coup, l'orgue s'est mis à résonner à travers l'église. La musique était étouffée par les murs de pierre de la pièce, mais les lourdes basses se réverbéraient dans mon corps, ricochant sur mes côtes avant de s'engouffrer dans la caverne de mon pelvis.

« C'est le cercueil, a expliqué Jenny Penny. Allez viens, on va regarder, c'est trop cool. »

Elle a ouvert la porte, et nous avons rejoint la lente procession sur son passage.

On s'est assises sur le muret à l'extérieur pour attendre. Les nuages étaient assez bas, tombant à proximité de la barrière. On écoutait les chants. Deux airs, joyeux, pleins d'espoir. On les connaissait, mais on est restées coites. Les jambes ballantes, nous n'avions rien à dire. Jenny Penny a tendu une main pour attraper la mienne. Elle avait la paume moite. J'étais incapable de la regarder. Notre culpabilité, nos larmes n'étaient pas pour nous. Elles étaient pour quelqu'un d'autre ce jour-là.

« Ce que vous pouvez être barbantes, toutes les deux », a dit Mme Penny tandis que nous nous asseyions au Wimpy Bar pour essayer de déjeuner.
Elle semblait rafraîchie, revigorée, sans la moindre séquelle des événements du matin sur son visage auparavant contrit. D'ordinaire, j'aurais été extatique de pouvoir manger des plats auxquels j'avais rarement droit, mais je ne parvenais même pas à finir mon beefburger, ma portion de frites, ni mon gobelet de Coca-Cola, de la taille d'une botte. Mon appétit, aussi bien pour la nourriture que pour la vie, avait disparu momentanément.
« Je sors ce soir, Jenpen, a annoncé Mme Penny. Gary a promis de s'occuper de toi. »
Jenny Penny a levé le nez et acquiescé.
« Ce que je vais m'amuser ! s'est exclamée Mme Penny tout en engouffrant un quart de petit pain dans sa bouche, laissant une trace de rouge défier le ketchup sur son territoire. Je parie que vous avez hâte de grandir, hein les filles ? »

J'ai regardé Jenny Penny. La rondelle de cornichon au bord de mon assiette. La table mal essuyée. Regardé tout, sauf *elle*.

Toute la soirée, les visions du cercueil blanc minuscule, long de pas même soixante centimètres, m'ont hantée. Il était orné de roses pâles et d'un nounours ; bercé par des bras protecteurs, comme un nouveau-né. Je n'ai jamais raconté à ma mère, ni à mon père, où j'étais allée ce jour-là ; seul mon frère a entendu le récit de cette journée étrange, celle où j'ai découvert que même les bébés pouvaient mourir.

Que faisions-nous là ? Que faisait là Mme Penny ? Leur monde reposait sur quelque chose de pas naturel ; une sensation sur laquelle je ne pouvais, à l'époque, mettre de nom. Mon frère disait que c'était sans doute le fil tressé du chagrin d'amour. Ou de la déception. Ou du regret. J'étais trop jeune pour le contredire. Ou pour comprendre tout à fait.

Une bombe avait explosé dans une rame de métro au départ de West Ham. Mon père avait quitté sa réunion plus tôt et se trouvait dans la rame quand l'explosion avait eu lieu. C'est ce qu'il nous a dit pendant le rapide coup de fil qu'il a passé pour nous dire qu'il allait bien, non, vraiment, et qu'il ne fallait surtout pas s'inquiéter. Et lorsqu'il a franchi le seuil ce lundi soir de mars, avec des fleurs pour son épouse et des œufs de Pâques pour ses enfants, son costume était encore tout poussiéreux et sali d'avoir traîné sur le plancher du wagon. Une odeur étrange flottait au niveau de ses oreilles – un mélange d'allumettes brûlées et de cheveux cramés – et une tache de sang séché s'était formée au coin de sa bouche. Il s'était mordu la langue sous le choc, et après avoir vérifié qu'elle était toujours miraculeusement intacte, il s'était calmement relevé avant de se diriger calmement, en compagnie des autres passagers, vers la sortie et l'air frais au-dehors.

Il s'est esclaffé et a joué au foot dans le jardin avec mon frère. Il a plongé pour rattraper la balle, se maculant les genoux de boue. Il a tout fait pour nous montrer comme il était loin de la mort. Et ce n'est que lorsque nous nous sommes couchés et qu'il s'est éclipsé dans l'escalier que nous avons entendu la maison gémir, littéralement, sous la déflation de son humeur.

« Elle approche, a-t-il murmuré.

— Arrête avec tes bêtises, a dit ma mère.

— L'année dernière, et maintenant ça. Elle me traque. »

Au mois de septembre de l'année précédente, il s'était rendu au Hilton de Park Lane afin de superviser la demande de passeport d'un client important. Il était sur le point de partir quand une bombe avait déchiré le hall, tuant deux personnes et en blessant quantité d'autres. Et s'il n'avait ressenti le besoin pressant d'une pause pipi de dernière minute, lui aussi aurait pu figurer sur la liste des victimes en cette funeste journée. Au lieu de quoi, une vessie comprimée lui avait sauvé la vie.

Mais alors que les semaines passaient, plutôt que d'accepter que ces deux rencontres avec la mort n'étaient que des miracles de survie, mon père s'est convaincu que l'ombre vengeresse de la Justice fondait sur lui. Il pensait que ce n'était qu'une question de temps avant que ses mâchoires se referment et qu'il se retrouve prisonnier derrière ces remparts de dents ensanglantées, avec la révélation que c'en était fini de tout. Que c'en était fini, en réalité, de la vie.

Le loto est rapidement devenu sa planche de survie – ou plutôt son obsession – et une victoire était devenue tellement indispensable à son existence qu'il lui arrivait, certains matins, de se convaincre qu'elle s'était déjà produite. Il s'asseyait alors à table, montrait un magazine du doigt, et demandait, « Quelle maison allons-nous acheter aujourd'hui ? Celle-ci ou celle-là ? » Et je regardais alors l'homme pétri d'illusions qui se faisait passer pour mon père avant d'attraper un toast en silence. Il ne s'était jamais beaucoup préoccupé d'argent jusque-là, ce qui n'avait sans doute pas changé d'ailleurs, mais gagner constituait à présent une épreuve de foi. Il avait simplement besoin d'un gage que la chance était toujours de son côté.

Chaque semaine, je choisissais les mêmes chiffres : mon anniversaire, celui de Jenny Penny, et Noël – des jours qui comptaient pour moi. Mon frère ne faisait jamais de choix précis, préférant fermer les yeux et laisser son crayon planer au-dessus de la grille qu'il parcourait telle une tasse en lévitation. Il croyait être béni par le dieu de la fortune ou je ne sais quelle autre entité et pensait que cela le rendait différent. Je lui disais que ce qui le rendait différent, c'étaient « ces chaussures » qu'il aimait à porter en cachette la nuit.

Ma mère, de son côté, choisissait au hasard. « Laisse-moi réfléchir », disait-elle, et je soupirais parce qu'elle n'avait pas de méthode et que lorsqu'elle disait « Laisse-moi réfléchir », je savais alors qu'elle s'en remettait au hasard, un hasard qui m'agaçait ; c'était comme colorier une orange en n'utilisant que du bleu. J'étais convaincue que c'était pour cette raison que nous ne gagnions jamais, ce qui n'empêchait pas mon père de cocher la case « Pas de publicité » avant de placer le bulletin sur le manteau de la cheminée avec l'appoint en attendant sa collecte au milieu de la semaine. Accompagnée de sa promesse : samedi, notre vie sera changée.

Ce samedi-là, c'est en bordure d'un terrain de rugby que nous sommes allés attendre que notre vie change – un endroit comme un autre. C'était le premier match de mon frère, pour qui les sports de contact se résumaient jusque-là au jeu de marrons, et qui pourtant sautait en tous sens, attendant avec impatience la deuxième moitié du match, comme un garçon normal ; une normalité à laquelle je n'étais pas habituée. Il était entré au collège l'année précédente, dans un établissement privé qui coûtait les yeux de la tête à mon père (mais il lui restait la peau des fesses pour financer mes études, promettait-il) et où il s'était réinventé pour devenir une personne totalement différente de celle que nous connaissions. Je les aimais toutes les deux, inquiète pourtant que la nouvelle, avec ses centres d'intérêt « normaux », ne m'aime pas tellement. Sous mes pieds, la terre se faisait aussi fragile qu'une coquille d'œuf.

Un joueur s'est précipité vers mon frère pour lui chuchoter quelque chose à l'oreille. « Tactique », a déclaré mon père. Mon frère a acquiescé avant de s'accroupir et de frotter ses mains dans la terre, me laissant bouche bée. C'était un acte tellement peu naturel, tellement pervers, que je me suis figée en attendant les répercussions qu'il allait avoir. Et qui, pourtant, ne sont jamais venues.

Un froid perçant s'était installé sur notre côté du terrain, et le soleil apathique, qui nous avait accordé plus tôt ses faveurs, jouait à présent à cache-cache derrière les hautes tours d'habitation qui dominaient le stade, nous laissant frissonner dans l'ombre. J'ai essayé de taper des mains, mais je pouvais à peine bouger, engoncée comme j'étais dans un manteau que M. Harris m'avait acheté la semaine précédente – une erreur monumentale que cet achat, qui ne profitait à personne si ce n'est au magasin. C'était la toute première fois que je le portais, et une fois que j'avais réussi à me coincer dedans pour contempler l'horreur absolue de son impact visuel, je n'avais plus eu le temps de me glisser à la fois hors du manteau *et* à l'intérieur de la voiture sans qu'un de mes parents me brise les deux bras pour y parvenir.

M. Harris l'avait vu en solde, et au lieu de se demander « Est-ce que ce manteau ferait plaisir à Eleanor Maud ? Est-ce qu'il irait à Eleanor Maud ? », il avait dû se dire « Cette monstruosité est presque à sa taille, elle aura sans doute l'air idiot dedans ! » Il était blanc, avec les manches et le dos noir, aussi étroit qu'une genouillère mais moins utile, et même s'il tenait le froid à distance, j'avais l'impression que c'était surtout parce que le froid s'était arrêté en arrivant devant moi, mort de rire, plutôt que pour une quelconque raison pratique. Mes parents étaient trop polis (faibles) pour me dire que je n'étais pas obligée de le porter. Ils avaient seulement réussi à dire que c'était gentil de sa part, et que les beaux jours n'allaient plus tarder. À quoi je répondais que je serais sans doute morte avant.

Le coup de sifflet a retenti et le ballon a fusé dans les airs. Mon frère a couru dans sa direction, la tête haute, sans jamais le quitter du regard dans sa descente ; alerte, contournant d'instinct les joueurs lui faisant obstacle, surprenant de rapidité, et puis il y a eu ce saut. Il a flotté tandis qu'il saisissait la balle, avant de la rediriger, d'une simple flexion du poignet. Mon frère avait hérité les mains de ma mère : il savait faire parler le ballon. J'ai laissé échapper un cri de joie, croyant lever les bras en l'air, mais non, ils étaient restés coincés le long de mon corps, tels les membres fantômes d'une paralytique.

« Allez, les bleus, a crié ma mère.

— Allez, bleus ! » me suis-je époumonée, la faisant sursauter avec un « chuuut ».

Mon frère s'est élancé le long de la ligne, la balle bien calée sous le bras. Trente mètres, vingt, feinte à gauche.

« Allez, Joe ! me suis-je écriée. Vas-y, Joe, vas-y ! »

Une tape à la cheville, il ne tombe pas, toujours tout seul ; quinze mètres, il commence à chercher de l'assistance, la ligne de but en vue ; et puis, d'un seul coup, émergeant de la boue, un mur humain à cinq têtes. Il le heurte à pleine allure, os, crasse et dents entrant en collision avant de retomber avec lui dans le sang et la boue. Les corps s'abattent sur lui, s'empilant de tous côtés jusqu'à ce que le silence gagne gradins et terrain.

Le soleil a réapparu lentement derrière la tour pour illuminer la sculpture de gravats humains sous laquelle gisait mon frère. J'ai regardé mes parents ; ma mère s'était détournée, incapable de contempler la scène, couvrant sa bouche de ses mains tremblantes. Mon père, lui, applaudissait en hurlant « Bien joué, mon garçon ! Bien joué ! » – réponse pour le moins inattendue à une possible nuque brisée. À l'évidence, j'étais la seule à avoir conscience du danger, aussi me suis-je précipitée sur le terrain. J'étais arrivée à mi-parcours quand quelqu'un s'est exclamé, « P-p-p-pingouin en p-p-piste ! »

Je me suis figée pour jeter un œil alentour. On se moquait de moi. Même mes parents riaient.

L'arbitre a décollé les joueurs exténués jusqu'à atteindre mon frère, écrasé tout au fond, immobile, à moitié enterré dans la boue. J'ai essayé de me pencher vers lui, entravée par ma camisole, et dans un effort surhumain, ai perdu l'équilibre avant de m'affaler sur lui, lui coupant le souffle avec une force qui a suffi à le faire asseoir.

« Coucou, ai-je dit. Tout va bien ? »

Il m'a regardée bizarrement, sans me reconnaître.

« C'est moi. *Elly*, ai-je précisé, en agitant la main devant ses yeux. Joe ? ai-je ajouté, avant de le gifler instinctivement.

— Aouh ! a-t-il dit. Qu'est-ce qui te prend ?
— J'ai vu faire ça à la télé.
— Pourquoi t'es déguisée en pingouin ? a-t-il demandé.
— Pour te faire rire », ai-je expliqué.

Et il a ri.

« Elle est où ta dent ? ai-je demandé.
— Je crois que je l'ai avalée. »

Nous étions les derniers à quitter le terrain, et la voiture commençait enfin à chauffer quand ils se sont installés à l'arrière.

« Vous avez suffisamment de place ? a demandé ma mère depuis l'avant.

— Oh, oui, toute la place qu'il faut, Madame P. », a répondu Charlie Hunter, le meilleur ami de mon frère, et bien sûr qu'ils avaient suffisamment de place, parce que ma mère avait avancé son siège jusqu'à se trouver la face collée contre le pare-brise telle une mouche écrasée.

Charlie avait joué demi de mêlée durant le match (à ce qu'on m'avait dit), ce que j'ai pris pour la position la plus importante, puisqu'il décidait où devait aller le ballon, et dans la voiture qui nous ramenait à la maison, je lui ai demandé « Si t'es le meilleur ami de Joe, pourquoi tu lui as pas donné le ballon plus souvent ? » Pour toute réponse, un rire et une caresse vigoureuse sur ma tête.

J'aimais bien Charlie. Il sentait le savon Palmolive et la menthe, et il ressemblait à mon frère, en plus sombre. C'était ce côté ténébreux qui le faisait paraître plus âgé que ses treize ans ; un peu plus sage, aussi. Ce qui ne l'empêchait pas de se ronger les ongles, comme mon frère. Assise entre eux, je les ai observés se mordiller les doigts tels des rongeurs.

Maman et papa aimaient bien Charlie, qu'ils ramenaient toujours en voiture après les matchs parce que ses parents ne venaient jamais le regarder jouer, et les miens trouvaient ça triste. Moi, je trouvais qu'il avait de la chance. Son père travaillait pour une compagnie pétrolière et avait trimballé sa famille d'un pays à l'autre jusqu'à ce que les ressources naturelles de chacun soient épuisées. Ses parents étaient divorcés – ce que je trouvais incroyablement exaltant –, et Charlie avait choisi de vivre avec son père, menant une vie autonome, plutôt qu'avec sa mère, qui venait de se remarier avec un coiffeur du nom de Ian. Charlie faisait la cuisine et disposait d'une télévision dans sa chambre. Il était sauvage, indépendant, et mon frère et moi étions tombés d'accord pour dire que si jamais on devait faire naufrage, mieux valait que ce soit avec Charlie. Dans les virages, je m'appuyais excessivement sur lui pour voir s'il me repousserait du coude, mais il ne le faisait jamais. Et tandis que la chaleur atteignait enfin la banquette arrière, le teint de mes joues masquait les rougissements que je ressentais en regardant tour à tour Charlie et mon frère.

Charlie habitait dans la rue principale d'une banlieue affluente pas très loin de chez nous. Les jardins y étaient manucurés, les chiens toilettés et les voitures soignées. C'était un mode de vie qui semblait écluser les dernières gorgées du verre à moitié vide de mon père pour le laisser dépérir dans les bouchons du week-end.

« Quelle maison ravissante », a dit ma mère sans le moindre soupçon de jalousie.

Elle était toujours comme ça : reconnaissante de la vie qui lui était allouée. Son verre n'était pas seulement à moitié plein, il était aussi plaqué or et resservi à volonté.

« Merci de m'avoir ramené, a dit Charlie en ouvrant la portière.

— Je t'en prie, Charlie, a répondu mon père.

— Au revoir, Charlie », a lancé ma mère, la main déjà sur le levier du siège, et Charlie s'est penché vers Joe pour lui murmurer qu'ils discuteraient plus tard. Je me suis penchée à mon tour pour dire que moi aussi, mais il était déjà sorti de la voiture.

Ce soir-là, le son des résultats de football bourdonnait depuis le salon ; une mise à jour lointaine, comme la météo marine, mais pas aussi importante, et certainement pas aussi intéressante. Nous laissions souvent la télévision allumée dans le salon pendant que nous mangions dans la cuisine. C'était pour nous tenir compagnie, je crois, comme si notre famille avait dû être plus nombreuse et que cette voix déconnectée nous donnait un sentiment de complétion.

Il faisait chaud dans la cuisine qui sentait les *crumpets*, et les ténèbres du jardin se pressaient contre la fenêtre tel un convive affamé. Le platane, encore nu, dessinait la silhouette d'un système nerveux et sanguin s'étirant dans le bleu noir du ciel. *Marine française*, comme l'appelait ma mère ; un *ciel bleu marine française*. Elle a allumé la radio. Les Carpenters, « Yesterday Once More ». Elle semblait nostalgique, triste même. Mon père avait été rappelé à la dernière minute, pour assister un indépendant dont beaucoup auraient dit qu'il ne le méritait pas. Ma mère s'est mise à chanter. Elle a déposé le céleri et les bigorneaux sur la table, les œufs mollets aussi – mon plat préféré –, dont la coquille avait craqué, laissant échapper leurs fluides visqueux qui avaient dessiné des figures de blanc en spirale dans la casserole.

Mon frère est sorti du bain et il est venu s'asseoir à côté de moi, tout luisant et rose sous l'effet de l'eau bouillante. Je l'ai regardé et lui ai dit, « Souris », ce qu'il a fait sur commande, et là, au milieu de sa bouche, il y avait le trou noir. J'y ai fait passer un bigorneau.

« Arrête, Elly ! s'est exclamée ma mère en éteignant la radio. Quant à toi, a-t-elle ajouté en pointant mon frère du doigt, ne l'encourage pas. »

J'ai regardé mon frère se pencher pour saisir son reflet dans la porte de service. Ces nouvelles blessures convenaient à sa nouvelle persona ; il y avait quelque chose de noble dans ce paysage qui habitait à présent son visage, et cela lui plaisait ; il a tâté légèrement le gonflement autour de son œil. Ma mère a abattu un mug de thé devant lui sans un mot ; acte purement destiné à étouffer sa fierté naissante. J'ai attrapé un nouveau bigorneau, le harponnant avec la pointe de mon épingle de sûreté pour essayer d'extraire son corps déroulé de sa coquille, mais il résistait. Mieux encore, il s'accrochait dur, ce qui était étrange ; car même dans la mort, il disait « Je ne lâcherai pas ». *Lâcherai pas.*

« Comment te sens-tu ? a demandé ma mère.
— Pas trop mal, ai-je répondu.
— Pas toi, voyons, Elly.
— Ça va, a répondu mon frère.
— Tu n'as pas mal au cœur ?
— Non.
— Le vertige ?
— Non plus.
— Tu ne m'en dirais rien, de toute façon, pas vrai ? a-t-elle demandé.
— Vrai, a-t-il répondu avec un rire.
— Je ne veux plus que tu joues au rugby », a dit sèchement ma mère.

Il l'a regardée avec calme avant de répondre : « Je me fiche de ce que tu veux, je continuerai », et d'attraper son thé qu'il a bu en trois longues gorgées, qui ont dû lui brûler la gorge, même s'il n'en a rien laissé paraître.

« C'est trop dangereux, a-t-elle déclaré.
— La vie est dangereuse.
— Je ne supporte pas de regarder ça.
— Personne t'y oblige. Mais je continuerai de jouer, parce que je ne me suis jamais senti aussi vivant, autant moi-même. Je ne me suis jamais senti aussi heureux », a-t-il déclaré avant de se lever et de quitter la table.

Ma mère s'est tournée vers l'évier en s'essuyant la joue. Une larme, peut-être ? Je me suis rendu compte que c'était parce que mon frère ne s'était jamais identifié au mot *heureux* avant.

J'ai bordé Dieu avec son casse-croûte nocturne habituel. Son clapier était sur le patio à présent, protégé du vent par la nouvelle clôture que les voisins avaient installée, ces voisins que nous ne connaissions pas trop bien et qui s'étaient installés là après M. Golan. Parfois, il me semblait apercevoir encore son vieux visage jeter un regard à travers les fentes de la clôture, avec ses yeux clairs qui avaient la translucidité des aveugles.

Je me suis assise sur les marches froides du patio et j'ai regardé Dieu remuer sous son journal. J'ai resserré la couverture sur mes épaules. Le ciel était sombre, et vaste, et vide, sans même un avion pour perturber ce silence maussade, pas même une étoile. Le vide au-dessus était à présent en moi. Il faisait partie de moi, comme une tache de rousseur, comme un bleu. Comme un deuxième prénom que personne ne reconnaîtrait.

J'ai passé le doigt à travers le grillage et trouvé son nez. Il avait le souffle léger, tiède. La langue insistante.

« Les choses vont et viennent, a-t-il dit à voix basse.

— T'as faim ?

— Un peu. »

J'ai poussé un bâton de carotte à travers la grille.

« Merci, a-t-il dit. Beaucoup mieux. »

J'ai cru que c'était un renard au début, ces reniflements, ce bruit de feuilles dérangées ; j'ai saisi une vieille batte de criquet qu'on avait oubliée dehors l'été précédent. J'ai suivi la direction du bruit, et alors que j'approchais de la clôture, j'ai vu son corps chuter dans les ténèbres, sa masse rose touffue prostrée sur une balle de paille. Elle a levé les yeux vers moi, le visage barré de terre.

« Tout va bien ? lui ai-je demandé.

— Ça va », a-t-elle répondu tandis que je l'aidais à se relever et débarrassais les feuilles et les brindilles de sa robe de chambre préférée.

« Fallait que je me tire, ils sont encore en train de se battre, a-t-elle expliqué. Ils arrêtent pas de crier, et maman a jeté une lampe contre le mur. »

Je l'ai attrapée par la main et l'ai menée le long du chemin vers la maison.

« Je peux rester cette nuit ? a-t-elle demandé.

— Je vais demander à ma maman. Je suis sûre qu'elle sera d'accord. »

Ma mère était toujours d'accord. Nous nous sommes assises près du clapier, blotties l'une contre l'autre pour nous protéger du froid.

« Avec qui tu parlais tout à l'heure ? m'a demandé Jenny Penny.

— Mon lapin. Il répond, tu sais. On dirait Harold Wilson, ai-je expliqué.

— Sérieux ? Tu crois qu'il me parlerait, à moi ?

— Sais pas. Essaie.

— Salut, lapin lapin, a-t-elle dit en lui tapotant le ventre de son doigt potelé. Dis quelque chose.

— Aïe, petite merdeuse, a dit Dieu. Ça fait mal. »

Jenny Penny a attendu en silence un moment. Puis elle m'a regardée. Et a attendu un autre moment.

« J'entends rien, a-t-elle dit finalement.

— Il est peut-être fatigué.

— J'ai eu un lapin, une fois. Quand j'étais toute petite et qu'on vivait dans une caravane.

— Qu'est-ce qu'il est devenu ? ai-je demandé avec le pressentiment d'une étrange inévitabilité.

— Ils l'ont mangé, a-t-elle répondu, et une larme solitaire a dévalé sa joue boueuse jusqu'au coin de sa bouche. Ils ont dit qu'il s'était enfui, mais je connais la vérité. Tout n'a pas le goût du poulet. »

À peine avait-elle achevé sa phrase que la peau blanche de son genou se trouvait exposée à l'air froid de la nuit et qu'elle l'a frottée furieusement contre l'arête irrégulière de la dalle pavée. Le sang est apparu instantanément, coulant le long de son mollet potelé jusqu'à sa socquette effilochée. Je l'ai regardée, à la fois attirée et repoussée par cette soudaine démonstration de violence, par le calme qui envahissait à présent son visage. La porte de la cuisine s'est ouverte et mon frère en est sorti.

« Bon sang, c'est qu'il caille dehors ! Qu'est-ce que vous fabriquez ? »

Et avant qu'on ait pu lui répondre, il a regardé la jambe de Jenny en disant « Merde.

— Elle a trébuché », ai-je glissé sans la regarder.

Mon frère s'est accroupi et a présenté sa jambe au rayon de lumière qui émanait de la cuisine.

« Voyons un peu ce que tu t'es fait, a-t-il dit. Mon Dieu, que c'est vilain. Ça fait mal ?

— Plus maintenant, a-t-elle répondu en fourrant les mains dans ses poches surdimensionnées.

— Tu vas avoir besoin d'un pansement.

— Sans doute. Peut-être même deux.

— Allez viens », a-t-il dit en la soulevant dans ses bras pour la tenir contre sa poitrine.

Je ne l'avais jamais considérée comme jeune avant cela. Il y avait quelque chose qui la vieillissait dans cette existence nocturne, dans cette autonomie que lui avait inculquée la négligence dont elle était l'objet. Mais, cette nuit-là, blottie contre lui, elle semblait petite et vulnérable ; en manque. Son visage reposait paisiblement contre son cou ; elle fermait les yeux en sentant sa considération tandis qu'il l'emportait à l'intérieur. Je ne les ai pas suivis tout de suite. Je les ai laissés seuls un instant. Cet instant ininterrompu où elle pouvait rêver et croire que tout ce que j'avais était à elle.

Quelques jours plus tard, mon frère et moi avons été réveillés par des cris et des hurlements terrifiants. Nous avons convergé vers le palier, armés d'un assortiment d'objets divers – une brosse hygiénique dégoulinante pour moi, une longue corne à chaussure en bois pour lui – jusqu'à ce que mon père remonte les escaliers quatre à quatre, ma mère sur les talons. Il semblait pâle et décharné, comme si, dans les heures qui séparaient la veille du sommeil, il avait perdu une poignée de kilos.

« Je l'avais bien dit, pas vrai ? » nous a-t-il annoncé, la familiarité de ses traits obscurcie par le brouillard de la folie.

Mon frère et moi avons échangé un regard.

« J'avais bien dit que nous allions gagner, n'est-ce pas ? Je suis un veinard, je vous dis. Un homme béni, un élu ! » a-t-il ajouté en s'asseyant sur la marche du haut pour pleurer.

De profonds sanglots secouaient ses épaules, délivrant des années de tourment, et l'espace d'un instant son estime a semblé revigorée par la magie de ce bout de papier grillagé qu'il serrait entre son pouce et son index. Ma mère lui a caressé la tête avant de le laisser, recroquevillé comme un fœtus, sur les marches. Elle nous a conduits à leur chambre, qui sentait encore le sommeil. Les rideaux étaient tirés, le lit défait et froid. Nous étions étrangement mal à l'aise tous les deux.

« Asseyez-vous », a-t-elle ordonné.

Ce que nous avons fait. Je me suis assise sur sa bouillotte, dont émanait un reste de tiédeur.

« Nous avons gagné le loto, a-t-elle annoncé sur un ton détaché.

— Bon sang, a dit mon frère.

— Pourquoi papa réagit comme ça alors ? » ai-je demandé.

Ma mère s'est assise sur le lit et a lissé les draps.

« Il est traumatisé, a-t-elle expliqué sans essayer de dissimuler l'évidence.

— Ça veut dire quoi ? ai-je demandé.

— Fou, a chuchoté mon frère.

— Vous savez ce que votre père pense de Dieu et de toutes ces choses-là, n'est-ce pas ? a-t-elle poursuivi, le regard toujours perdu dans la zone de tissu qui avait hypnotisé sa main au point de lui faire tracer des mouvements circulaires.

— Oui, a répondu mon frère. Il n'y croit pas.

— Oui, eh bien, les choses se compliquent ; il a prié pour ça, et maintenant qu'on a répondu à ses prières et qu'une porte s'est ouverte pour votre père, s'il la franchit, il sait qu'il devra abandonner quelque chose en échange.

— Qu'est-ce qu'il va devoir abandonner ? »

Je me demandais si c'était nous.

« Son image d'homme mauvais », a répondu ma mère.

Notre victoire au loto devait rester parfaitement secrète en dehors de la famille, et de Nancy, bien sûr. Elle était alors en vacances à Florence avec sa nouvelle maîtresse, une actrice américaine du nom d'Eva. Je n'avais même pas le droit d'en parler à Jenny Penny, et quand je lui dessinais des piles de pièces pour lui donner un indice, elle prenait ça comme un message codé lui demandant de voler de l'argent dans le porte-monnaie de sa mère, ce qu'elle faisait docilement, échangeant l'objet de son larcin contre des sucettes fizz.

Ayant reçu l'interdiction de parler de notre victoire au monde extérieur, nous avons cessé d'en parler à notre monde intérieur, si bien qu'elle est vite devenue un événement furtif, plutôt que le bouleversement que la plupart des gens normaux se seraient accordés à reconnaître. Ma mère faisait toujours les magasins à l'affût des bonnes affaires, et sa frugalité est devenue compulsive. Elle raccommodait nos chaussettes, rapiéçait nos jeans, et la petite souris est allée jusqu'à refuser de me rembourser une molaire particulièrement douloureuse, même après avoir lu mon mot annonçant que chaque jour supplémentaire faisait monter les intérêts.

Un jour de juin, deux mois environ après la « victoire », mon père s'est garé dans une Mercedes argent aux vitres fumées flambant neuves, du genre d'ordinaire réservé aux diplomates. Toute la rue est sortie assister à la brutalité d'une telle ostentation. Lorsque la portière s'est ouverte et que mon père en est sorti, la rue a résonné du bruit des dents cassées alors que les mâchoires tombaient au sol. Mon père a essayé de sourire en débitant quelque banalité au sujet d'une « prime », mais il était sans le savoir monté par inadvertance sur l'échelle réservée aux élites, regardant déjà de haut les visages familiers et pleins de gentillesse avec lesquels il avait partagé de longues années de sa vie. Gênée, je suis rentrée.

Nous avons dîné en silence ce soir-là. Tout le monde n'avait que « cette voiture » à la bouche, gâtant le goût de chaque bouchée qui y passait. N'y tenant plus, ma mère a fini par demander calmement « pourquoi ? » tandis qu'elle se levait pour aller chercher un verre d'eau.

« Je ne sais pas, a répondu mon père. J'en avais les moyens, c'est tout. »

Mon frère et moi avons regardé ma mère.

« Mais ce n'est pas nous, ça. Cette voiture, elle ne nous ressemble pas. Elle représente tout ce qu'il y a de plus laid en ce monde. »

Nous nous sommes tournés vers mon père.

« Je n'avais encore jamais acheté de voiture neuve.

— Ce n'est pas le fait qu'elle soit neuve, nom de Dieu ! Cette voiture équivaut à un acompte immobilier pour la plupart des gens. Cette voiture nous fait passer pour ce que nous ne sommes pas. Cette voiture n'est pas une voiture, c'est la foutue liste de tout ce qui va de travers dans ce pays. Jamais je ne monterai à bord. C'est elle ou moi.

— Très bien », a rétorqué mon père, et il s'est levé et a quitté la table.

Dans l'attente que mon père fasse son choix entre La Femme ou La Caisse, ma mère a disparu, ne laissant qu'un mot qui disait : *Ne vous inquiétez pas pour moi.* (Ce n'était pas le cas jusque-là, mais voilà qui nous inquiétait soudain.) *Vous allez me manquer, mes deux amours* – l'omission manifeste de mon père flottant dans l'air comme l'odeur du bleu moisi du Noël précédent.

Pendant cette période de séparation à l'essai, mon père se rendait à sa permanence en voiture, nullement perturbé par ce célibat soudain, apportant avec lui un glamour inconditionnel au parking défoncé que ses bureaux partageaient avec un boui-boui. Les criminels entraient et demandaient ouvertement à voir « celui qu'a la caisse dehors ». Ils la voyaient comme une preuve de réussite, sans savoir que la personne à laquelle elle se rattachait ne s'était jamais sentie plus ratée.

Un soir, il m'a arrêtée dans la cuisine et m'a demandé ce que je pensais de la voiture.

« Elle te plaît, Elly, non ?
— Pas vraiment.
— C'est pourtant une belle voiture.
— Mais personne d'autre n'en a une comme ça, ai-je expliqué.
— C'est une bonne chose, tu ne crois pas ? De se détacher du lot, d'être différent ?
— J'en suis pas sûre, ai-je avancé, parfaitement consciente de mon propre besoin tacite de m'intégrer, ne serait-ce que pour me cacher, tout simplement. J'ai pas envie qu'on sache que je suis différente. »

Alors, j'ai levé les yeux, et j'ai vu mon frère, debout dans l'encadrement de la porte.

Alors que ma famille tombait en lambeaux, il en allait de même de ma vie scolaire. J'étais trop heureuse de m'épargner les devoirs de lecture et de rédaction en faisant savoir avec insistance à mon institutrice que notre foyer connaissait des difficultés domestiques, et profitais de chaque occasion pour embrasser la possibilité que je pouvais, moi aussi, venir d'une famille déglinguée. J'ai annoncé à Jenny Penny que mes parents allaient sans doute divorcer.

« Pour combien de temps ? a-t-elle demandé.

— Aussi longtemps qu'il le faudra », ai-je répondu, répétant les dernières paroles dramatiques de ma mère ; les paroles que je l'avais surprise en train de prononcer, alors qu'elle claquait crânement la porte d'entrée à la figure de mon père.

J'étais plutôt satisfaite de cette nouvelle vie, avec juste Jenny Penny et moi, où nous allions nous asseoir dans l'abri souterrain, un havre bienvenu loin du chaos et du malheur que la richesse était parvenue à instiller dans la maison. Mon frère l'avait aménagé confortablement, et il y avait un petit chauffage électrique en face duquel Dieu aimait bien s'installer, grillant sa fourrure qui se mettait à sentir le roussi. Je me suis assise sur le fauteuil élimé qui trônait auparavant dans notre salon, présentant à Jenny Penny la vieille caisse de vin en bois. J'ai fait mine de commander des vodkas martini à notre serveur invisible : la boisson des riches, disait mon frère, la boisson des gens sophistiqués. La boisson qui, un jour, marquerait le début des célébrations pour mon dix-huitième anniversaire.

« Santé ! ai-je dit en prenant une gorgée.
— Santé.
— Qu'est-ce qui se passe ?
— Rien.
— Tu peux tout me dire, tu sais.
— Je sais. »

Elle a fait semblant de finir son martini.

« Qu'est-ce qu'il y a ? » lui ai-je demandé à nouveau.

Elle semblait plus pensive qu'à l'ordinaire.

« Qu'est-ce que je vais devenir, si ta maman et ton papa se séparent pour de bon ? Avec qui j'irai ? » a-t-elle demandé.

Que dire ? Je ne m'étais même pas encore décidée moi-même. Chaque parent présentait des avantages et des inconvénients, et ma liste était loin d'être exhaustive. À la place, je lui ai tendu Dieu, qui commençait à dégager son parfum âpre. Il l'a immédiatement consolée, tolérant les manipulations brutales et abrasives de ses doigts grassouillets tandis que des touffes de sa robe tombaient négligemment au sol.

« Aïe, a-t-il dit. Enfin, ça va pas recommencer. Couillonne. Aïe. »

Je me suis penchée pour ramasser mon verre et, ce faisant, ai remarqué un magazine partiellement caché sous le fauteuil. J'ai su de quoi il s'agissait avant même de l'ouvrir – la couverture était éloquente –, mais je l'ai ouvert quand même, balayant du regard un assortiment de corps dénudés se livrant à différentes activités avec leurs parties intimes. Je ne savais pas que les vagins et les pénis étaient utilisés de cette façon, mais à cet âge, j'avais déjà compris que les gens aimaient à les toucher.

« Regarde ça », ai-je dit à Jenny Penny en brandissant la photo devant son visage. Mais elle n'a pas regardé. Ni ri. Ni dit quoi que ce soit, en fait. Elle a eu une réaction pour le moins inattendue. Elle a éclaté en sanglots et pris le large.

Je l'ai retrouvée recroquevillée dans l'ombre de l'amandier, à mi-chemin de l'allée où nous avions un jour trouvé un chat mort, probablement empoisonné. Elle semblait crasseuse et orpheline dans la lueur du crépuscule, cernée par les effluves d'urine et de merde qui conspiraient avec la brise tiède. Tout le monde utilisait cette allée comme toilettes ou comme décharge pour les objets devenus inutiles. Je me suis assise à côté d'elle, écartant ses cheveux de sa bouche, de son front pâle.

« Je vais m'enfuir, a-t-elle déclaré.
— Où ça ?
— À Atlantis.
— C'est où ?
— Personne ne sait exactement, a-t-elle dit, mais je trouverai, et j'irai, et alors ils se feront du souci », et elle m'a regardée et ses yeux sombres ont fondu dans ses orbites obscurcies par les ténèbres.

« Viens avec moi, a-t-elle imploré.
— OK, mais pas avant la semaine prochaine », ai-je concédé (sachant que j'avais rendez-vous chez le dentiste). Elle a acquiescé, et nous nous

sommes adossées contre la clôture, inhalant le parfum de son nouvel enduit à la créosote. Jenny Penny semblait plus calme.

« Atlantis est un endroit spécial, Elly. J'en ai entendu parler il y a pas longtemps. Elle a été engloutie par un énorme raz-de-marée il y a de ça un paquet d'années, et c'est un endroit magique où vivent des êtres magiques. Une civilisation perdue sans doute encore en vie », a-t-elle expliqué. J'étais stupéfiée par l'assurance dans sa voix ; c'était hypnotique ; cosmique, même. Ça rendait tout possible.

« Il y a de ravissants jardins, et des bibliothèques et des universités, et tout le monde est intelligent et beau, et ils sont pacifiques et ils s'aident les uns les autres, et ils ont des pouvoirs spéciaux et connaissent les mystères du Cosmos. On peut tout faire, tout devenir là-bas, Elly. C'est notre ville, et on y sera vraiment heureuses.

— Et tout ce qu'on doit faire, c'est la trouver ?

— C'est ça », a-t-elle répondu, comme si c'était la tâche la plus aisée au monde. J'ai dû avoir l'air sceptique, parce que c'est à ce moment-là qu'elle s'est soudain exclamée, « Regarde ! » et qu'elle s'est adonnée au tour de magie qui consistait à tirer une pièce de cinquante pence de son bras potelé.

« Tiens », a-t-elle dit en me tendant la pièce.

Je l'ai tenue dans ma main. Elle était tiède et maculée de sang, comme extraite de son essence, et je m'attendais presque à la voir disparaître, à la voir fondre tout bêtement dans la bizarrerie nocturne.

« Maintenant, tu peux me faire confiance », a-t-elle décrété.

Et je lui ai dit que c'était le cas, contemplant la pièce étrange et sa date plus étrange encore.

Ma mère est revenue une semaine plus tard, plus fraîche encore que lorsqu'elle s'était fait retirer sa tumeur. Nancy l'avait emmenée à Paris, où elles étaient descendues à Saint-Germain et avaient rencontré Gérard Depardieu. Elle est arrivée chargée de sacs, de vêtements et de maquillage neuf, rajeunie de dix ans, et lorsqu'elle s'est postée devant mon père avec un « Alors ? », nous avons tout de suite su qu'il avait perdu. Il n'a rien dit, et depuis cette après-midi nous n'avons plus jamais revu la voiture. En fait, il nous était formellement interdit d'y faire allusion, sans quoi mon père sombrait dans un abysse de honte et d'amnésie auto-infligée.

Mes parents écrivaient des cartes de Noël ensemble dans la salle à manger et, lassée de ma propre compagnie et de l'absence de mon frère, j'ai décidé de me rendre à l'abri pour parcourir le reste du magazine que j'avais consciencieusement remis à sa place au cas où.

Le jardin était plongé dans les ténèbres et les ombres des arbres se penchaient sur moi dans la brise. Le houx portait des baies dures et colorées ; tout le monde disait qu'il allait bientôt neiger. À cet âge-là, espérer la neige, c'était comme si elle était déjà là. Mon père m'avait confectionné un nouveau traîneau en prévision et je le voyais, appuyé contre la paroi de la cabane, ses patins en métal cirés et astiqués, parés pour la glisse. En passant à côté de la fenêtre, j'ai vu une lampe torche clignoter à l'intérieur. J'ai ramassé un piquet de criquet égaré et me suis lentement approchée de la porte. Ouvrir la porte en silence s'avérait difficile, car elle coinçait à mi-parcours contre la dalle de béton, aussi l'ai-je tirée d'un coup vers moi et j'ai vu l'image fracturée de Charlie, à genoux devant mon frère nu et tremblant, la main de mon frère perdue dans ses cheveux.

J'ai fui. Non parce que j'avais peur, pas du tout – j'avais vu ce genre d'interaction dans le magazine ; une femme faisait la même chose, et peut-être que quelqu'un regardait, je ne savais pas trop –, non, j'ai fui parce que j'étais entrée par effraction dans leur monde clandestin. J'ai fui parce que je m'étais rendu compte que c'était un monde où il n'y avait plus de place pour moi.

Je me suis assise dans ma chambre et ai regardé l'horloge décrire une rotation languide pour marquer l'heure tandis que les chants se faisaient plus forts au rez-de-chaussée. Ma mère chantait comme si elle faisait partie du chœur ; la richesse lui donnait une plus grande assurance. Je dormais quand ils sont rentrés. Mon frère m'a réveillée, et tous les deux se sont glissés dans mon lit, apportant avec eux le froid de l'extérieur.

« Tu peux en parler à personne, ont-ils dit.
— Je dirai rien.
— Promis ?
— Promis », ai-je répondu, déclarant à mon frère que j'avais déjà vu tout ça de toute façon, dans les magazines de la cabane. Il a dit qu'ils n'étaient pas à lui, et, ensemble, nous avons poussé un « Oh », réalisant avec horreur que c'était là probablement la consolation silencieuse de notre père. Ou de notre mère. Ou peut-être même des deux. Peut-être la cabane avait-elle servi de décor au prologue amoureux de ma conception. J'ai ressenti une culpabilité soudaine en pensant aux

pulsions incontrôlables qui se cachaient dans mon arbre généalogique.

« Je veux dormir maintenant », ai-je annoncé, et ils m'ont tous les deux embrassée pour me souhaiter bonne nuit avant de s'éloigner à pas de velours.

Dans les ténèbres, j'ai repensé aux images, et à M. Golan, et je me suis sentie vieille. Peut-être était-ce là ce que mon père entendait quand il disait que Nancy avait grandi trop vite ; je commençais soudain à le comprendre.

Les guirlandes étaient accrochées, le mercure remontait lentement, et l'Union Jack que nous arborions en guise de cape flottait et retombait contre les contours de nos jeunes dos. C'était le dernier week-end de mai 1977. Le rock aussi célébrait sa Reine.

Les Sex Pistols déferlaient à travers le tourne-disque que Mme Penny avait pris en otage depuis son arrivée spectaculaire à la fête de quartier, une demi-heure plus tôt.

Sa silhouette élancée se détachait tandis qu'elle remontait la rue en titubant dans une chemise de soie déboutonnée qui rappelait à notre voisine, Miss Gobb, « une paire de rideaux coincés. Comme si on avait besoin de voir ce qui se passe dans son living, à celle-là ».

Mme Penny s'est arrêtée à la première table sur tréteaux, tendant la boîte qu'elle tenait sous le bras.

« Fait maison, a-t-elle annoncé.

— Vraiment ? a demandé Olive Binsbury avec appréhension.

— Nan, je l'ai piqué. »

Silence.

« Je plaisante. Je *plaisante*, a dit Mme Penny. C'est une génoise Victoria – inspirée par la vieille reine », a-t-elle ajouté, et tout le monde a ri. Trop fort. Comme s'ils avaient peur.

Elle a pogoté, craché et serré un poing bijouté, manquant de s'électrocuter quand son talon aiguille de dix centimètres s'est coincé dans une extension dangereusement longue qui avait commencé à se craqueler au coin d'un mur moussu. Seuls la rapidité de jugement et les réflexes encore plus rapides de mon père lui ont évité la combustion alors qu'il la poussait doucement sur une pile de poufs poire, envoyant valser les derniers centimètres restant de sa jupe contre sa taille dénudée.

« Oh, Alfie, espèce de coquin ! » s'est-elle écriée en se roulant de rire dans le caniveau, attirant mon père à elle tandis qu'il l'aidait à se relever, le faisant tomber sur ses résilles filées et sa microjupe en cuir qui, comme le faisait encore remarquer Miss Gobb, aurait été plus utile comme sac à main. Mon père s'est redressé en s'époussetant, tentant de se débarrasser de son parfum, qui s'accrochait à vous comme des doigts fatigués à un mur d'escalade.

« Allez, encore un effort, d'accord ? a-t-il dit en la remettant sur pied.

— Mon héros », a-t-elle ronronné en passant sa langue sur ses lèvres violettes boudeuses.

Mon père a laissé échapper un rire nerveux.

« Je ne te savais pas royaliste, Hayley.

— L'eau qui dort, Alfie. »

Sa main, à la recherche du postérieur de mon père, a rencontré celle de ma mère.

« Kate, je ne t'avais pas vue, ma chère, a dit Mme Penny.

— Tu veux bien donner un coup de main à Greg Harris pour la circulation ?

— Un coup de main ? Plutôt deux fois qu'une », a-t-elle répondu avant de rejoindre en titubant notre barricade de fortune qui n'avait pas encore reçu l'approbation nécessaire de la police tandis qu'elle bloquait temporairement la route menant à Woodford Avenue.

Jenny Penny et moi étions préposées aux tables, que nous recouvrions de nappes en papier frappées de l'Union Jack avant d'y placer gobelets en carton et couverts en plastique à intervalles « logiques » le long du bord. Nous avons disposé des plats de tartelettes à la confiture, de rouleaux au chocolat et de Wagon Wheels, qui se sont immédiatement mis à luire au contact du soleil chaud mais raréfié.

« J'ai écrit à la reine une fois, a dit Jenny Penny.

— Pour lui dire quoi ?

— Pour lui demander si je pouvais aller vivre avec elle.

— Et qu'est-ce qu'elle a répondu ?

— Qu'elle allait y réfléchir.

— Tu crois que c'est vrai ?

— Je vois pas pourquoi elle mentirait. »

Une voiture s'est mise à klaxonner furieusement derrière nous. Nous avons entendu la mère de Jenny Penny s'écrier « Oh, va te faire foutre. Non, pas question. Allez, recule. Tu passeras pas. »

Beep ! Beep ! Beep !

Jenny Penny avait pâli. On a monté le son – ma mère, sans doute – afin de noyer les qualificatifs les plus fleuris.

« Oh, écoute ça, ai-je lancé en pointant un doigt vers le ciel. C'est ma préférée. »

Jenny Penny a tendu l'oreille. Et souri.

« Moi aussi. Je la connais par cœur. Je me lance. *I see a little silhouetto of a man. Scary mush, Scary mush, will you do the fandango ?*

— Tu ne passeras pas ! a hurlé Mme Penny.

— *Thunderbold and lightning, very very frightening. MEEE !* » ai-je chanté.

M. Harris s'est approché de nous en courant. « Où est ton papa, Elly ?

— *Galileo, Galileo, Galileo.*

— *Fig Roll* ! s'est écriée Jenny Penny.

— Ton père, Elly ? Où est-il ? C'est sérieux. Je crois qu'on risque une bagarre.

— *I'm just a poor boy, nobody loves me*, ai-je poursuivi.

— Oh et puis merde, a dit M. Harris avant de s'éloigner.

— Voilà ce que je lui dis, moi, à ton cousin de la police ! a hurlé Mme Penny en agitant ses seins dénudés.

— Argh, a fait mon père qui venait de nous dépasser en courant, les manches relevées. Ça sent les eeennuiiis, a-t-il ajouté sur ce ton agaçant qui était le sien.

— *Let him go !* chantait Jenny Penny.

— *I will not let you go*, lui répondais-je.

— Tout ceci n'est qu'un malentendu, a dit mon père.

— Lâchez-moi ! s'est exclamée Mme Penny.

— Et si on réglait tout ça autour d'une tasse de thé, a proposé calmement mon père.

— *I will not let you go !*

— *Let him...*

— VOUS ALLEZ ENFIN LA FERMER, VOUS DEUX ! » a hurlé M. Harris en arrachant la prise du tourne-disque.

Il nous a attrapées par le bras pour nous mener à l'ombre tachetée du grand platane.

« Maintenant, vous restez ici, et vous ne bougez pas avant que je vous le dise », a-t-il ajouté en essuyant la sueur qui s'était formée sous son nez.

Jenny Penny a bougé.

« N'y songe même pas, a-t-il prévenu avant de dévisser le bouchon de sa fiasque en étain et d'en écluser au moins la moitié du contenu. Certains d'entre nous ont une mission à remplir. Une mission *d'importance*. »

M. Harris a déclaré les festivités ouvertes à deux heures cette après-midi-là, avec l'aide non négligeable du reste de sa fiasque et de sa corne de brume. Il a fait un discours exaltant sur l'importance de la monarchie et la façon dont elle nous séparait du monde barbare. Plus particulièrement les Américains. Les yeux rivés sur leurs chaussures, mes parents ont laissé échapper des grossièretés inattendues. Il a dit que les reines faisaient partie de l'héritage flamboyant de notre pays, ce qui a fait rire Charlie et mon frère, ajoutant que si jamais la monarchie devait tomber, il irait se pendre et remplir ainsi la promesse que lui avait faite sa première femme.

« À Sa Majesté », a-t-il conclu, en levant son verre et en faisant retentir sa sirène.

Nancy est arrivée grimée en Élisabeth Ire. Elle était déguisée car elle venait de sortir un film et voulait éviter un photographe qui cherchait à la coincer dans une situation compromettante.

« Salut, ma jolie ! s'est-elle exclamée en me voyant.

— Nancy, a dit Jenny Penny en s'incrustant, je peux te poser une question ?

— Tout ce que tu veux, ma chérie.

— Est-ce que Shirley Bassey est lesbienne ?

— Je ne crois pas, non, a répondu Nancy avec un rire. Pourquoi ?

— Et Alice Cooper ?

— Ça ne risque pas, non.

— Vanessa Redgrave, alors ?

— Non plus.

— Et Abba ?

— Laquelle ?

— Tous les quatre.

— Je ne pense pas.

— Donc aucun d'entre eux ?

— Non. Pourquoi est-ce que tu me demandes ça, mon cœur ?

— Ben, c'est pour un devoir pour l'école.

— Vraiment ? » s'est étonnée Nancy en me jetant un regard.

J'ai haussé les épaules. Je n'avais aucune idée de ce qu'elle racontait. Je faisais mon dossier sur les pandas et les éléphants. Le thème imposé était les espèces en voie de disparition.

La nuit est tombée avec lourdeur. Les effluves de sucre, de saucisse et d'oignon, de parfum rance flottaient au-dessus des tables, réchauffées par les bougies et les haleines bavardes, fusionnant pour former une odeur géante qui affluait et se déversait telle une marée printanière. On ajustait les cardigans sur les épaules, et les voisins – autrefois insulaires, timides – se penchaient sur lesdites épaules recouvertes pour chuchoter des secrets avinés au creux d'oreilles incrédules. Nancy aidait Joe et Charlie à la table des rafraîchissements, servant des louches d'un punch sans alcool nommé Silver Jubilee, ainsi que son homologue alcoolisé autrement plus populaire, le Jilver Subilee, et on dansait et on racontait des blagues, le tout en célébration d'une femme que personne n'avait jamais rencontrée.

Les voitures ont finalement été admises à l'entrée, elles sont arrivées en klaxonnant, en signe de solidarité et non plus d'agacement cette fois, elles ont défilé tous clignotants dehors, apportant une touche disco à nos tubes de la Motown, leurs vitres abaissées ajoutant rires et chants à nos discussions déjà pompettes.

Mme Penny était plus ivre que j'avais jamais vu personne l'être. Elle tanguait comme un homme mourant d'un pas de danse à l'autre et disparaissait occasionnellement dans l'allée pour expulser vomi et urine avant d'émerger rafraîchie et presque sobre, prête pour une autre louche de punch toxique. Cette nuit-là, cependant, les voisins la surveillaient d'un œil attentif et non critique, et les mains se faisaient douces tandis qu'elles se posaient sur son dos pour la guider vers la sûreté d'un siège ou d'un mur, parfois même d'une paire de genoux. Car, ce soir-là, ils avaient tous appris le départ de son petit ami. Qui avait fait son sac, emportant ses affaires à lui et certaines de ses affaires à elle – des affaires dont elle ne constaterait la disparition que bien plus tard – des affaires comme une pocheuse à œufs et un bocal de cerises au maraschino. Alors que je passais à côté de son ombre dansante, elle m'a attrapé le bras avec force, murmurant un mot qui ressemblait à *seule*.

Le dernier disque passé et le dernier feuilleté à la saucisse mangé, Jenny Penny et moi sommes parties avec maman à la recherche de Mme Penny. La rue était pour ainsi dire vide, maintenant que les tables avaient été empilées rapidement sur le trottoir pour être emportées par la municipalité.

Nous avons parcouru la rue à plusieurs reprises au cas où elle aurait trouvé refuge dans un buisson ou une voiture déverrouillée. Mais ce n'est que lorsque nous nous sommes dirigées vers l'allée pour la seconde fois que nous avons aperçu deux ombres qui titubaient vers nous, et alors qu'elles approchaient du faisceau du réverbère, nous nous sommes aperçues qu'il s'agissait de M. Harris qui soutenait la mère de Jenny. Elle s'est essuyé la bouche, l'air gêné. Une bouche de clown, maculée de rouge. Triste, pas drôle. Jenny Penny n'a rien dit.

« J'aidais simplement cette femme », a dit M. Harris en rentrant sa chemise dans son pantalon. « Cette femme », disait-il. Après l'avoir appelée *Hayley ma douce* toute la nuit.

« Bien entendu, a répondu ma mère, l'air pas convaincu. Allez, les filles, aidez donc Hayley. Je vous rejoins dans une minute », a-t-elle ajouté, et tandis que nous nous éloignions, le poids de Mme Penny également réparti sur nos frêles épaules, je me suis retournée et j'ai vu ma mère tapoter la poitrine de M. Harris avec fureur en lui disant « Si jamais, *jamais*, tu profites encore d'une femme dans cet état, je te fais ta fête, Dieu m'en est témoin, espèce de sale connard arrogant. »

Mes parents n'ont même pas pu l'amener à l'étage qu'elle vomissait déjà dans l'entrée. Jenny Penny s'est détournée d'un air gêné, jusqu'à ce que le sourire rassurant de mon père la fasse se sentir moins seule. Mais est restée coite tout au long de la procédure de nettoyage, suivant les ordres de ma mère comme une disciple transie. Bol d'eau chaude, serviette, draps, couverture, seau vide. Pinte d'eau. Merci, Jenny, tu te débrouilles comme un chef. Mon père a aidé Mme Penny à s'installer sur le sofa avant de la recouvrir de draps lavande, et tandis qu'elle s'endormait, ma mère lui a caressé le front, y déposant même un baiser, avant de remarquer la présence de l'enfant.

« Je vais rester ici avec elle cette nuit, Jenny, a dit ma mère. Tu peux rentrer chez nous avec Elly et Alfie. Et ne t'inquiète pas pour ta maman, ça va aller. Je vais m'occuper d'elle. C'est ce qui se passe quand les adultes s'amusent beaucoup, rien d'autre. Elle n'a rien fait de mal, Jenny. Elle s'est juste amusée, c'est tout. Et elle était drôle, n'est-ce pas ? »

Mais Jenny Penny n'a rien répondu. Elle savait que les paroles de ma mère ne constituaient qu'un maigre échafaudage retenant un mur en ruine.

Nos pas alanguis résonnaient le long de la rue sombre. Jenny Penny m'a pris la main.

« J'aimerais tellement que ma mère soit comme la...

— Tais-toi », l'ai-je coupée brutalement. Je savais quel mot allait suivre, et cette nuit-là, c'était un mot qui aurait transpercé mon cœur de culpabilité.

Quand j'y repense, il était évident que mes parents avaient déjà pris la décision de déménager quand ils sont revenus de leur voyage en Cornouailles ce printemps-là. C'était une seconde lune de miel, d'après Nancy. Ils avaient ressenti le besoin de se reconnecter, de se retrouver à nouveau en tant que personnes, et lorsqu'ils ont franchi la porte, rougeauds et iodés, ils apportaient avec eux une espèce d'énergie, comme je n'en avais encore jamais vu ; une tendresse qui n'était pas soumise à la familiarité ni au devoir, et lorsque mon père nous a fait asseoir pour nous annoncer qu'il avait décidé de démissionner de son poste, je me suis sentie soulagée de constater que la fragilité des attentes restées en suspens au-dessus de nous ces dix-huit derniers mois s'était finalement métamorphosée en action décisive.

Mon père a complété son préavis fin juin puis, coupant court à tout adieu ou célébration, est allé s'asseoir dans sa voiture sur le parking désert, où il a pleuré jusque tard dans la nuit. La police l'a retrouvé avachi sur le volant, les yeux rouges et gonflés comme des furoncles. Lorsqu'ils ont ouvert la portière, tout ce qu'il a trouvé à dire était « Pardonnez-moi. Pardonnez-moi, je vous en supplie », ce que le jeune flic fraîchement sorti de Hendon trois semaines plus tôt a pris pour des aveux choc tandis que son imagination sautait allègrement du manuel du gendarme au roman noir. Croyant que mon père avait massacré sa famille, il a ordonné à un escadron de voitures de se précipiter chez nous. La porte tonnait sous les coups de poing, et ma mère, désorientée, a dévalé les escaliers, craignant qu'un porteur de nouvelles insupportables n'ait à nouveau trouvé le chemin de son foyer.

« Oui ? a-t-elle dit sur un ton ni accueillant ni passif.

— Êtes-vous Mme Kate Portman ? a demandé le policier.

— C'est bien moi, a répondu ma mère.

— Connaissez-vous un M. Portman ? a demandé le policier.

— Évidemment que je le connais, c'est mon mari. Que lui est-il arrivé ?

— Rien de bien grave, mais il semble un peu désemparé. Pourriez-vous m'accompagner au poste et le ramener chez vous ? »

Ce que ma mère a fait, pour trouver mon père livide et tremblant sous les néons et sous la garde d'un gentil officier du commissariat. Il était enveloppé dans une couverture grise et tenait un mug de thé à la main. Le mug portait l'insigne du club des supporters de West Ham, rendant mon père encore plus pathétique, quelque part, selon ma mère. Elle lui a pris la tasse des mains et l'a déposée au sol.

« Où sont tes chaussures ? a-t-elle demandé.

— On me les a confisquées. C'est la procédure. Au cas où je voudrais me faire du mal.

— Comme quoi ? Marcher sur tes lacets ? » a-t-elle rétorqué, et ils ont ri tous les deux, sachant que tout irait bien – pour le moment du moins.

Et tandis qu'ils rejoignaient le parking, elle s'est arrêtée, se retournant vers lui pour lui dire, « Laisse tomber, Alfie. Il est temps. Laisse-la ici. »

Elle s'appelait Jean Hargreaves.

Mon père, qui travaillait au cabinet à l'époque, avait été choisi pour défendre un M. X face à des accusations d'attouchements sur mineure. C'était une de ses premières affaires et, encouragé par sa nouvelle paternité et par les responsabilités placées sur ses jeunes épaules, il avait entrepris la défense de M. X comme une espèce de quête, une noble vocation qui le lançait contre le dragon de la calomnie.

M. X était un homme connu et respectable, aux manières si douces que mon père trouvait impensable de le voir réduit à devoir se défendre de si abominables allégations. M. X était marié depuis quarante ans. Jamais on n'avait parlé de la moindre liaison, du moindre accroc conjugal, et son mariage était considéré par tous comme un objectif à atteindre. Il avait deux enfants ; le garçon était dans l'armée, la fille dans la finance. Lui-même siégeait au conseil d'administration de plusieurs entreprises ; il faisait du mécénat artistique et finançait les études d'enfants défavorisés jusqu'à l'université. Plus important encore, c'était l'homme que mon père aspirait à devenir.

Et puis un jour, une jeune femme du nom de Jean Hargreaves était entrée dans le commissariat de Paddington Green et avait vidé son sac pour la première fois en treize ans, révélant le secret humiliant qui la tourmentait la nuit. Alors âgée de dix ans, elle avait fait l'objet d'abus épouvantables tandis que sa mère faisait le ménage aux confins de la maison de M. X. La police aurait rejeté l'affaire s'il n'y avait eu ce détail accablant : Jean Hargreaves était capable de décrire précisément la chevalière que son agresseur portait à l'auriculaire, et sur la face de laquelle elle avait remarqué la plus infime des fissures.

Dès l'instant où Jean Hargreaves était passée à la barre, sa vie était finie, m'avait dit plus tard mon père. Il avait démonté son histoire à coups d'attaques et de feintes, parant son incertitude jusqu'à ce qu'elle s'enfonce dans son siège, avachie et doutant de tout, jusqu'à son propre nom. En deux temps, trois mouvements, le jury avait conclu à l'innocence du prévenu, dont la main ferme et froide avait aussitôt serré la paume naïve de mon père.

C'est alors que s'est produite la pire des coïncidences. Mon père accompagnait M. X vers la sortie, lorsqu'ils ont aperçu soudain Jean Hargreaves, assise seule sur un banc, attendant l'arrivée de sa meilleure amie, disparue dix minutes plus tôt à la recherche d'un taxi. Mon père a tenté de retenir son client, ce qui revenait à éloigner un molosse hargneux d'un renard ensanglanté. M. X s'est écarté pour parcourir le couloir silencieux, le martèlement de ses talons aussi arrogant que des claquements de doigts, et au moment de la dépasser, il n'a pas crié ni déversé sa colère, non, il s'est simplement tourné vers Jean Hargreaves pour lui chuchoter quelques mots à l'oreille avec un clin d'œil, et à cet instant précis, mon père a compris. Nancy m'a raconté qu'il s'était figé, la main contre le mur ; tentant de s'extirper de son enveloppe corporelle, ce qu'il n'a cessé de faire en vain pour le restant de ses jours.

Deux semaines plus tard, Jean Hargreaves se donnait la mort, et dans le laps de temps qu'il lui avait fallu pour chuter de vingt étages, mon père avait perdu foi en tout – mais surtout en lui-même.

Mon père s'est agenouillé sur le tarmac tandis que les voitures allaient et venaient. Le bourdonnement léger du trafic le disputait à son passé. La brise de juin tournoyait autour de sa chemise, séchant sa peau moite – une sensation illicite et bienvenue le réveillant au souvenir de la vie. Ma mère lui a caressé les cheveux.

« Je t'aime », a-t-elle déclaré, mais mon père ne pouvait la regarder dans les yeux. C'était le dernier chapitre de sa dépression, le moment où son verre s'était vidé de tout liquide, et où sa vacuité n'attendait plus que les choix à venir.

Juin a paresseusement laissé la place à juillet. Le soleil brûlait, haut dans le ciel, ce qu'il allait continuer de faire les quatre heures suivantes, et je regrettais de n'avoir pas pris ma casquette – une vieille casquette de cricket blanche que Charlie m'avait donnée le mois précédent. J'étais en retard, je le savais, alors que je remontais la rue en courant, à bout de souffle. Je sentais un filet de sueur couler le long de mon dos, que j'imaginais frais, plutôt que tiède et poisseux. J'ai mis la main dans ma poche, étouffant le cliquettement des pièces que j'allais bientôt échanger contre une glace ou deux.

Je venais de rentrer après avoir escorté Jenny Penny chez elle depuis le terrain de jeu où elle avait trébuché et coincé ses cheveux dans une clôture. Une grosse touffe y était restée accrochée, pareille à de la laine de mouton, lui arrachant des cris de détresse. Elle était convaincue d'être devenue chauve, mais je lui avais affirmé qu'il lui en faudrait bien plus si elle voulait utiliser pareil qualificatif, ce qui l'avait calmée une dizaine de minutes jusqu'à ce qu'elle tombe en larmes dans les bras de sa mère.

J'ai tourné au coin de la rue et foncé en direction de l'arrêt de bus où se tenait mon frère, l'index sur sa montre.

« T'es en retard, a-t-il dit.

— Je sais. Mais Jenny Penny a failli *mourir*, ai-je expliqué.

— Voilà le bus », a-t-il rétorqué, indifférent à ma vie, avant d'étirer le bras pour arrêter le 179 haletant.

Nous nous sommes assis à l'étage. Je voulais me mettre tout devant et lui à l'arrière, aussi nous sommes-nous installés séparément, jusqu'au moment où nous avons atteint le manège de Charlie Brown et où, concédant ma défaite, j'ai traversé la voiture avec ses sièges tachés et ses mégots de cigarette qui étaient devenus le fantasme de tout écolier. « Andy M Lisa », « George est un gros porc », « Mike a une belle bite ». Ma lecture était succincte, et je me suis demandé qui étaient George et Mike, et qui était Lisa et si Andy l'aimait toujours.

Je me suis levée, le visage collé à la fente de la fenêtre ouverte. L'air était encore figé, inconfortable. Je me sentais mal. Mon frère se rongeait à nouveau les ongles. Il avait arrêté quelque temps pendant sa phase heureuse, mais voilà qu'il s'y était remis. C'était une habitude qu'il aurait dû perdre en grandissant. Que ce soit dans ses moments de nervosité ou de réconfort, il s'y adonnait toujours, ce qui lui donnait un air inutilement juvénile. Il n'avait pas vu Charlie depuis une semaine. Charlie s'était absenté de l'école, mais il n'était pas malade, et il ne pouvait pas lui expliquer, mais plus tard il raconterait tout à mon frère. Et voilà que nous étions *plus tard*, et j'avais de la peine pour mon frère, mais sans savoir encore pourquoi.

Lorsque nous sommes descendus du bus, la brise s'était levée, apportant avec elle un regain d'espoir, et nous riions tandis que nous parcourions les rues bordées d'arbres, animées par le murmure des tondeuses et des arroseurs qui nous aspergeaient d'eau, nous les passants. Puis nous l'avons vu : le grand camion de déménagement garé devant la maison. Nous avons ralenti, retardant la vérité. J'ai demandé l'heure à mon frère pour essayer de l'égayer, mais il m'a ignorée et j'ai compris pourquoi. Le soleil était brûlant, irritant. Comme moi.

Nous sommes restés là à regarder les objets familiers chargés dans le van ; le petit téléviseur argenté de la chambre de Charlie, ses skis, la grande armoire qu'il disait être en acajou et venir de France. Mon frère m'a attrapé la main.

« Peut-être qu'il déménage plus près de chez nous », a-t-il glissé avec un sourire forcé.

Je ne savais quoi dire. Soudain, Charlie est sorti de la maison, accourant vers nous, aussi excité qu'à son habitude.

« On s'en va ! a-t-il lancé avec entrain.

— Comment ça ? a demandé mon frère.

— Mon père et moi, on part à Dubaï. Je suis déjà inscrit dans un collège là-bas », a-t-il ajouté en me regardant plutôt que mon frère.

Je n'ai rien répondu.

« Il a un nouveau contrat, dans un nouveau pays. On n'a pas le choix.

— Tu aurais pu venir vivre chez nous, ai-je avancé.

— Vous partez quand ? a demandé mon frère en se sortant les doigts de la bouche.

— Demain, a répondu Charlie.
— C'est bientôt, ai-je remarqué avec un début de nœud à l'estomac.
— Pas vraiment. Je le savais depuis des semaines.
— Pourquoi tu m'as rien dit ? a demandé mon frère à voix basse.
— Ça semblait pas important.
— Tu vas me manquer, a murmuré mon frère.
— Ouais, a répondu Charlie en se détournant. Il fait vraiment chaud là-bas, tu sais, a-t-il ajouté.
— Il fait vraiment chaud ici, a dit mon frère.
— On aura des serviteurs, a dit Charlie.
— Pour quoi faire ? ai-je demandé.
— Je pourrais venir avec vous », a dit mon frère, et Charlie a éclaté de rire.

Deux hommes ont emporté devant nos yeux un gros fauteuil en cuir noir, qu'ils ont déposé bruyamment à l'arrière du van, à proximité d'un cache-pot argenté.

« Pourquoi tu t'es moqué de moi ? a demandé mon frère.
— Il pourrait venir avec vous, ai-je dit en prenant la main de mon frère, si tu le voulais. Suffit d'un coup de fil.
— Je vais demander à mon père, peut-être que tu pourras venir me rendre visite un jour. Qu'est-ce que tu dis de ça ? a répliqué Charlie en croisant les bras sur sa poitrine.
— Va te faire foutre. Plutôt mourir », a rétorqué mon frère en repartant vivement dans la direction opposée.

Nous avons remonté la rue à grandes enjambées trop rapides dans la chaleur bourdonnante, et je n'arrivais pas à savoir si c'était la sueur ou autre chose qui courait le long des joues de mon frère, toujours est-il qu'il a vite pris de l'avance sur moi et mes jambes fatiguées ont refusé le combat, alors j'ai allongé le pas et me suis assise sur un mur humide, aspergé par intermittences par un arroseur automatique. Je m'attendais à entendre toquer à la fenêtre, à sentir une main furieuse m'éjecter de ce mur privé, mais non ; je l'ai entendu revenir en courant vers moi, et je n'ai pas levé les yeux parce que je m'en fichais, parce que je le détestais et que je détestais sa fuite. Il s'est assis près de moi.

« Qu'est-ce que tu veux ? lui ai-je demandé.

— J'en sais rien, a répondu Charlie.

— Alors va-t'en. T'es qu'un crétin un crétin un crétin un crétin.

— Allez, quoi, Elly.

— *Crétin.*

— Je voulais juste te dire au revoir comme il faut, c'est tout. »

Je me suis retournée pour le frapper, fort.

« Au revoir, ai-je ajouté.

— Oh, merde, Elly ! Pourquoi t'as fait ça ? s'est-il écrié en se frottant l'épaule.

— Si tu sais pas, alors c'est que t'es encore plus stupide que t'en as l'air. »

Et je l'ai frappé de nouveau, fort, au même endroit.

« Pourquoi tu me fais ça à moi ?

— Parce que t'aurais pas dû lui faire ça à lui.

— Fallait que je fasse gaffe, a-t-il expliqué. C'est mon père, tu comprends. Il me surveille sans arrêt, il est vraiment bizarre. Dis-lui de ma part. Dis-lui… quelque chose de gentil.

— Va te faire foutre et dis-lui toi-même », ai-je rétorqué avant de reprendre ma route, soudain ressuscitée, soudain puissante ; soudain changée.

Si mes parents avaient suspendu leurs activités ne serait-ce qu'un magnifique instant, pour laisser la place au silence, ils auraient pu entendre le son du cœur de mon frère qui se brisait. Mais ils n'ont rien entendu à l'exception du bruit des vagues corniques et du chant des oiseaux qui allaient remplir leurs vies et les nôtres par la suite. Il ne nous restait plus, à Nancy et moi, qu'à ramasser les morceaux de mon frère ; à ressusciter son esprit diminué et à tirer son visage pâle et ruisselant de larmes de sous l'oreiller afin de donner un sens à un monde qui le lui avait refusé : il aimait, mais sans être aimé en retour. Même Nancy n'a su lui apporter réconfort ni explication. Cela faisait partie de la vie, et elle était navrée qu'il ait dû en prendre conscience si tôt.

Nous sommes allés chez elle à Charterhouse Square tandis que commençaient les insondables vacances d'été. Elle nous occupait avec force musées, galeries d'art et cafés, et peu à peu le manque d'intérêt de mon frère pour tout ce qui n'était pas son ego blessé s'est estompé ; il a émergé tout doucement, plissant les yeux dans le soleil de cette fin de mois de juillet, choisissant de donner une deuxième chance à la vie.

« Quand est-ce que tu as su ? lui a-t-il demandé tandis que nous marchions le long de la Tamise, en direction du complexe de la South Bank pour y voir un vieux film en noir et blanc.

— Un peu plus tard que toi, je suppose. Je devais avoir seize ans ? Je n'en sais trop rien. J'ai su très tôt ce que je ne voulais pas, et comme j'ai eu beaucoup de ce que je ne voulais pas, le choix a été vite fait.

— Mais c'est jamais facile, pas vrai ? C'est nul. Devoir se cacher, tout ça.

— Tu n'es pas obligé, a-t-elle dit. De te cacher, je veux dire.

— Parfois, j'aimerais être comme tout le monde », a-t-il déclaré.

Nancy s'est postée devant lui avec un rire.

« Oh, que non ! Tu détesterais être comme tout le monde. Inutile de te leurrer, mon chou – être gay sera ton salut, et tu le sais.

— Mon cul », a-t-il répliqué en réprimant un sourire.

Il a déballé un chewing-gum tout en jetant un œil au beau brun qui passait devant lui.

« Je t'ai vu », lui ai-je dit en le poussant du coude.

Il m'a ignorée.

« Je l'ai vu se rincer l'œil, Nancy. Le type là-bas.

— La ferme, a-t-il marmonné avant de reprendre sa marche, les mains fourrées dans son jean bien serré, celui dont ma mère disait qu'il le rendrait stérile. Alors, t'as déjà eu le cœur brisé ? a-t-il ajouté avec nonchalance.

— Oh, mon Dieu, OUI ! a répondu Nancy.

— Par une certaine Lilly Moss, ai-je lancé, ayant enfin trouvé une brèche dans leur conversation. Enfin, c'est la plus célèbre. Tout le monde connaît cette histoire, Joe. Elle a trompé Nancy et essayé de la détrousser jusqu'au dernier sou. Mais elle s'en est pas tirée comme ça, pas vrai Nancy ?

— Non, en effet, même si elle s'en est sortie avec un collier en diamant des plus coûteux, si mes souvenirs sont bons.

— Je tomberai plus jamais amoureux de personne », a déclaré pompeusement mon frère.

Nancy lui a passé un bras autour des épaules, le sourire aux lèvres.

« Jamais, c'est long, Joe. Je parie que tu ne tiendras pas.
— Et moi je te parie que si. Combien ?
— Dix livres.
— Ça marche. »

Et ils se sont serré la main, et Nancy a poursuivi sa route, avec l'assurance que le billet de dix tomberait un jour dans son escarcelle.

« On déménage », a soudain décrété mon père au cours d'un petit déjeuner anglais. Nous avons échangé un regard, mon frère et moi, avant de continuer à manger. La porte de derrière était ouverte ; la chaleur du mois d'août rendait folles les abeilles, dont le bourdonnement ensorcelant remplissait le silence qui s'était installé à la suite de notre cruelle manifestation d'indifférence.

Mon père semblait déçu ; il s'attendait à ce qu'une déclaration aussi excitante provoque plus d'émotion, et se demandait s'il connaissait réellement ses propres enfants – question qui reviendrait le hanter à maintes reprises au cours des années à venir.

« En Cornouailles », a-t-il ajouté avec enthousiasme, avant de lever les bras comme s'il venait de marquer un but en lançant un « Youpi ! »

Ma mère a quitté son poste devant le gril pour venir s'asseoir à table avec nous.

« C'est inattendu, nous le savons, a-t-elle dit. Mais pendant notre séjour à Pâques, une propriété a été mise en vente, et d'un seul coup, on a su que c'était ce qu'on voulait. Ce dont on avait rêvé pour notre famille. Alors on l'a achetée. »

Elle a marqué une pause afin de permettre à l'absurdité de ses propos de nous réveiller d'une bonne gifle en pleine figure. Cela n'a pas été le cas. Nous avons poursuivi notre petit déjeuner, hébétés.

« Tout ce qu'on vous demande, c'est de nous faire confiance », a-t-elle ajouté. (Encore ce satané bouquin.)

Mon frère a repoussé son assiette.

« D'accord. Quand ?

— Dans deux semaines pile, a répondu mon père avec embarras.

— OK », a dit mon frère.

Il s'est levé maladroitement de la table, laissant deux tranches de bacon intactes, et s'est dirigé vers l'escalier.

Mon frère faisait claquer un élastique sur son bras, étendu sur son lit. Des marques rouges et enflées barraient sa peau.

« À quoi tu penses ? lui ai-je demandé depuis la porte.

— À rien.

— T'as envie d'y aller ? ai-je dit en m'asseyant à ses côtés.

— Pourquoi pas ? De toute façon ici pour moi c'est la merde. »

Il s'est tourné vers la fenêtre ouverte, vers ce panorama de tout ce qu'il allait laisser derrière lui. Le ciel avait viré au gris violet profond depuis le matin. L'atmosphère était poisseuse. Et commençait à empirer.

« Et Jenny Penny, alors ? lui ai-je dit.

— Quoi, Jenny Penny ?

— Tu crois qu'elle pourrait venir avec nous ?

— À ton avis ? a-t-il rétorqué en se tournant vers moi pour me donner une pichenette sur le genou.

— Aïe, ai-je dit. T'aurais pu te retenir.

— Bien sûr que non, Ell. Elle vit ici avec sa grosse vache shootée de mère, a-t-il répondu avant de rouler de nouveau vers la fenêtre.

— Comment je vais lui dire ? ai-je dit, soudain prise d'angoisse.

— Sais pas, a-t-il répondu en traçant une ligne le long de la vitre embuée. Ce qu'il nous faut, c'est un orage. Pour éclaircir l'atmosphère. Ça faciliterait les choses. »

Comme déclenchée par ses paroles insouciantes, la première salve de tonnerre a roulé à travers l'horizon, délogeant oiseaux ébahis et pique-niqueurs installés sur son passage.

La pluie s'est immédiatement mise à tomber. De grosses gouttes – comme de la neige fondue – sont venues saturer les jardins desséchés, et bientôt les gouttières débordaient, déversant un trop-plein poussiéreux qui dévalait les sentiers et remplissait des cratères de boue. Le ciel s'est illuminé, d'abord un éclair, puis un autre, poignardant l'horizon entre les peupliers. Nous avons vu M. Harris courir jusqu'à sa corde à linge, trop tard pour sauver son jean trempé. Nous avons descendu les escaliers en courant et passé la porte de derrière, encore un éclair – une sirène de pompiers. Mon frère a tendu un bras dans le clapier pour en tirer mon lapin tremblant.

« C'est pas trop tôt, a déclaré Dieu tandis que je le serrais contre ma poitrine. J'aurais pu y rester.

— Désolée, ai-je répondu. Je suis vraiment désolée.

— Désolée pour quoi ? » a crié mon frère.

Des chiens aboyaient trois maisons plus loin, des enfants dansaient en hurlant au milieu du chaos, rieurs et inondés d'une terreur joyeuse. Le tonnerre rugissant a ébranlé la terre. M. Fisk, à l'arrière, a couru fixer une bâche dont les bords rebelles tournoyaient au vent, désireux de prendre leur envol. Debout au milieu de notre jardin, sans abri, sans protection, nous avons contemplé la turbulence des vies que nous côtoyions, à côté desquelles nous nous asseyions, les vies de notre quartier, secouant notre apathie jusqu'à ce que nous voyions à nouveau à quoi avait ressemblé notre vie ici. Là, la luge que notre père avait fabriquée, celle que nous prenions avec nous à l'école, qui faisait la jalousie de tous ; là, les fantômes des balançoires et des cages à poules qui nous avaient soutenus et lâchés, le son de nos larmes. Et nous avons revu les matchs de cricket et de football qui avaient arraché l'herbe de la pelouse en contrebas. Et nous nous sommes rappelé les tentes que nous avions montées et les nuits que nous y avions passées ; des pays imaginaires – nous, des explorateurs. Il y avait soudain tellement de choses auxquelles dire au revoir. Et tandis que la tempête s'effaçait et que les premiers rayons perçants du soleil soulevaient notre coin du monde, elle est apparue. Le visage trempé, qui regardait par-dessus la clôture. Sans un sourire. Comme si elle savait.

« Va la chercher », m'a intimé Dieu.

« Pourquoi ? » a-t-elle demandé en écartant la serviette de sa figure.

L'horloge cliquetait bruyamment dans le silence. Elle a jeté un regard pathétique par-dessus la table de la cuisine, et je me suis prise à souhaiter le retour de mon frère, ramenant avec lui le familier dans cette scène d'inquiétude. Ma chaise me semblait dure. Le jus d'orange, trop sucré. Notre décontraction, à présent factice. Plus rien n'était pareil.

« Pourquoi ? a-t-elle demandé à nouveau, les yeux immédiatement emplis de larmes. Pourquoi ? Pourquoi ? Pourquoi ? Pourquoi ? Pourquoi ? »

Je n'aurais su lui répondre.

« C'est à cause de moi ? »

J'ai senti ma gorge se serrer.

« Bien sûr que non, ai-je répondu. Mes parents disent qu'on est obligé.

— Où est-ce que vous allez ? a-t-elle demandé en serrant le lapin tellement fort qu'il a commencé à se débattre.

— En Cornouailles.

— C'est comme si vous étiez morts, a-t-elle déclaré en laissant tomber Dieu au sol.

— Et merde », s'est-il exclamé avant de filer sous une boîte.

Elle s'est avachie, les coudes sur les genoux.

« Et Atlantis, alors ? Et tout ce qu'on avait prévu de faire ?

— C'est peut-être en Cornouailles. Peut-être qu'on la trouvera là-bas.

— Elle ne peut pas être en Cornouailles.

— Pourquoi ?

— Parce que. C'est forcément un endroit *à nous*. Tu vois pas ? Pas un endroit qui appartient à tout le monde. »

Elle s'est mise à taper du pied, gagnée par la rage, une rage que mon frère avait si souvent perçue quand il jouait avec elle. Un excès d'énergie né du danger, une énergie qui pouvait à tout moment transformer le jeu en guerre.

« Ne m'abandonne pas, Elly, implorait-elle. Je t'en supplie. Tu ne sais pas ce qui va se passer. »

Mais que pouvais-je répondre ? Je lui ai tendu la main. Geste grossier et dramatique.

« Je t'aime vraiment », ai-je déclaré avec maladresse.

Pathétique.

« Non, c'est pas vrai ! s'est-elle écriée. T'es comme tous les autres », et elle s'est enfuie en courant.

Je l'ai suivie jusqu'à la clôture, criant son nom, la priant de s'arrêter, l'implorant, mais elle ne s'est jamais retournée. Le rideau était tombé. Elle vivrait de l'autre côté jusqu'à mon départ.

Nous n'avons jamais demandé à voir les photographies, ne nous sommes jamais intéressés au village ni à la vie que nous y mènerions, ni même aux écoles que nous allions fréquenter ; au lieu de tout cela nous avons fait confiance à nos parents, comme ils nous l'avaient demandé, les laissant nous mener aveuglément vers un lieu inconnu et un futur tout aussi inconnu. Je me tenais dans l'encadrement de la porte de ma chambre que je balayais des yeux, triste mais étrangement détachée ; je remplissais mon sac préféré avec Orinoco, mon Womble en peluche, ma brosse à cheveux et des photographies, et ma boîte à secrets, à la valeur modeste mais à la mémoire surprenante. J'y ai ajouté mon maillot de bain et mes lunettes de soleil, mais pas mes claquettes, prévoyant d'en acheter de nouvelles dans une boutique du bord de mer. Je me suis rendu compte que j'étais ravie d'abandonner le reste. Qu'à l'âge de neuf ans et huit mois, un enfant en vienne à accueillir la possibilité de prendre un nouveau départ ne semblait pas particulièrement singulier à l'époque. Je me suis assise sur mon lit, une serviette de plage autour des épaules. J'étais fin prête à partir ; je n'avais jamais que douze jours et trois heures d'avance. J'ai fermé les yeux et écouté l'appel des mouettes.

La compagnie de déménagement a tout fait, emportant notre vie avec la sobriété qui sied aux professionnels. J'ai jeté un œil dans le van juste avant qu'ils abaissent la porte roulante en me disant que nous n'avions pas beaucoup accumulé au fil des ans ; nos possessions étaient maigres et fonctionnelles, pour ne pas dire pitoyables. Pas de piano à manœuvrer ; pas de tableaux pour orner les murs, ni de lourds tapis texturés pour apporter de la chaleur au parquet si froid et rugueux sous nos pieds nus. Pas de lampadaire qui projetterait bientôt des ombres dans les coins, tels des clandestins, ni de larges malles de bois victoriennes qui abriteraient draps et sachets de lavande et se donneraient du mal pour les préserver de l'humidité pendant les mois d'hiver. Non, toutes ces choses ne nous appartenaient pas encore ; elles viendraient agrémenter notre vie à venir.

« Cinq minutes, Elly », a lancé mon père alors qu'il serrait les dernières mains et recevait les derniers vœux, accompagnés des taquineries d'usage. J'ai déposé Dieu dans sa boîte sur la banquette arrière, et avant que je le recouvre de son doudou, il m'a regardée en disant, « Laisse quelque chose ici. Il faut que tu laisses quelque chose, Elly.

— Oui, mais quoi ? lui ai-je demandé.

— N'importe. »

J'ai attrapé mon frère, et ensemble nous avons couru jusqu'à la maison vide, nos pas lourds et intrusifs sur le plancher dénudé. Je me suis arrêtée pour regarder alentour. Qu'il était facile de ne plus exister. De partir et laisser *ça* ; ce ça qui était ma maison.

« Allez », a crié mon frère, et je me suis élancée à sa poursuite.

Il a refermé le couvercle de la petite boîte de biscuits rouge qu'il a enterrée sous la clôture, à l'ombre du mur. Il l'a recouverte de briques, saupoudrant un peu de terre et de feuilles en guise de camouflage.
« Tu crois que quelqu'un la trouvera un jour ?
— Nan, jamais, a-t-il répondu. Pas à moins de savoir où chercher... Qu'est-ce que t'as mis dedans ?
— Une photo. Et toi ?
— Un secret.
— C'est pas de jeu.
— Non. »
Il m'a regardée d'un air étrange. J'ai cru qu'il allait me chatouiller, me frapper même, mais il n'en a rien fait. Il m'a attrapée pour me serrer contre lui, et c'était étrange. Comme s'il me disait adieu, à moi aussi.

Je ne m'étais pas attendue à ce qu'elle vienne me dire au revoir – j'avais enfoui cet espoir quelque part au fond, entre les serviettes et les vieux draps –, mais lorsque j'ai entendu le son, reconnaissable entre tous, de sa course indisciplinée, mon cœur a fait un bond dans ma poitrine ; et lorsqu'elle a prononcé mon nom – un cri au bord du hurlement –, j'ai couru dans ses bras ballants.
« Désolée d'être en retard, a dit Jenny Penny, le souffle court. C'étaient mes cheveux. »
Nous nous sommes regardées en silence, toutes les deux, craignant de parler, de peur que nos mots ne nous blessent.

« J'ai de nouvelles chaussures, a-t-elle finalement annoncé entre deux sanglots discrets.

— Elles sont très jolies », ai-je répondu en lui tendant la main.

Elles étaient rouges, avec de petites marguerites blanches à la pointe, et elles me plaisaient vraiment ; c'étaient les meilleures chaussures que j'eusse jamais vues à ses pieds, et je le lui ai dit.

« Je les ai mises exprès pour te les montrer, a-t-elle expliqué.

— Je sais. Je te remercie, ai-je répondu, prise d'une honte soudaine.

— Je crois pas qu'on se reverra un jour, a-t-elle ajouté en levant les yeux vers moi, le visage rouge et bouffi par les pleurs.

— Bien sûr que si. »

J'ai placé les bras autour d'elle et senti le parfum familier des chips dans ses cheveux.

« On est liées, ai-je dit. De façon *inextricable*. » (Quelque chose que mon frère avait dit la veille à notre sujet.)

Et j'avais raison. Nous allions nous revoir, mais rien qu'une fois – enfants, du moins – avant que nos vies ne divergent telles deux rivières qui se séparent et creusent un terrain tout neuf. Mais je ne le savais pas tandis que je lui faisais signe depuis la voiture en criant, « À bientôt, tu vas me manquer ! » Je ne le savais pas tandis que je m'exclamais, « Tu es ma meilleure amie ! Écris-moi ! » Je ne savais rien de tout cela alors que je me retournais pour les regarder, elle et notre rue, diminuer de taille comme le point de lumière d'un tunnel, jusqu'au moment où nous avons tourné le coin et où elles ont toutes les deux disparu. J'ai senti l'air expulsé de mes poumons comme la vie même.

Les arbres nous ont encerclés tandis que nous quittions la route principale, abandonnant le flot des vacanciers à sa formation cahotante. Nous avons suivi la voie unique en direction du fleuve, virant à gauche puis à droite, à la poursuite de pancartes en loques annonçant *Trehaven*.

Le soleil vespéral n'avait pas perdu de sa chaleur, et les feuilles des branches surplombantes, tachetées par son intensité fracturée, scintillaient sur mon visage comme autant de miroirs brisés. J'ai inspiré de cet air neuf ; il était humide ; humide et tiède, et il me semblait sentir çà et là la mer, ce qui était probablement le cas, car la marée qui alimentait la rivière en dessous était en train de monter.

« On y est presque », ai-je chuchoté à mon frère en me renfonçant dans mon siège, et pour la première fois au cours de ce voyage de six heures, il s'est redressé, l'air intéressé. Il a commencé à se ronger les ongles.

« Ça va aller », l'ai-je assuré. Il a écarté sa main de sa bouche avec un sourire, concentrant son attention sur la verdure au-dehors. J'ai soulevé Dieu dans sa boîte pour lui montrer son nouveau logis.

« Ici, tu seras en sécurité », a-t-il murmuré.

La route s'est faite plus régulière, perdant sa surface de tarmac alors que nous tournions à droite, et bientôt la voiture s'est mise à cahoter sur du gravier et de la terre compacte. Nous nous sommes arrêtés devant un pont de bois décrépi dont le pilier gauche portait gravée la mention TREHAVEN. La mousse s'était installée au creux de ses courbes et de ses angles, sa teinte vert vif faisant contraster l'inscription avec l'humidité sombre du bois. Mon père a coupé le contact. J'ai retenu mon souffle, ne souhaitant pas empiéter sur les chants des oiseaux et le murmure de la forêt ; j'étais encore observatrice, pas encore participante.

« On y est, a dit mon père. Notre nouvelle demeure. Trehaven. »

Nous avons d'abord aperçu la camionnette de déménagement et la clairière, puis la maison a finalement émergé dans notre champ de vision : vaste, robuste, blanc cassé dans la lumière du soleil, solitaire à l'exception d'une petite dépendance cachée dans l'ombre à ses côtés. Un petit arbre unique avait élu résidence dans l'espace négligé qui les séparait ; ses branches tendues vers le ciel.

Je suis sortie de la voiture et me suis étirée, minuscule dans l'ombre de notre maison. C'était une maison de riches, et tandis que je la contemplais dans toute sa grâce et sa majesté, je me suis soudain rappelé que nous l'étions, riches.

J'ai mis Dieu en laisse, et ensemble nous avons traversé la pelouse en direction de la rivière, négociant avec précaution notre chemin sur la jetée de bois branlant. Les planches étaient pourries, rongées par des années de sel, d'humidité et d'abandon ; un bateau attaché au bout d'une corde, troué et à demi submergé, se cramponnait à sa maison comme un vieillard qui n'avait nulle part où aller.

« Qu'est-ce que tu en dis ? » m'a demandé mon frère, surgissant derrière moi.

Je me suis retournée en sursaut, car c'était là la terre des esprits, des spectres et autres êtres trop légers pour laisser échapper des bruits de pas.

« Regarde ! ai-je dit en désignant la rivière. Un poisson ! »

Et mon frère s'est étendu sur la jetée pour plonger doucement ses mains dans l'eau froide. Le poisson a fait un écart. Je l'ai regardé se contempler et suivre les rides de son reflet tandis que les eaux montaient lentement autour de ses phalanges. Je l'ai entendu pousser un profond soupir. Son empreint de mélancolie.

« J'ai quel âge ? a-t-il demandé.

— Quinze ans, ai-je répondu. Encore jeune. »

Un martin-pêcheur s'est envolé au-dessus de nous pour aller se poser sur la rive opposée. Je n'en avais jamais vu auparavant.

C'était le premier mai, et l'air matinal se donnait du mal pour alléger ma tristesse. Il soufflait de frais à travers les arbres, très différent de celui qui soufflait huit mois plus tôt, alors que la forêt, silencieuse et humide, fondait sur notre maison tels de lourds nuages pluvieux refusant de se disloquer.

Des décennies durant, cette maison était restée à l'abri de la lumière, et bientôt son humidité a commencé à s'infiltrer dans nos vêtements, nos lits, jusque dans nos os, si bien qu'un jour à l'heure du déjeuner, cinq semaines après notre arrivée, ma mère exaspérée avait émis un ultimatum : soit nous déménagions, soit c'était à la forêt de déménager, et dans un rare moment de résolution, mon père était sorti s'acheter une hache.

Elle projetait un air sinistre de maladresse sur sa silhouette frêle, mais, saisi par sa vocation enflammée, il s'était enfoncé seul dans les bois, rejetant toute offre de coup de main ou proposition de tronçonneuse, autrement plus pratique. La tâche lui en incombait, déclarait-il, et il convenait qu'elle fût accomplie en solo. La pénitence, m'avait alors rappelé mon frère, était un lieu solitaire.

Et, alors que les chênes s'étaient raréfiés, la clairière avait gagné du terrain en marge de la maison, emportant moucherons et moustiques, et, petit à petit, le soleil était venu taquiner nos fenêtres plus tôt, la lumière s'était mise à transpercer ce qui avait auparavant été une épaisse canopée, jusqu'à ce qu'émerge une nouvelle pousse, une fleur peut-être – une jacinthe ? –, mais rare et encore jamais vue. Et bientôt les troncs abattus s'étaient faits planches, puis étagères sur lesquelles nos livres reposaient, table soutenant nos discussions houleuses, jetée où s'amarrait le bateau surprise qui s'était offert à nous pour notre premier Noël.

De l'autre côté du mur de pierre, je regardais le bus scolaire se garer pour la deuxième fois cette semaine-là. Mes parents ne savaient pas que je n'étais pas à bord ; ils ne s'en rendraient compte que bien plus tard, lorsqu'ils lèveraient enfin la tête de la poussière et du chaos de la rénovation. Ils avaient leur mot à dire, bien sûr, comme toujours – mais cela m'était égal. On en était encore loin, et j'avais la journée devant moi.

Je me suis enfoncée plus avant dans la forêt, là où les arbres les plus anciens se penchaient les uns vers les autres pour former un dôme et où l'énergie contenue planait avec la puissance d'un million de prières. Des mois durant, j'avais navigué en périphérie des différents groupes, riant à des plaisanteries que je ne trouvais jamais drôles, fronçant le sourcil en réponse à des problèmes qui ne me semblaient jamais insurmontables – tout cela pour voir ces groupes clonesques me tourner le dos une fois franchie la ligne de démarcation du portail de l'école. « Qu'ils aillent se faire foutre », disait mon frère, mais moi je n'en avais pas le cœur. Je voulais être appréciée. Je n'en étais pas moins une étrangère. Or les étrangers ne manquent à personne.

Je me suis assise sur le siège que mon père avait fabriqué spécialement pour mon dixième anniversaire et j'ai regardé le dense entrelacs de branches et de feuilles qui obturait le ciel. J'avais passé une tempête entière assise au même endroit, un jour, et j'étais rentrée à la maison parfaitement sèche. J'ai sorti la lettre de mon cartable pour en contempler l'écriture familière. Elle était gauchère ; une traînée d'encre suivait ses mots sur l'enveloppe. Je pouvais voir l'encre s'étirant le long de son petit doigt jusqu'à sa paume, d'où elle l'aurait transférée à son front dans ses moments d'hésitation et d'insécurité. Mais ces moments devaient se faire rares, à présent, puisqu'elle avait un petit copain et que c'était là l'objet de sa missive.

Sa présence impromptue lui avait fait omettre toute allusion à Atlantis, ou au réveillon qu'elle venait de passer avec nous – ce premier Noël à Trehaven, inoubliable –, et mon nom aussi bien que notre amitié autrefois immuable avaient disparu de la page pour laisser la place à Gordon Grumbley, un nouveau venu de Gants Hill. C'était l'amour, disait-elle. J'ai abaissé la lettre et répété le mot avec perplexité, comme si pareil émoi avait dû échapper à Jenny Penny avec autant d'adresse que le don d'une chevelure disciplinée. Ils s'étaient rencontrés à un enterrement, racontait-elle, et c'était lui à présent qui l'emmenait au terrain de jeu pour aller tourmenter l'homme qui se tripotait dans les fourrés ; lui qui l'accompagnait à l'école et lui qui lui tressait les cheveux avec une patience tout angélique. Le fait qu'on venait de lui diagnostiquer un diabète faisait presque figure de post-scriptum, tout en bas de la page. Elle allait bien, m'assurait-elle, mais il lui fallait garder en permanence une barre de chocolat dans son sac. Comme d'habitude, étais-je tentée de répondre.

« Alors comme ça, il n'y a pas école aujourd'hui ? »

Sa voix carillonnait à travers les arbres.

« Nancy ! Tu m'as fait peur, ai-je lancé sur un ton de reproche.

— Désolée, a-t-elle répondu en s'asseyant à côté de moi.

— Je vais pas à l'école le mardi.

— Vraiment ? a-t-elle demandé en tapotant mon cartable boursouflé du bout du pied.

— Jenny Penny a un copain.

— Vraiment ? C'est nul.

— Tu l'as dit, ai-je acquiescé en triturant un fil échappé de mon t-shirt, qui a vite commencé à se défaire. Je crois que je l'aime plus trop.

— Et pourquoi donc ? » a demandé Nancy.

J'ai haussé les épaules.

« Comme ça.

— Serais-tu jalouse ? »

J'ai remué la tête.

« Tout ce que je veux, c'est retrouver mon amie, ai-je expliqué, l'arrière de mes yeux brûlé par les larmes. Je suis devenue oubliable. »

Je me suis recroquevillée dans le siège avant jusqu'à ce que Nancy ait dépassé l'allée menant à notre maison avant de foncer sur la route.

« La voie est libre », a-t-elle annoncé. En me redressant, j'ai vu sur le côté les champs de colza, jaunes, au-delà desquels la mer échappait à mon regard. La brise me fouettait les oreilles et les cheveux ; j'en avalais de longues goulées. Nous avons tourné à gauche pour prendre une piste étroite à voie unique. J'appuyais sur le klaxon à chaque carrefour pour alerter les voitures à l'approche de notre présence – précaution inutile, puisque nous n'avons rencontré personne à l'exception d'une dame et de son chien, qui se sont pressés contre une haie sur notre passage. J'allais bientôt manger une glace, tout irait pour le mieux ; j'allais manger une glace avec double ration de pépites en me disant que ma vie n'était pas si affreuse.

« Bonjour Nancy, bonjour Elly, a dit M. Copsey. Que puis-je faire pour vous aujourd'hui ? »

M. Copsey tenait le petit kiosque au bord de la plage. Il restait ouvert tout au long de l'année, quel que soit le climat, et lorsqu'un jour Nancy lui avait demandé pourquoi, il lui avait expliqué que sans la mer il ne serait rien.

Nous nous sommes installées à notre place habituelle, face à la plage rocailleuse. La marée était redescendue, laissant des paquets d'ardoise, d'algues et de galets éparpillés en désordre depuis la route jusqu'au bord de l'eau. J'ai contemplé les maisons sur la falaise, trouvant étrange que, trois nuits plus tôt, une tempête ait abattu ses vagues sur les jardins, déposant sur les pelouses des algues et même, dans un cas, une mouette morte. Il avait fallu racler l'écume salée qui maculait les vitres afin de restaurer des vues marines sans égales.

Nous avions fait face à ce nouveau cataclysme de la même façon que nous avions fait face aux précédents cette année-là – les portes fermées à double tour et les volets hermétiquement clos. Et, tandis que le vent tournoyait dans la vallée, il avait apporté avec lui des amas de détritus de chaque vie effleurée : un parfum saumâtre de poisson mort et de filets humides, de têtes de crevettes et d'urine de pêcheur, des traînées de fumées de pétrole et de peur ; une odeur puissante qui nous obstruait les narines aussi efficacement que du givre.

« C'est un vent mauvais ou je ne m'y connais pas », avait déclaré ma mère, et mon père avait acquiescé, apportant sa contribution délicate à l'odeur ambiante sous la forme d'un pet voluptueux.

« Attends-moi, Nancy ! » ai-je lancé alors que je courais à sa poursuite, trébuchant sur la plage escarpée. Elle portait un vieux cabas de toile qui cliquetait lourdement sur les cailloux. Je ne savais pas pourquoi elle l'avait amené, et j'aurais pu d'ailleurs le lui demander, mais je préférais attendre, car Nancy n'était jamais à court de surprises, ce dont cette journée s'avérait décidément pleine. Elle s'est arrêtée à l'ombre de la falaise la plus avancée et a laissé tomber son sac, dont elle a tiré un maillet et un ciseau tout en inspectant les environs à la recherche de plaques d'ardoise épaisses, de la taille d'une assiette. Je l'ai aidée à chercher, et bien vite nous en avions tout un stock à nos côtés, empilé comme des crêpes. Elle s'est assise et a attrapé la première, qu'elle a disposée de guingois entre ses pieds.

« Bien », a-t-elle dit en alignant avec soin le ciseau contre le rebord de la plaque. Deux coups secs ont suffi à la scinder en deux, comme les moitiés d'un livre.

« Rien, a-t-elle ajouté.

— Qu'est-ce qu'on cherche, au juste ? lui ai-je demandé avec excitation.

— Tu le sauras quand tu l'auras trouvé », a-t-elle répondu, puis elle a saisi une nouvelle plaque, prête à la mettre en place.

Trois heures plus tard, la marée, ainsi que l'humeur de Nancy, ont commencé à monter ; un sentiment d'échec venait lécher les extrémités de son enthousiasme, que même un scone à la confiture fraîchement sorti du four ne parvenait à ragaillardir. Elle était entourée de montagnes d'ardoises fendues et d'efforts improductifs, sans aucune trace, hélas, de ce qu'elle cherchait. Elle s'est levée, prête à rendre les armes.

« Encore une, Nancy, ai-je proposé en attrapant la dernière plaque, qui était aussi la plus petite. Allez. C'est la dernière. »

Rien ne semblait indiquer que c'était la bonne. Le maillet s'est abattu avec la même force lourde et le ciseau a atterri avec la même précision impeccable. Rien n'avait changé, si ce n'est l'expression de Nancy tandis que nous séparions les morceaux et que son regard se posait sur l'objet de sa convoitise. Car là, blottie au milieu, se trouvait l'empreinte enroulée d'une créature d'un autre temps, presque aussi vieille que le monde. J'ai laissé échapper un soupir de surprise, passant mon doigt tout autour de sa spirale incurvée, avant de la serrer contre mon cœur.

« Rien ne reste oublié pour longtemps, Elly. Parfois, il nous suffit de rappeler au monde que nous sommes spéciaux et que nous sommes toujours là. »

2 mai 1979

Chère Jenny,
Je suis contente que tu sois heureuse. Gordon a l'air gentil et je suis contente que tu aies trouvé quelqu'un avec qui t'amuser. Tu me manques plus que jamais et j'aime pas l'école. Je n'ai toujours

pas encore d'ami, mais j'ai jamais cru que je m'en ferais d'aussi bien que toi. J'ai trouvé ce fossile sur la plage, ça m'a fait penser à toi. Nancy dit qu'il est rare et précieux. Elle a raison, Nancy. J'espère qu'il te plaira. Garde-le précieusement pour moi.
Bises,
      Ta meilleure amie, Elly xx
PS : Désolée pour ton diabette.

Pas une seule fois nos parents ne nous avaient parlé de leur projet de bed & breakfast, et pas une seule fois ils n'avaient fait preuve de ce désir contre nature d'héberger des personnes qui ne seraient normalement jamais invitées à partager nos vies. Pourtant, la publicité dans le magazine était là sous nos yeux, placée juste à temps pour la saison estivale.

« Alors, qu'est-ce que vous en pensez ? » nous ont-ils demandé.

Des mots tels que *idyllique, unique, serein* se détachaient à côté de la photo en demi-page de notre maison bien-aimée ; une maison qui avait épuisé toute notre énergie pendant près d'un an tandis que nous la transformions en cet espace idyllique, unique et serein qu'elle était devenue à force d'entêtement.

« Est-ce qu'on manque d'argent ? a demandé mon frère à voix basse.

— Non, bien sûr que non, a répondu mon père. Nous ne faisons pas ça pour l'argent. Nous le faisons parce que nous en avons les moyens, et parce que ça sera amusant. Une a-ven-ture. »

Seules les maîtresses de maternelle découpent les mots comme ça, me suis-je dit.

« Pensez à toutes les personnes merveilleuses que nous allons rencontrer », a ajouté ma mère en se raccrochant à la plaque de quartz rose qu'elle portait autour du cou. Elle l'avait découverte dans les carrières d'argile de St Austell.

Mon frère et moi nous sommes regardés, imaginant M. et Mme Strange qui agitaient la publicité en proclamant, « Regardez donc, chéri, comme cela a l'air charmant. Allons y faire un tour pour ne plus jamais revenir. »

J'ai tenté d'attraper la main de mon frère, mais elle était déjà fermement ancrée dans sa bouche.

Nos deux premiers hôtes sont arrivés alors même qu'on venait de poser le joint autour de leur baignoire. M. et Mme Catt ont garé leur Marina Saloon couleur sable, accueillis par ma mère qui brandissait une bouteille de champagne avec la même violence que s'il s'était agi de la hache de mon père.

Ils ont fait un pas en arrière lorsqu'elle s'est écriée « Bienvenue ! Vous êtes les tout premiers ! » avant de les mener dans le salon où elle nous a présentés, Joe et moi. Je me suis contentée de grogner en levant la main, car nous avions décidé un peu plus tôt qu'il valait mieux que je fasse semblant d'être sourde.

« Alfie ! » a soudain lancé ma mère dans le couloir, et mon père est entré à petites foulées, vêtu d'un short rouge léger. Il aurait tout aussi bien pu arriver nu, tant l'inconfort de nos hôtes était palpable. Il s'est penché vers eux, la main tendue, avec un « Salut » au *u* étiré.

« Champagne, chéri ? a demandé ma mère à mon père en lui proposant une flûte énorme.

— Un peu mon neveu », a-t-il répondu.

Mon frère et moi avons échangé un regard, murmurant d'un air perplexe les mots « mon neveu » et « salut ».

« Quelle foutue blague, hein ? a dit mon père en soulevant le *Guardian*, qui affichait une photographie de Margaret Thatcher. Deux mois que ça dure, et elle est toujours avec nous.

— À vrai dire, nous la trouvons merveilleuse, mon mari et moi, a rétorqué Mme Catt avec un fort accent du Sud-Est tout en rajustant brutalement la bretelle de son soutien-gorge. Elle fait un travail remarquable.

— Je n'en doute pas, a répondu ma mère en regardant mon père d'un air sévère.

— Si vous avez besoin de quoi que ce soit, n'hésitez pas, a dit mon père sur le point d'avaler une grande gorgée de Moët au rabais.

— Tout ce dont nous avons besoin, à vrai dire, c'est d'un bain », a déclaré M. Catt en reposant son verre de champagne intact sur la petite table avant de se frotter les mains comme s'il avait les paumes déjà pleines de savon.

Mes parents se sont figés.

« Un bain ? a répété mon père d'un ton qui suggérait qu'il n'était pas sûr de savoir de quoi il s'agissait exactement.

— Oui, un *bain*, a répondu M. Catt sans ambiguïté.

— Bien sûr, a dit mon père en jouant la montre, mais même lui ne pouvait étirer ces deux mots assez longtemps pour couvrir les trente-cinq minutes nécessaires.

— Voulez-vous que je vous dise ? Il y a mieux encore qu'un bain, a dit ma mère avec une assurance bluffante.

— Une douche ? a demandé M. Catt.

— Non, a répondu ma mère. Une balade dans le jardin. »

Elle a conduit les voyageurs épuisés jusqu'au bord de l'eau, où ils n'ont rien contemplé d'autre que leur propre reflet insipide et fatigué. Et au moment précis où le mastic a eu séché, ma mère leur a pris la main avec un « Allez ! Au bain ! » plein d'enthousiasme, provoquant une réaction d'horreur chez M. et Mme Catt qui s'imaginaient brusquement qu'elle voudrait les y rejoindre.

C'étaient des gens sans histoire qui ne souhaitaient pas le moindre rapport avec nous et ne désiraient rien d'autre qu'une relation simple et intime avec notre maison. Ils se levaient tôt quel que soit le temps et prenaient le même petit déjeuner tous les matins. Ma mère n'a jamais réussi à les détourner de leurs flocons de son et de leur petit verre de jus d'orange, ni mon père à les retenir au-delà de 9 heures du soir. Il a tout essayé : soirée ciné, partie de cartes, séance de dégustation de vins, mais rien ne pouvait les faire dévier de leur symbiose douillette. Ce n'était pas là les hôtes que mes parents avaient imaginés ; ils s'étaient attendus à des hôtes qui deviendraient des amis – aspiration plutôt naïve et irréaliste, certes, à laquelle ils s'étaient raccrochés au fil des ans par la vertu de leur enthousiasme invétéré.

« Pourquoi est-ce que M. Catt te parle toujours si fort et si lentement, Elly ? m'a demandé ma mère un matin tandis que je l'aidais à se préparer.

— Il croit que je suis sourde, ai-je expliqué.

— Quoi ? Mais pourquoi ? s'est étonnée ma mère avant de m'attirer vers elle et de me laisser me blottir contre la douceur de son ventre. Les gens sont tellement différents et merveilleux, n'est-ce pas Elly ? Ne l'oublie jamais. Ne perds jamais foi en eux. »

Je ne savais pas trop ce qu'elle voulait dire, mais je lui ai répondu d'accord en serrant ses vêtements parfumés avec la même force qu'une mite affamée. Cela m'avait manqué.

Nous étions seuls le jour où c'est arrivé. Mes parents s'étaient rendus à Plymouth pour commander une nouvelle cuisinière, nous laissant, mon frère et moi, à nos activités – nous confectionnions des carillons à base de coquillages et de bouts de métal récupérés sur le rivage. Le ciel, d'un bleu sans tache ce matin-là, semblait tout hypnotiser par son immobilisme, interrompant même les grives en plein chant.

J'ai d'abord entendu le crissement des freins, et non le bruit mou de l'impact ; c'est qu'il était trop petit, voyez-vous. Elles avaient manqué sa tête – les roues, je veux dire –, et mon frère avait recouvert son corps de sa chemise préférée, celle en jean que Nancy lui avait rapportée d'Amérique. On aurait dit un paquet égaré sur le bord de la route ; les biens perdus des défunts.

« Je suis vraiment désolé, a dit M. Catt en descendant de voiture. Je n'y avais pas fait attention. »

Il en parlait comme d'un objet, pas d'un être vivant. Un objet.

Mon frère a enveloppé Dieu, le prenant dans ses bras comme un bébé pour me le ramener tandis que j'attendais près du portail. Il était encore chaud, mais là où auraient dû se trouver les rondeurs fermes de son abdomen, il n'y avait plus que du liquide, sans substance, et alors que je le serrais contre moi, j'ai senti sa chaleur dévaler le long de ma chemise et de ma jambe, jusqu'à ce que je baisse les yeux et constate que mes pieds étaient couverts de sang.

« Qu'est-ce que je peux faire ? a demandé M. Catt.

— Vous en avez assez fait comme ça, a répondu mon frère. Contentez-vous de payer et de partir.

— Partir ? Tu ne crois pas que je devrais d'abord parler à tes parents ?

— Je ne crois pas, non, a rétorqué mon frère en attrapant la hache de mon père. Foutez-moi le camp, c'est tout. Vous n'êtes qu'un meurtrier. On n'a jamais voulu de vous ici, alors débarrassez le plancher ! J'ai dit FOUTEZ LE CAMP ! »

Et il a fondu sur la voiture.

J'ai regardé la Marina couleur sable crachoter et glisser sur le sentier pavé, bloquée quelque part entre la première et la quatrième, jusqu'à disparaître au virage, nous laissant à notre deuil insurmontable. Mon frère a jeté la hache à terre, les mains tremblantes.

« Je ne supporte pas qu'on te fasse du mal », a-t-il dit, avant de partir en direction de la cabane à la recherche d'une caisse.

Elle a décroché à la deuxième sonnerie, comme si elle avait su que j'allais appeler, comme si elle était restée debout à attendre à côté du téléphone ; et avant que j'aie pu placer un mot, elle a dit, « Dieu est mort, c'est ça ? » Je ne lui ai jamais demandé comment elle l'avait su – il y avait des choses comme ça que je préférais ne pas savoir –, alors je lui ai répondu, « Oui, c'est ça », et me suis empressée de lui raconter comment cela s'était passé.

« C'est une page qui se tourne, Elly », a-t-elle simplement dit après ça, et elle avait raison. Sa vie comptait plus que tout au monde pour moi, et maintenant c'était au tour de sa mort, aussi, car elle laissait un vide plein d'angoisse impossible à combler. Jenny Penny avait toujours raison.

« Il est revenu pour toi », a dit mon frère tandis que j'étais étendue sur mon lit dans les ténèbres. Il avait senti un pouls, *un pouls faible et miraculeux*, disait-il, imperceptible jusqu'à ce qu'il dépose le lapin dans mes bras. Et au même moment, Dieu avait ouvert les yeux et sa patte avait effleuré ma joue.

« Il est revenu te dire au revoir. »

Alors il aurait dû rester, me répétais-je sans cesse.

« Tu es sûre que tu ne veux pas enterrer Dieu dans un cimetière pour animaux ? m'a demandé ma mère avec tendresse le lendemain.

— Pourquoi ?

— Parce que comme ça, il serait avec d'autres bêtes.

— Il aimait pas trop les autres bêtes, en fait, ai-je répondu. Je veux le faire incinérer. Pour garder ses cendres. »

Et bien que cette exigence fût peu courante à la fin des années 70, ma mère a écumé les cabinets vétérinaires de la région jusqu'à en trouver un qui consente à pareille pratique.

Les funérailles étaient modestes et intimes. Rassemblés autour du clapier vide, chacun a dit quelques mots gentils. Nancy avait écrit un poème intitulé « Pile Quand On Croit Que Tout Est Fini », qui était vraiment bien, en particulier les deux derniers vers, qu'elle a lus à grand effet, comme si elle était sur scène : « Et si tu penses ne plus pouvoir me voir, ferme les yeux et je serai là. » Nancy avait un don pour ce genre de choses ; elle trouvait toujours les mots justes pour les cérémonies et autres événements majeurs de cet acabit. Sa seule présence suffisait à consoler les gens. Elle a fréquenté beaucoup de funérailles dans les années 80, et la plupart de ses amis s'accordaient à dire que cela n'aurait pas eu la même allure sans elle. Elle se rappelait des détails que les autres avaient oubliés. Comme la fois où Andy Harman avait rencontré Nina Simone à Selfridges et qu'il lui avait proposé de chanter un duo ensemble au Heaven, si seulement elle daignait ramener sa légendaire présence à Villiers Street cette semaine-là. Ou comment la chanson préférée de Bob Fraser était « MacArthur Park », et non « Love to Love You Baby », comme tout le monde le pensait, et qu'il craquait pour la tulipe – une fleur qu'aucun homosexuel digne de ce nom n'aurait reconnue comme sa préférée. « Les souvenirs, me disait-elle, aussi petits ou insignifiants soient-ils, sont les pages qui nous définissent. »

Joe a dit quelque chose comme quoi Dieu était plus qu'un lapin et plutôt une sorte de dieu, ce qui m'a bien plu, et papa a remercié Dieu de m'avoir rendue si heureuse pendant toutes ces années, ce qui a fait pleurer maman d'une façon que je n'avais encore jamais vue. Il a expliqué après coup qu'elle disait encore au revoir à ses parents.

Maman a mis les cendres de Dieu dans une vieille boîte de menthes françaises, qu'elle a scellée fermement à l'aide d'un ruban élastique rouge.

« Où est-ce que tu veux les disperser, Elly ? m'a-t-elle demandé.

— Je n'en suis pas encore sûre. Quelque part de spécial. »

En attendant d'avoir fait mon choix, j'ai disposé ses cendres sur ma table de nuit, à côté de ma brosse préférée, et la nuit, lorsque ma chambre était plongée dans son havre de ténèbres, je voyais des lumières danser dans les airs, et je savais que c'était lui.

« Tiens », a dit mon frère en me passant la barre pour la première fois. La rivière se séparait en deux un peu plus loin, et j'ai viré à gauche, là où la rivière traversait une dense forêt de quercus, de hêtres et de sycomores, et où j'ai surpris une volée de bernaches, les faisant fuir en formation typique.

Bientôt, la rivière allait rétrécir et creuser son lit au milieu des cascades et des arbres pleureurs dégouttant encore d'algues et de débris après la marée haute ; c'était le bras dont je me méfiais toujours, le bras de la rivière qui tendait mon imagination telle une corde autour d'un taquet, et où je voyais d'épaisses racines noueuses ramper à travers les marécages comme autant d'arachnides affamés.

« Excellent, a dit mon frère. Tu te débrouilles très bien. Tiens le milieu, laisse la barque rechercher les eaux profondes », ce que j'ai fait, entendant à l'occasion le frottement des galets contre la coque de bois.

J'ai mis ma main en visière ; le soleil était perçant et se réfléchissait à la surface de l'eau, rehaussant les lambeaux d'écume. C'était la toute fin de l'été, et la nature comme mon frère se montraient réceptifs. Il s'est étendu sur le banc en se couvrant le visage de sa casquette de pêcheur.

« Réveille-moi quand on sera arrivés », a-t-il dit d'un air paresseux. Ce seul acte a fait tomber toute la responsabilité de notre retour sains et saufs dans mes mains mal assurées.

Je l'ai regardé somnoler. Il semblait plus vieux ces derniers temps, bien plus âgé que moi. Il s'était fondu dans le paysage comme s'il vivait là depuis toujours et à jamais ; pourtant, il serait parti l'année suivante, terminer ses études à Londres, une décision prise sur un coup de tête.

J'ai vérifié l'heure sur ma montre ; il était tôt et notre absence n'aurait pas encore été remarquée. Il y avait les courses pour le dîner, les hôtes ne seraient pas de retour avant des heures. J'ai coupé le moteur pour nous laisser flotter au gré du courant, esquivant sous les branches des arbres qui penchaient vers nous à des angles précaires. J'entendais le son des canards qui papotaient dans les roseaux plus loin.

« Tout va bien ? a demandé mon frère sous sa casquette.

— Oui. »

J'ai pris une petite rame pour me prémunir contre les bancs de sable creux qui apparaissaient soudain comme des dos de phoques.

Une buse a survolé les courants ascendants en amont. Je l'ai regardée planer sur fond de bruyère rose et violette jusqu'à ce qu'elle fonde à flanc de colline avant d'en émerger à nouveau, un campagnol terrifié pris dans ses serres.

Un mulet flanquait la coque, en quête de compagnie. Il était gros – deux ou trois kilos, je crois –, identique à celui que mon frère avait attrapé lors de notre premier automne sur place.

Il avait pris un tel plaisir à l'éviscérer, tranchant sous les ouïes, d'un coup sec le long du ventre, et bien vite les entrailles avaient dérivé à la surface avant d'être cueillies par un héron patient. Mon frère avait déposé un globe translucide dans ma main.

« Son œil. Il voit encore, même après la mort.

— La ferme », avais-je rétorqué en le jetant à l'eau.

Il m'avait souri, l'air plus heureux que je ne lui avais vu depuis des semaines. Nous avions fait cuire le poisson sur un feu de camp près de la jetée, et je lui avais dit qu'en cas de naufrage, on se débrouillerait très bien tous les deux à présent, qu'on n'aurait plus besoin de personne. Il m'avait souri, mais ses yeux laissaient entendre qu'il aurait toujours besoin de quelqu'un d'autre. Aussi autonome qu'il puisse devenir, rien ne pourrait jamais dissiper le désir qu'il ressentait toujours pour une certaine personne dont nous ne parlions plus ; une certaine personne qui l'avait démantelé, omettant une pièce qu'aucun de nous ne pouvait plus retrouver.

En rangeant la barque sous les branches, j'ai aperçu des quetsches dans les fourrés. J'allais bientôt faire de la confiture avec ma mère. J'aimais préparer la confiture. Échanger mes devoirs pour des activités pratiques.

« Joe, ai-je lancé sans réfléchir, ça aurait plu à Charlie tout ça, tu ne crois pas ?

— Va te faire foutre, Elly », a-t-il répondu en se rasseyant d'un coup avec une vivacité qui m'a fait reculer.

J'ai perdu l'équilibre et suis tombée sur le rebord du bateau, manquant de justesse une dame de nage et une blessure plus sérieuse. Saisie d'une violente douleur à l'épaule, j'ai attrapé mon bras avant de le frotter fort tout en ravalant les sanglots bloqués dans ma gorge. J'aurais voulu qu'il me regarde, qu'il m'aide, mais il refusait de le faire ; il se contentait de plisser les yeux en regardant le soleil, comme s'il préférait devenir aveugle plutôt que voir mon visage parjure. Privée de direction, la barque s'est mise à dériver sans but, s'arrêtant sur un banc de galets.

« Regarde un peu ce que t'as fait, a-t-il dit.

— Désolée, ai-je répondu en me frictionnant le bras.

— Idiote de mes deux. »

J'avais eu tort de croire que le temps l'avait apaisé ; il lui avait simplement permis de cacher son expérience en la classant sous une simple étiquette – Lui et Moi.

Nous avons attendu en silence la venue de la marée, et je me suis promis, tout en frottant l'éraflure sur mon coude, de ne plus jamais mentionner son nom. Il était mort pour moi. Disparaissant une nouvelle fois de nos vies dans une amnésie confortable, jusqu'à cet étrange soir de décembre, quand il a fait un retour inopiné. Et que son nom a été cité de façon inattendue. Mais pas par nous.

Le parfum acéré du givre m'a tirée de mon sommeil et je me suis levée en hâte pour verrouiller la fenêtre. J'ai jeté un œil au paysage laiteux ; parfait, silencieux, étrangement intact à l'exception des empreintes irrégulières d'un pinson solitaire à la recherche de signes de vie. L'hiver s'était abattu lourdement, ce matin-là précisément, sur la vallée démunie. Tout semblait ralenti. Les mouvements, la pensée. Jusqu'à la respiration. Enfin, jusqu'à ce que mon nom, hurlé avec hystérie, vienne trancher toute cette blancheur comme une scie fendant l'acier, me propulsant au rez-de-chaussée au rythme effréné de la peur. La télévision était allumée.

« Le jeune garçon, âgé de seize ans, se nomme Charlie Hunter, selon nos sources, a annoncé le présentateur. Il a été kidnappé aux environs de 22 heures, lorsque des hommes masqués se sont introduits par effraction dans ce qui était considéré comme une maison sécurisée à la périphérie de Beyrouth. Il était avec son père, un cadre pétrolier travaillant pour une compagnie américaine à Dubaï. Le père et le fils rendaient visite à des amis au moment de l'enlèvement. Une demande de rançon a été laissée sur les lieux, même si cette dernière information n'a pas encore été confirmée. L'acte n'a pas été revendiqué par un groupe en particulier, et on ne sait pas encore si les exigences sont politiques ou financières. Nous vous tiendrons informés en cas d'évolution de la situation. »

Brutal changement de décor. Un reporter s'est mis à parler des prix du carburant. Mon père a baissé le son jusqu'à ce que la pièce soit plongée dans le silence tandis que les images se reflétaient sur nos visages.

« Bon sang, a laissé échapper Nancy.

— Je n'arrive pas à y croire, a dit ma mère. Charlie ? Notre Charlie ?

— Charlie le demi de mêlée ? a dit mon père.

— Le Charlie de *Joe*, ai-je rectifié en marque de soutien, mais mes paroles ont eu l'effet inverse, et Joe s'est enfui de la pièce.

— J'y vais », a dit Nancy en se levant pour le suivre.

Elle s'est assise à côté de lui sur le lit.

« J'ai désiré sa mort, Nance, a murmuré mon frère, étouffé par les sanglots. Tout ce temps, j'ai désiré sa mort, comme avec Golan. »

Je me suis levée pour aller les regarder depuis la porte. Attendant une consigne qui pourrait apaiser la situation, ou au moins me faire courir de pièce en pièce en passant par la cuisine pour accomplir une tâche dont j'étais seule capable. Mais rien.

« De quoi parles-tu ? a demandé Nancy doucement.

— Et maintenant, ça va peut-être arriver.

— Mais non, il ne va rien se passer.

— Comment est-ce que je pourrai vivre avec ça ?

— Ce ne sont que des paroles en l'air, l'a rassuré Nancy. Il n'y a pas de réalité derrière. Ce n'est que l'expression de la douleur, de la colère, de la lassitude, de tout un tas de conneries du même genre, et ça ne veut pas dire que ça va se produire. Tu n'as pas ce pouvoir, a-t-elle ajouté en déposant un baiser sur sa tête.

— J'en ai plus rien à foutre. Je m'en fous qu'il soit avec moi ou pas, tout ce qui compte c'est qu'on le retrouve, sain et sauf, c'est tout. Je m'en fous qu'on soit ensemble. »

Il a attiré l'oreiller sur son visage.

« Je vous en supplie, faites qu'on le retrouve, l'ai-je entendu murmurer. Oh mon Dieu, faites qu'on le retrouve. »

J'ai senti son parfum d'abord – c'est ce qui m'a fait me retourner pour la regarder gravir d'un pas hésitant les dernières marches de l'escalier. Elle est venue me rejoindre dans l'encadrement de la porte ; juste à temps pour entendre sa vérité.

« Je l'aimais tellement », a dit mon frère en écartant l'oreiller de son visage.

Son image granuleuse se détachait de quotidiens en tabloïds, et en n'importe quelle autre circonstance il aurait été exaltant de voir à nouveau son beau visage ténébreux, souriant à l'autre bout d'une plage ; une plage que nous aurions pu visiter un jour si seulement leurs cœurs avaient pris un chemin moins accidenté. Il semblait heureux (plus que nous), et tellement inconscient de la violence qui s'apprêtait à entrer par effraction dans sa vie. Je me demandais quelle valeur lui prêtaient ses ravisseurs ; quelle valeur me prêtaient mes propres parents ; et enfin si la valeur était liée à des concepts tels que la bonté, l'utilité, ou la propension à aider les moins chanceux. J'en ai conclu que ma valeur avait dû baisser à mesure que j'avais grandi.

La nuit, tandis que j'écoutais les chouettes étendue sur mon lit, je me le suis imaginé dans une cave sombre, enchaînée à un mur au milieu des ossements. Par terre, la puanteur et un verre d'eau trouble. Des choses rampaient dans les ténèbres, leurs dos noirs luisant, verdâtres. J'ai entendu un chant, un appel à la prière. Un hurlement. Je me suis redressée. Un renard, rien d'autre.

Ils lui ont tranché l'oreille. L'ont enveloppée dans un mouchoir qu'ils ont envoyé à l'entreprise de son père ; affirmant qu'ils couperaient l'autre à temps pour Noël, avant de passer aux mains.

« Combien ça vaut, une oreille, à ton avis, Nancy ? ai-je demandé à voix basse.

— Tout », a-t-elle répondu en répartissant de la crème sur un *trifle* qu'aucun de nous n'avait plus le cœur de manger.

Nous montions la garde devant la télévision jour et nuit, nous relayant pour transmettre les nouvelles à ceux qui se trouvaient indisposés au moment opportun. L'école était passée au second plan – je n'y retournerais plus pour le restant du semestre –, notre routine quotidienne tout simplement oubliée. Nous avions encore deux clients, des hôtes joviaux qui juraient comme nos décorations, vulgaires et déplacées, et que nous négligions tout autant que les festivités de Noël.

« Ce qui se passe à l'étranger ne nous concerne pas vraiment, pas vrai ? disaient-ils.

— Comment ça ? » a rétorqué mon père, incrédule.

Ma mère les a encouragés à se servir leur petit déjeuner et tout ce dont ils avaient besoin. Ce qu'ils ont fait, avant de partir sans payer.

Mon frère ne mangeait plus ; rien ne pouvait dénouer son estomac tandis qu'il errait de pièce en pièce, impatient, plié en deux par le froid et par sa crainte de ce qui pouvait advenir. Il réduisait à vue d'œil, rongé par la culpabilité, et seul mon père comprenait la puissance d'une telle émotion.

J'ai parcouru la pelouse à grands pas, dérangeant le givre sans ménage, et suis entrée dans la forêt tel le soleil du matin, si insupportablement éveillé. L'air avait un goût métallique, plein d'attente, et ma course à travers le sous-bois a surpris les écureuils et les oiseaux encore léthargiques. J'ai ralenti en apercevant mon siège un peu plus loin. Je me suis assise, tremblante. J'ai sorti la boîte en métal de ma poche puis retiré l'élastique. Ôté le couvercle, jeté un œil à l'intérieur. Des cendres, rien de plus. Pas d'odeur de menthe, rien que des cendres. Aucune prière ni chanson ne m'est venue à l'esprit tandis que je dispersais son existence poussiéreuse sur le sol de la forêt.

« Trouve-le, s'il te plaît, ai-je imploré. Je t'en supplie, retrouve Charlie. »

C'était le midi du 23 décembre. Le temps était froid et couvert, et le village tout entier s'était réveillé pour apprendre qu'un petit bateau de pêche s'était échoué sur les rochers au large de l'île. Mes parents et moi avons observé le sauvetage depuis la rive. Ma mère avait apporté des thermos de thé et des scones aux fruits tièdes pour les sauveteurs et les curieux. Nous avons regardé le cirque étrange des mouettes, prédatrices et menaçantes, et leur présence nous a emplis d'un pressentiment nauséeux.

Nous sommes rentrés solennellement, notre bateau à moteur repoussé sur des déferlantes par la pulsation de la marée haute, et tandis que nous nous amarrions puis remontions la pelouse, Nancy et mon frère ont accouru à notre rencontre en criant.

La télévision était allumée lorsque nous sommes entrés, et ma mère s'est immédiatement mise à pleurer. Il paraissait secoué mais toujours le même, ce bon vieux Charlie. Il avait les cheveux longs et crasseux, les yeux renfoncés dans leurs orbites comme s'ils essayaient de s'y cacher. Pas d'interview. On l'a enveloppé dans une couverture et chargé dans une voiture, à l'abri des médias, là où aucun détail de sa libération ne serait jamais divulgué, même si nous apprendrions un jour qu'un million de livres avaient changé de mains et que, quelque part, cela semblait juste. Puis il a disparu une nouvelle fois de nos vies, mais plus, cette fois, de nos mémoires. Son nom était prononcé de temps à autre, ramenant un sourire sur les lèvres de mon frère tandis qu'il se défaisait de cette morne danse qui l'avait retenu lui-même otage toutes ces années durant. Il lâchait prise, laissant à nouveau le possible entrer dans sa vie.

Le matin de Noël. J'ai regardé la pelouse en pensant qu'elle serait recouverte d'une épaisse couche de neige. C'était en réalité du brouillard, que je voyais rouler le long de la vallée comme des feux follets blancs. Je suis remontée à pas de loup pour jeter un coup d'œil dans le salon, où j'ai aperçu les cadeaux disposés sous le sapin. L'odeur du bois de chauffage était toujours aussi particulière ; une odeur qui me donnait faim. Je me suis rapprochée du foyer pour voir si la tourte aux carottes avait été mangée, ou si le sherry avait disparu. Seule la moitié s'était évaporée, alors j'ai fini le reste en une seule gorgée sucrée.

Je me suis hasardée dans la cuisine à la recherche d'un biscuit lorsque, du coin de l'œil, j'ai aperçu du mouvement sur la pelouse. Sentant qu'il s'agissait d'une présence plus massive qu'un oiseau ou un écureuil, je me suis empressée d'enfiler des Wellington ainsi que le vieux pull de mon père accroché au dos de la porte, et je suis sortie dans l'air glacé du matin. Le brouillard planait à hauteur de genou sur le gazon, et j'avais le plus grand mal à discerner le moindre mouvement à travers son flou opaque. C'est alors que je l'ai vu. Bondissant à travers la brume avant de s'arrêter à une dizaine de mètres de moi. Son crâne pointu et sa robe noisette m'étaient si familiers, tout comme ses longues pattes et sa queue à la pointe blanche.

« Je savais que tu reviendrais me voir », ai-je dit en m'accroupissant pour m'approcher de lui, mais il s'est empressé de reculer. J'ai soudain compris. C'était le contrat, le même que mon frère avait signé : je suis là mais je ne t'appartiens pas ; et le lapin est reparti à petits bonds vers la forêt, disparaissant aussi rapidement qu'un rêve interrompu.

Une nouvelle décennie commençait, durant laquelle mes parents auraient finalement des clients réguliers qui leur reviendraient année après année, et qui seraient tous un peu comme nous – un collage de l'utile et du malcommode, de l'exaltant et du banal.

Je me faisais souvent la réflexion que les gens normaux ne restaient *jamais* chez nous, ou alors pas au-delà de la première nuit, qui suffisait à leur ouvrir les yeux. Ma mère adorait ce gonflement saisonnier de nos effectifs, le flux et reflux de visages familiers ramenant de nouvelles anecdotes et de nouveaux délices à notre porte, alors même que la stagnation du quotidien s'installait comme l'humidité coriace. Nos vies étaient soumises aux courants ; amitiés, finances, affaires, amours : rien ne demeurait jamais pareil.

C'était un beau jour d'été, le jour où j'ai vu pour la première fois M. Arthur Henry traverser le village à grandes enjambées, laissant une traînée de bouches ouvertes et de rumeurs corniques dans son sillage coloré. Il portait des culottes de golf en lin, une chemise rayée jaune et bleue, et un nœud papillon à pois roses et blancs si gros qu'il en dissimulait presque son cou. Une canne dans une main et un journal dans l'autre, il chassait de temps à autre les guêpes attirées par la douce senteur florale qu'exhalait sa peau claire. Je ne l'ai suivi que jusqu'à la salle de jeu, où, emparée par le besoin soudain de jouer au flipper, je l'ai relégué à contrecœur au lendemain. Je l'ai regardé sautiller le long du quai, près des crabiers et des passeurs. Je l'ai regardé naviguer entre les parents tenant cigarettes et bières en lieu et place des mains de leurs enfants. Il appartenait à un autre temps, plus sophistiqué ; et pourtant, il gratifiait le présent d'une curiosité et d'un charme simples qui m'ont maintenue en émoi des jours durant.

La deuxième fois que je l'ai vu, c'était dans la forêt. Il se parlait à voix haute (du Shakespeare, ai-je appris plus tard) et dansait comme un vieil elfe dans sa forteresse de solitude verte. C'était une de ces danses qui n'appellent aucun public, à la chorégraphie sauvage et juvénile, jaillissant d'une source dénuée de jugement. Il portait la même tenue, des chaussures de marche ayant remplacé ses richelieus polis, et tenait une brindille à la place de sa canne.

La timidité s'est emparée de moi tandis que j'observais ce moment intime, et lorsque ma conscience n'en pouvait plus, je suis sortie de ma cachette pour lui adresser un « Bonjour monsieur » en lui tendant la main avec une assurance d'un autre âge.

Il s'est arrêté au milieu d'une pirouette en souriant et, le souffle court, m'a répondu « Bonjour, jeune dame », avant de me serrer la main. Il paraissait plus vieux de près, mais pas si vieux que ça ; la soixantaine, probablement, car sa peau portait le lustre des bons soins et la trace d'une vanité disparue qui avait dû, autrefois, briller dans tous les miroirs avec l'éclat du soleil levant.

« J'aime bien votre tenue, ai-je déclaré.

— C'est très gentil à vous, a-t-il répondu.

— C'est ma forêt, ici.

— Vraiment ? Dans ce cas je suis un intrus, et donc, en tout état de cause, à votre merci. »

Et il s'est incliné devant moi.

J'ai gloussé. Jamais je n'avais rencontré quelqu'un parlant avec pareille éloquence ; je me suis dit que c'était sans doute un poète – mon premier.

« Où logez-vous ? lui ai-je demandé en m'asseyant sur le banc.

— Dans un petit bed & breakfast juste de l'autre côté de la rivière, sur la rive est, a-t-il répondu tandis qu'il s'asseyait à côté de moi, toujours à la recherche de son souffle euphorique et épuisé.

— Ah », ai-je acquiescé, faisant mine de savoir de quoi il parlait.

Il a sorti sa pipe et l'a positionnée confortablement entre ses dents. A craqué une allumette qu'il a placée au-dessus du foyer, tirant furieusement tandis que des bouffées de fumée doucereuse et boisée montaient de sa bouche, aiguisant mon appétit. J'ai repensé aux biscuits que ma mère et moi avions préparés plus tôt ce matin-là – des sablés rectangulaircs nappés de chocolat – et dont je sentais l'odeur sur mon cardigan. Je me suis mise à saliver, soudain appelée par la maison.

« J'habite dans la grande maison blanche juste de l'autre côté, l'ai-je informé en pointant vaguement une direction, espérant qu'il serait impressionné, parce que j'avais tellement envie qu'il le soit.

— Je suis impressionné, a-t-il dit, et j'ai rougi.

— Ma maison aussi fait bed & breakfast.
— Vraiment ?
— Vous pouvez venir jeter un œil si vous voulez. Il nous reste quelques places.
— Vraiment ?
— Alors, si vous venez loger chez nous, vous pourrez profiter de la forêt quand bon vous semble. *Légalement*, ai-je ajouté.
— Vraiment ? » a-t-il répété avant de me regarder avec un sourire, et j'ai compris, instantanément, que ce sourire signifiait « oui ».

Ma mère a tout de suite aimé Arthur. Elle prenait un grand plaisir à l'attirer sous son aile orpheline, le laissant apaiser la sécheresse qui s'y était installée au fil des ans. Elle se languissait de mener sa vie avec l'assurance d'un autre, plus âgé, avançant devant elle ; un autre qui la gardait contre le mur mortel se rapprochant un peu plus chaque saison ; un autre qui lui dirait simplement que tout irait bien. Ce qu'il a fait, totalement, du moment même où il est venu s'installer chez nous ; et lorsqu'il a soulevé sa casquette en lançant des « bonjour », nul d'entre nous ne soupçonnait que c'était le début d'une relation riche et durable qui deviendrait aussi sûre que le discret crépuscule ; car Arthur s'est contenté de payer un mois en avance et de s'installer dans le cottage attenant auquel mon père avait mis la touche finale deux jours à peine auparavant. L'odeur de la peinture flottait dans l'air, ses vapeurs presque écœurantes, mais pour M. Henry, elle rimait avec nouveauté, et non gêne, et tandis qu'il pénétrait dans sa nouvelle maison, il a ouvert les bras en grand et crié « L'extase ! » (un mot que j'allais bien vite adopter à mon tour ; un mot qui ne me ferait pas que des amis).

« Que penses-tu du Parmentier ? m'a demandé un jour Brenda, la dame de service à l'école.
— L'extase, ai-je répondu en lieu et place de mon habituel "ça va".
— Tu peux garder tes sarcasmes », a-t-elle rétorqué en remballant la cuillerée supplémentaire de petits pois qui planait, appétissante, au-dessus de mon assiette.

Lorsque Arthur est venu vivre avec nous, il s'était déjà retiré de l'existence qui lui avait fait jouer les yoyos entre l'université et le service diplomatique comme un courant alternatif. Il faisait preuve de discipline, qu'il dissimulait derrière une frivolité flamboyante laissant croire aux autres qu'il traversait la journée avec insouciance. Pourtant, il en avait, des soucis, et sur tellement de sujets. Il se réveillait sans faute à six heures tous les matins et se promenait jusqu'à la jetée pour observer l'éternelle mutation de la nature. Il remarquait les petites choses, les détails curieux ; les marques supplémentaires du jeune daim qui apparaissait timidement sur l'autre rive, la dernière étoile à disparaître au lever du soleil (c'était toujours la plus pâle, à droite du gros chêne), la minuscule érosion de la berge opposée tandis qu'une nouvelle racine se faisait visible au milieu de la boue et du sable. Il m'ouvrait les yeux sur ces changements subtils, et chaque fois que je proclamais mon ennui, me menait au bord de la rivière pour me faire décrire tout ce que je voyais sur un ton enthousiaste et émerveillé, jusqu'à ce que mon organisme répercute à nouveau l'excitation de la vie.

Il pratiquait le yoga sur la pelouse juste devant son cottage, entortillant ses membres dans les positions les plus extrêmes tandis que son visage demeurait une palette de calme et de concentration. Il disait avoir appris cette discipline à l'ashram du mahatma Gandhi et focalisé son esprit en marchant sur des charbons ardents pour le plaisir. Comme ses yeux recelaient toujours une lueur de malice, personne ne savait jamais pour sûr s'il déformait la réalité aussi facilement que son corps – personne sauf moi. Je connaissais toujours la différence entre réalité et fiction. C'était dans l'altération subtile du ton qu'il adoptait, une résonance que j'étais la seule à pouvoir détecter lorsqu'il traversait la frontière entre ces deux états. Mais dans le fond, qui s'en souciait ? La vérité, comme il disait toujours, c'était surfait ; personne ne gagnait jamais de prix pour avoir raconté la vérité.

Un yogi lui avait un jour annoncé l'heure et les circonstances exactes de sa mort, et avec pareille information à portée de main, il avait été capable de calculer au jour près le moment où ses finances ainsi que son souffle se tariraient (même s'il m'avouait se donner une marge de cinq jours concernant l'argent).

« Comment est-ce que tu vas mourir, Arthur ? Dis-le-moi – comment est-ce que tu vas mourir ? »

Je lui ai posé la question chaque semaine pendant un an, jusqu'à ce qu'il laisse finalement échapper un « sourire sur les lèvres ». Une réponse qui semble avoir coupé le sifflet à mon enthousiasme malsain de par son décevant sarcasme.

Pour les années qui lui restaient, il avait l'intention d'écrire ses Mémoires et de les reconstituer dans ce qu'il appelait une « impotente sérénité ». C'étaient des récits de voyage : les comptes rendus explicites et osés d'un gentleman en visite dans les toilettes et les bars clandestins du monde entier, qui sous sa plume devenaient la chronique fantastique du recalibrage de la société. Et il s'est vite avéré qu'Arthur Henry s'était toujours trouvé au bon endroit au bon moment. Il venait de descendre du bus quand Rosa Parks avait refusé de le faire, de même qu'il se trouvait à Dallas quand JFK avait été abattu. Il était terré dans un motel aux tarifs raisonnables en compagnie d'un agent du FBI qu'il adorait et connaissait sous le seul sobriquet de Sly. Lorsque la rumeur de l'attentat meurtrier avait traversé les murs en papier, Sly l'avait abandonné comme une vieille robe de chambre, le laissant à son épuisement et au doux frottement des menottes qui lui taquinaient les poignets. C'est une femme de ménage qui l'avait retrouvé le lendemain matin, une femme apparemment tellement prémunie contre sa débandade qu'elle s'était simplement assise sur le lit à côté de lui pour pleurer l'homme qui avait incarné son Rêve Américain. Arthur en avait fait de même, semble-t-il.

Je profitais des week-ends et des congés pour faire tourner mon service de taxi fluvial entre la maison et le village afin de gagner un peu d'argent de poche. J'adorais balader Arthur, et avais récemment reçu l'autorisation de m'aventurer au large avec lui, serrant la côte escarpée jusqu'à Talland. J'ai appris à lire le vol des mouettes et l'odeur envahissante de l'air marin et suis devenue capable de prévoir les déferlantes. Arthur n'avait encore jamais pêché, aussi était-ce la première fois de ma vie que je pouvais lui enseigner quelque chose, ce qui m'a remplie de fierté. J'ai commencé à dérouler les lignes orange empennées qui, je l'avais promis à ma mère, allaient nous permettre d'attraper notre plat du jour : des maquereaux.

« Contente-toi de laisser la ligne filer entre tes doigts, Arthur, lui disais-je, et quand tu sens une secousse, crie et tire dessus.

— Elly, m'a-t-il annoncé, je vais hurler ! »

J'ai scruté les eaux devant nous ; les bateaux de plaisance abondaient en cette période de congés et je cherchais un itinéraire qui nous mène à l'abri du dangereux esprit vacancier à la barre de la plupart de ces embarcations capricieuses. Plongeant mon regard au-delà de la surface, j'ai vu l'ombre des rochers déchiquetés en contrebas, attendant comme des crocodiles d'émerger dans les hauts-fonds. J'avais capturé un bar au même endroit la semaine précédente. Cinq livres de lutte et d'effroi, que j'avais pêchées seule et vendues à un restaurant sur le quai. Mais nous n'étions pas venus pêcher le bar, nous étions là pour le maquereau, aussi cherchions-nous des eaux plus profondes. J'ai lancé le moteur et bien vite nous avons dépassé l'île pour nous diriger vers l'horizon clair, Arthur tenant la ligne orange sans jamais détacher les yeux de son travail.

« Pourquoi ne vas-tu pas à l'école ? m'a demandé Arthur en tentant d'allumer sa pipe.

— J'y vais, ai-je répondu.

— Ne me la fais pas. Tu n'y vas pas souvent.

— Pas besoin. Je peux apprendre tout ce dont j'ai besoin ici ; en mer, dans la forêt, en construisant des choses. Je peux faire de la confiture *et* trouver des champignons comestibles dans les bois. Je peux tout faire pour assurer ma survie, en cas de désastre imprévisible.

— Cela veut-il dire que tu *prévoies* un désastre *imprévisible* ?

— Tout ce que je dis, Arthur, c'est que je suis parée. »

Arthur y a réfléchi un moment en tirant profondément sur sa pipe. Les volutes doucereuses et boisées se sont envolées vers moi, emportées par la brise, et j'ai ouvert la bouche, juste au bon moment, pour avaler des bouffées de cette épaisse fumée délicieuse.

« La nature est un grand professeur, il est vrai ; mais ce n'est pas le seul. Tu te fais beaucoup de tort en séchant les cours, a-t-il déclaré en se penchant en avant pour coincer fermement la ligne sous son pied. N'attends pas trop longtemps, Elly. Ne laisse pas passer la fenêtre de l'éducation. Même les jeunes gens connaissent le regret.

— Oh, mais j'aime apprendre, ai-je répondu. C'est l'école que je n'aime pas. Plus maintenant. Mais c'est différent ici. J'ai toujours envie de m'amuser, Arthur. Mais tout le monde dans ma classe veut jouer les adultes. Moi, je suis différente. Ils me le disent, et je sais qu'ils ont raison, mais il n'y a qu'avec eux que cela me semble une mauvaise chose.

— Moi aussi, je suis différent, a dit Arthur.

— Je sais, mais chez toi, c'est une bonne chose. » Je me suis penchée sur le rebord pour laisser ma main traîner dans la fraîcheur de l'eau. « Moi, je suis impopulaire, et ça, ça fait mal, ai-je ajouté.

— La popularité, ma chère, est aussi surfaite qu'un membre imposant, a-t-il répondu, le regard perdu au loin, dans un autre de ses mondes clandestins.

— Quel membre ? ai-je demandé, momentanément embrouillée.

— Quel âge as-tu ?

— Bientôt douze.

— Ne cesse jamais de t'amuser, Elly, a-t-il dit en s'essuyant les mains sur un mouchoir blanc amidonné qu'il avait repassé la veille au soir. Ne cesse jamais de t'amuser. »

J'ai changé de direction pour nous écarter de l'attraction de l'île. Nous avions dérivé plus qu'il n'y paraissait, et le doux murmure du moteur semblait tendu contre le courant.

« Arthur ? ai-je repris en mettant ma main libre en visière. Personne ne semble se faire de souci pour moi. Je vais bien m'en tirer au final. Je le sais. »

Il s'est frappé le genou en disant : « C'est exactement ce que je disais à ton âge, Elly. Et regarde où j'en suis maintenant !

— Ha, tu vois, ai-je répondu avec un grand sourire.

— Je vois, a-t-il répété en retombant dans les profondeurs de sa pensée. À vrai dire, ta mère m'a demandé de te poser une question.

— Ah bon ? ai-je dit en bloquant la barre pour dérouler une autre ligne de pêche.

— Que dirais-tu d'être scolarisée à domicile ?

— Mais qui me donnerait cours ? ai-je demandé d'un air suspicieux tout en faisant le nœud final.

— Moi, bien entendu ! »

Un nuage de fumée est venu voler dans ma figure. J'ai toussé.

« Je te mènerais jusqu'au O-Level. Anglais – littérature et langue –, mathématiques, géographie, histoire – mon sujet préféré, bien sûr –, français et allemand. Ta mère a une amie dans le village prête à se charger de l'art. Alors, qu'est-ce que tu en dis ? Apparemment c'est non négociable, et tu devras travailler d'arrache-pied. À prendre ou à laisser.

— Je prends », ai-je répondu en hâte, ignorant la course folle de la ligne pendant du bord, qui disparaissait dans le sillage écumeux, tirée par cinq maquereaux qui s'agitaient de toute leur force.

Le soleil était bas, et notre quota de poisson atteint. Coupant le moteur, nous avons dérivé au gré du courant – un moment de calme –, la coque giflée par les vagues, une mouette survolant nos têtes, le son étouffé d'une radio nous parvenant d'une crique. J'ai soulevé l'ancre par-dessus bord avec nervosité. La corde s'est déroulée en hâte, et j'ai veillé à garder mes membres à distance de son appétit, l'esprit empli de ces histoires d'enfants envoyés par le fond à la suite d'un pied ou d'une main baladeurs. La corde s'est soudain détendue, et moi aussi.

Nous flottions doucement dans le sillage d'un bateau de passage, et tandis que le bruit de son moteur s'estompait derrière les falaises, Arthur a déballé le papier aluminium pour me tendre une part de génoise, mon gâteau préféré. La confiture coulait par les côtés, et je me suis léché les doigts, un étrange goût de framboise, de crème de beurre et de poisson maintenant sur les lèvres. J'ai regardé le paquet en me demandant si on pouvait partager la dernière part de gâteau, et alors que je m'apprêtais à en faire la suggestion, une cloche lointaine a sonné sur les vagues.

« Ne me dis pas qu'il y a une église à proximité ? a dit Arthur en se versant une tasse de thé de son Thermos et en jetant un œil aux environs vides et aquatiques.

— Non, non. C'est une cloche sur l'eau. Loin, très loin par là, ai-je expliqué en désignant la ligne ténue de ce qui était en réalité un phare. Peu de gens la connaissent, mais moi si, Arthur. Je l'ai vue.

— Vraiment ? En tout cas, j'aime bien sa sonorité. Plutôt surnaturelle, a-t-il dit. Triste. Elle pleure tous ceux disparus en mer, je suppose.

— Sans doute. »

Je n'y avais jamais réfléchi sous cet angle.

C'était une aventure pour moi, rien de plus. Une aventure que la plupart des gens qualifieraient de jeu de rôle, mais que j'avais vue, de même que mon frère. Un an plus tôt, elle avait fondu sur nous à travers le brouillard, cette énorme cloche de bronze qui flottait sur les vagues, comme tombée d'un clocher céleste. Une cloche qui n'appelait personne à la prière, et pourtant nous étions là, amarrés juste à côté.

« Ça fout les jetons, avait dit mon frère.

— Plus que les jetons. On devrait pas être là », lui avais-je répondu en passant la main sur le métal brut et froid, et tandis que mon frère lançait le moteur, la cloche avait carillonné sans crier gare, m'envoyant au sol, en larmes. J'avais dit à mon frère que j'avais trébuché sur un bout de corde. Ce que je ne lui avais jamais avoué, c'était que lorsque la cloche avait sonné, le métal était soudain devenu chaud ; comme si elle désirait secrètement le modeste contact d'une main humaine, et que le son qu'elle avait soudain émis était, en réalité, l'expression de sa peine.

« Est-ce que tu crois en Dieu, Arthur ? lui ai-je demandé en mangeant la dernière part de génoise.

— Est-ce que je crois en un vieillard barbu dans les nuages, qui nous juge, nous autres mortels, suivant un code moral allant de un à dix ? Juste Ciel, non, ma douce Elly, je n'y crois pas ! Il y a bien longtemps que j'aurais été banni de cette vie avec mon histoire douteuse. Est-ce que je crois en un mystère ; en ce phénomène inexpliqué qu'est la vie même ? Ce grand tout qui illumine l'inconséquence de notre existence ; qui nous donne un objectif en même temps que l'humilité de nous épousseter avant de tout recommencer ? Ça, oui, j'y crois. C'est la source de l'art, de la beauté, de l'amour, et c'est ce qui profère à l'humanité la bonté ultime. Ça, pour moi, c'est Dieu. Ça, pour moi, c'est la vie. Voilà ce en quoi je crois. »

J'ai écouté la cloche sonner à nouveau, susurrant sur les vagues son appel, son appel. Je me suis léché les doigts avant de froisser l'aluminium en boule.

« Est-ce que tu crois qu'un lapin pourrait être Dieu ? lui ai-je demandé d'un air détaché.

— Je ne vois absolument aucune raison interdisant à un lapin d'être Dieu. »

Décembre à nouveau. Mon anniversaire. Et aussi le jour où John Lennon a été tué. Un homme l'a approché pour l'abattre juste devant sa maison new-yorkaise, sous les yeux de sa femme. D'un simple coup de feu. Je ne parvenais pas à comprendre ; il m'a fallu des jours.

« Les meilleurs partent les premiers, m'explique Jenny Penny au cours de notre conversation téléphonique.

— Pourquoi ? » lui demandé-je.

Mais elle fait semblant de ne pas m'entendre, prétend que la ligne est mauvaise. Ce qu'elle fait chaque fois qu'elle n'a pas de réponse.

Je me couche tôt ce soir-là, inconsolable. Sans même souffler les bougies sur mon gâteau.

« Une chandelle s'est déjà éteinte dans le monde », dis-je. Je remets mes cadeaux à un autre jour. Il n'y a tout simplement rien à célébrer.

J'ai attendu à la petite gare, contemplant depuis le pont la simple symétrie des rails qui partaient à gauche ou à droite : destination Londres ou Penzance. J'étais en avance. J'aimais arriver en avance, avec l'espoir que l'impossible advienne et que le train pulvérise ses horaires, mais cela ne se produisait jamais. L'air matinal était gris et gelé. Je soufflais sur mes mains, une haleine brumeuse émanant de ma bouche. Le froid avait rapidement transpercé mes chaussures pour s'installer dans mes orteils ; ils devaient être livides à présent, et seul un bain pourrait les ramener à la vie.

Je ne l'avais pas vu depuis trois bons mois, enfermé qu'il était dans sa vie semestrialisée et dans ces rues londoniennes qui me l'avaient volé, me laissant à la place une pile de lettres classées dans un dossier A4 avec Privé tapé sur la couverture. Il était doué pour l'économie, écrivait-il, et pour l'art aussi. Il chantait dans un chœur, pratiquait de nouveau le rugby, maintenant qu'il se sentait posé, maintenant qu'il était plus heureux. Je pensais que « jouer au rugby » était du langage codé pour dire qu'il avait un nouveau copain, mais ce n'était pas le cas ; il avait vraiment repris le sport. L'amour, semble-t-il, n'était qu'un lointain souvenir.

Il n'y avait rien dans cette gare ; ni café, ni salle d'attente. Rien qu'un abri sur le quai, à la fois utile et inutile, suivant la direction du vent. J'étais trop agitée pour attendre dans le van en écoutant la cassette qu'Alan avait faite de Cliff Richard, que je semblais connaître en long, en large et en travers, et qui à mon avis aurait sonné bien mieux dans n'importe lequel de ces sens. Alan aimait Cliff Richard, mais il *adorait* Barry Manilow. Il l'écoutait en prison, et les paroles lui donnaient de l'espoir, disait-il. Même « Copacabana » ? lui demandais-je. *Surtout* « Copacabana », précisait-il.

Alan faisait le chauffeur pour nous depuis un an, conduisant nos hôtes avec une patience d'ange. Il n'avait pu trouver de travail avant de nous rencontrer, mais il s'était montré honnête avec mon père, qui était sans doute le seul homme au monde à croire au pouvoir rédempteur de la seconde chance. Il avait offert à Alan un salaire normal, avec pour seule contrainte d'être prêt à travailler à n'importe quelle heure du jour ou de la nuit. Alan avait accepté, et alors que revenus et respectabilité réintégraient sa vie, il en avait été de même de sa femme et de son enfant. Sa courte incursion dans l'univers carcéral s'était évanouie en une histoire à dormir debout, jusqu'à ce que personne ne puisse plus dire avec certitude si elle avait bien eu lieu ou non.

Le signal rouge et blanc s'est soudain mis à remonter sa tête léthargique. J'ai d'abord vu la fumée, comme toujours, puis l'avant noir massif a fendu la campagne comme un irrésistible tyran. La première classe m'est passée sous les pieds, puis le wagon-restaurant, la voiture numéro 1, suivie de la deux, et encore une autre, jusqu'à ce que le train ralentisse à son entrée en gare et que je me mette à me répéter ce que j'allais lui dire. Alors même que le train s'arrêtait, une porte s'est ouverte à la volée, et j'ai vu son bras. Il a d'abord jeté son paquetage (apparemment c'était la grande mode dans son école), avant d'émerger avec bonnet de Noël et lunettes de soleil.

« Joe ! » me suis-je exclamée en courant au bout du pont. Il a remonté la rampe à toute vitesse dans ma direction.

« Reste où tu es ! » a-t-il hurlé en luttant contre le vent dans une tentative de relancer son cœur après trois heures et demie de sédentarité sur un siège dans le sens de la marche. Et je me suis sentie légère dans le ciel gris du matin, avant de retomber contre sa poitrine vêtue de laine. Il portait de l'after-shave. Mince alors – moi qui lui en avais acheté pour Noël.

« Salut, a-t-il dit. T'es toute belle.

— Tu m'as manqué », ai-je répondu tandis que la première de mes larmes atterrissait sur ses lunettes de soleil.

Alan prenait toujours le chemin le plus long pour nous ramener quand mon frère rentrait à la maison. Cela nous laissait le temps d'échanger quelques ragots au sujet de mes parents, et permettait à mon frère de se réacclimater aux champs, haies et panoramas auparavant si familiers. De temps à autre, je surprenais Alan qui nous regardait dans le rétroviseur, les yeux écarquillés à l'écoute d'informations que la plupart des familles normales garderaient secrètes et ne discuteraient qu'une fois confinées à l'abri d'une porte close.

« Nancy a embrassé maman », ai-je annoncé à Joe.

Les yeux d'Alan n'en pouvaient plus de s'écarquiller.

« Quand ? a demandé Joe avec excitation.

— Il y a un mois environ. Quand elle a rompu avec Anna. »

Alan a viré dans le bas-côté.

« Elle était très triste à cause de ça, a dit Joe.

— Effondrée, tu veux dire, ai-je répondu.

— Une histoire de journaux ou que sais-je encore.

— Ah bon ? ai-je dit. Ça, je savais pas. Enfin, bref, Nancy était sur la terrasse dehors en train de pleurer et maman la serrait dans ses bras et quand Nancy a levé les yeux, elle a attiré maman contre elle et elle l'a embrassée ; même qu'elles y ont mis *la langue*. »

Alan a fait grincer les vitesses. Il ne trouvait plus la troisième.

« Nan ? a fait Joe.

— Et, ai-je ajouté, essayant désespérément de reprendre mon souffle, elles ont pas bougé. Elles sont restées comme ça pendant des heures. Même maman n'a pas bougé.

— Nan ? a fait Joe.

— Et, ai-je ajouté, quand elles se sont enfin séparées, elles ont ri.

— Nan ? a fait Joe.

— Et, ai-je encore ajouté, maman a dit, "oups", et elles ont ri de plus belle. »

Alan patinait.

« Et tu sais quoi ? ai-je dit.

— Quoi ? a demandé Joe.

— Je l'ai dit à papa.

— T'as pas fait ça ? a interjeté Alan, détachant soudain ses yeux de la route.

— Un peu que je l'ai fait, ai-je répondu à Alan.

— Qu'est-ce qu'il a dit ? a demandé Joe.

— Il a ri et il a dit, "Enfin ! Au moins comme ça c'est réglé."

— Incroyable », a dit Joe.

Alan a perdu un rétroviseur latéral en s'engageant dans le portail.

Mon frère a parcouru sa chambre du regard, à la recherche de différences, de changements que nous aurions pu faire en son absence. Mais tout était là, exactement comme il l'avait laissé : une chambre figée par un moment interrompu ; un départ précipité pour attraper un train ; un déodorant ouvert (à présent desséché) attendant son retour ; un journal, vieux de trois mois, étalé près de son lit.

Je me suis assise pour le regarder défaire son sac rempli de linge sale.

« Tu sais que Michael Trewellin est mort ? lui ai-je demandé.

— Ouais, a-t-il répondu en pliant une de ses chemises propres.

— Il s'est noyé.

— Je sais.

— On est allés à son enterrement, l'ai-je informé.

— Ah oui ?

— Ils sont bizarres, tu ne trouves pas ?

— Je suppose qu'on peut dire ça, oui.

— Tout le monde fixait le cercueil des yeux.

— Je savais pas qu'ils avaient retrouvé le corps.

— Justement, non. C'est peut-être pour ça qu'on regardait tous le cercueil comme ça.

— Peut-être.
— Je me demande ce qu'il y avait à l'intérieur. »

J'ai attrapé un magazine, que j'ai ouvert au milieu : un homme bronzé vêtu d'une minuscule serviette. J'avais l'habitude de ce genre d'images quand mon frère rentrait à la maison. Il aurait sans doute passé le magazine à Arthur, qui lui aurait dit, « Oh, quel vilain garçon ».

« J'ai vu Beth dans le village il y a quelques jours », ai-je dit sur un ton plus léger.

Il s'est arrêté pour me dévisager.

« Beth ?
— Tu sais, la sœur de Michael Trewellin. Je crois que vous vous connaissez pas très bien. Elle est plus jeune. À peu près mon âge. »

Je l'ai regardé plier un pull.

« Elle va bien ? a-t-il demandé.
— Elle avait l'air très triste. Ce qui est compréhensible, à vrai dire. »

Il est venu s'asseoir à côté de moi sur le lit, comme s'il savait dans quelle direction mes idées partaient.

« Il ne va rien m'arriver, Elly, a-t-il dit. Je ne vais nulle part, a-t-il ajouté en passant un bras autour de mes épaules. Je ne suis pas Michael.
— Je ne sais pas si je pourrais le supporter. Elle avait l'air tellement triste. »

Mon père a demandé qu'on éteigne les lumières tandis qu'il brandissait fièrement l'enseigne en néon.

« Il y a *toupour du chanvre* chez *vous* ? a dit ma mère en tentant de déchiffrer les cursives qui brillaient en vert dans la pièce sombre.
— Il y a *toujours des chambres* chez *nous*, a rectifié mon père, une pointe d'exaspération dans

la voix. C'est mon message de Noël. Je vous avais dit l'été dernier que je préparais quelque chose de différent », a-t-il ajouté, ce qui était vrai.

Nous étions en train de préparer de la glace au citron dans la cuisine quand il nous avait fait part de ses projets de gratuité pour la période des fêtes.

« Notre porte est ouverte à tous, riches comme pauvres », a-t-il décrété, et ma mère lui a dit qu'elle l'aimait avant de l'entraîner dans le jardin pour un tendre baiser. Pour un homme réputé pour son dégoût sévère de toute religion organisée, sa charité se faisait de plus en plus chrétienne au fil du temps. Mon frère m'a jeté un regard en secouant la tête et dit, « Tu vas voir, la prochaine étape, ça sera l'âne, l'étable, et un vrai bébé.

— Sans oublier l'étoile à l'est, a ajouté Arthur.
— Oui ? On m'appelle ? » a dit Nancy tandis qu'elle entrait dans la pièce en allumant un cigare.

Mon père s'est empressé de rallumer la lumière, annonçant qu'il allait fixer l'enseigne à l'entrée du chemin, entre le chameau qui faisait coucou et le Père Noël tout nu, si jamais ça nous disait de nous joindre à lui. Bizarrement, personne n'a bougé.

Notre seule et unique hôte ce Noël-là fut une certaine Miss Vivienne Collard, ou Ginger, comme elle aimait à se faire appeler. C'était la plus proche amie d'Arthur, qui était venue pour la première fois chez nous quatre mois auparavant, avec un pied cassé en plus d'un cœur brisé (les deux n'ayant aucun rapport). Elle imitait Shirley Bassey, et, entre ses cheveux rouges et sa peau claire, se détachait comme l'une des plus originales, à défaut d'être la meilleure. Elle chantait « Goldfinger » en tortillant son index sous votre nez, et quand vous parveniez enfin à faire le point, vous vous rendiez compte qu'elle l'avait peint en doré. Et lorsqu'elle chantait « Big Spender », elle jetait des billets de Monopoly en l'air. Mais lorsqu'elle interprétait « Easy Thing to Do », il n'y avait plus un œil sec dans notre maison enguirlandée. Arthur disait qu'il aurait viré de bord pour une femme pareille, jusqu'à ce qu'elle chante une reprise de « Send in the Clowns » avec le déguisement approprié.

Arthur et Ginger ne se quittaient plus du moment où ils se retrouvaient. Ils avaient fait connaissance des années plus tôt, au sein de la communauté londonienne, quand leurs visages étaient encore lisses et vierges de toute expérience, et ils avaient fini par partager tout un tas de choses, y compris un appartement à Bayswater et un danseur classique prénommé Robin. Leurs plaisanteries étaient riches et chaleureuses, leurs taquineries intimes et profondes ; leurs « je t'aime » ne nécessitaient aucun de ces mots saugrenus.

Ginger est arrivée chez nous à cinq heures de l'après-midi le jour du réveillon, armée de sa seule valise remplie de champagne et de « culottes de rechange », comme elle aimait à le murmurer à Arthur, rien que pour le faire reculer dans les recoins les plus sombres de notre salon.

« Merci, Alan, a-t-elle dit en déposant un billet de cinq livres dans sa large paume. Et joyeux Noël, mon chou.

— Ce n'est pas la peine, Ginger, a répliqué Alan en tentant de remettre le billet dans la poche du manteau de l'intéressée.

— Achète donc un petit quelque chose pour ta fille, lui a intimé Ginger, à quoi Alan a répondu qu'il le ferait, sans jamais lui avouer que la petite fille en question était en réalité un petit garçon joufflu prénommé Alan junior.

— J'adore Alan, a déclaré Ginger en se tournant vers mon père tandis que le van disparaissait au bout de l'allée. Qu'est-ce qu'on lui reprochait, déjà ? a-t-elle demandé avec nonchalance.

— Vous ne m'attraperez pas comme ça, Ginger », a répondu mon père en la serrant dans ses bras.

Tout le monde voulait connaître la nature du crime d'Alan, mais mon père ne l'a jamais révélée à personne, pas même à ma mère.

« Bonjour, trésor, m'a dit Ginger tandis que j'apportais des serviettes fraîchement lavées dans sa chambre. Viens donc t'asseoir et me raconter tes nouvelles », a-t-elle ajouté en tapotant ses larges cuisses, aussi suis-je allée m'installer sur ses genoux. J'avais toujours peur de l'écraser, mais en sentant ses jambes épaisses sous les miennes, j'ai su qu'elle était de constitution robuste.

« Alors, tu t'es fait de bons amis ? m'a-t-elle demandé.

— Non. Pas encore. Joe dit que je suis une solitaire.

— Moi aussi, petite. Aucun mal à ça. »

(C'était faux, mais je lui étais reconnaissante d'avoir essayé.)

« Et comment va cette Jenny Penny ? Est-ce qu'elle vient pour les fêtes ? Quand pourrai-je enfin la rencontrer ?

— Non, sa maman a dit qu'elle pouvait pas.

— Un drôle de numéro, celle-là.

— Hmm. Elle a ses règles maintenant, vous savez.

— Vraiment ? Et toi ? a-t-elle demandé.
— Pas encore. J'attends toujours, ai-je répondu.
— Patience. Cette saleté viendra te maculer la culotte bien assez longtemps comme ça. Relève-toi un peu, a-t-elle ajouté en rajustant maladroitement sa jupe. Et comment va ton garnement de frère ?
— Bien, ai-je répondu.
— Toujours homo ?
— Eh oui. C'est pas une phase, pour sûr.
— Bien, tant mieux pour lui, a déclaré Ginger. Et toi ? Tu t'es trouvé un petit copain ?
— Non, mais j'en veux pas, en fait.
— Et pourquoi donc ?
— Ben, ai-je commencé, il y avait quelqu'un qui s'intéressait un peu à moi un moment. Mais j'ai laissé passer l'occasion.
— Oh ? Et quoi, alors ? Il s'est juste tiré, je parie ?
— Si on veut. Il s'est noyé.
— Oh, a-t-elle fait.
— Il s'appelait Michael, ai-je précisé.
— Eh bien, heureusement que tu n'étais pas avec lui, hein ? a-t-elle dit. Autrement tu ne serais sans doute plus ici maintenant », et elle s'est mise à fouiller dans sa valise, à l'évidence incapable de trouver mieux à dire. Mais elle était comme ça, Ginger : les émotions l'embarrassaient, sauf quand elle chantait. Mon père disait que c'était précisément pour ça qu'elle chantait.

« Tiens, m'a-t-elle dit en me tendant un cadeau magnifiquement emballé. J'ai fait le paquet moi-même.
— C'est pour moi ?
— Pour qui d'autre ? C'est une bague.
— Mazette.

— Elle était à ma mère, mais elle ne me va plus parce que je suis trop grosse. Je me suis dit que c'était aussi bien de te la donner », a-t-elle expliqué en évitant mon regard.

(Traduction : *je t'aime très fort, et je tenais à ce que tu aies quelque chose qui m'est particulièrement cher.*)

J'ai ouvert la boîte pour y trouver un anneau orné de diamant et de saphir, qui capturait la lumière du plafonnier et la renvoyait dans ma figure comme des feux de rampe.

« Mais c'est trop précieux, Ginger, ai-je haleté.

— Mieux vaut que tu en profites maintenant, plutôt qu'après ma mort, a-t-elle répondu.

— Je n'y manquerai pas. Elle est magnifique. Merci.

— Bon, très bien dans ce cas. »

J'ai senti son visage s'enflammer tandis que je l'embrassais en lui disant qu'elle était une de mes personnes les plus préférées de toute la terre. Parce que c'était le cas.

Il était rare que Nancy ne passe pas Noël avec nous, mais nous lui pardonnions son absence car elle était partie skier à Gstaad, autorisant son cœur à se laisser soigner par l'air de la montagne et la compagnie d'une femme nommée Juliette. Après le déjeuner, nous l'avons appelée pour la remercier de nos cadeaux. Elle semblait très heureuse (ivre) au téléphone, et papa nous a murmuré par-dessus la table que maman était sans doute un peu jalouse.

« Qu'est-ce qu'elle peut bien avoir de plus que moi ? avons-nous entendu notre mère lui demander au téléphone.

— Une petite amie », aurait apparemment répondu Nancy.

Je les ai tous laissés dans le salon, à leur cognac, leurs After Eight et leurs histoires de Noëls passés, pour me glisser dans le vestibule aux dalles impitoyablement froides sous mes pieds nus. C'était le moment que j'attendais, l'instant de calme où Jenny Penny allait tout me raconter de sa journée.

Chaque année, je l'appelais à la même heure, toujours après le déjeuner, parce qu'elle ne se levait jamais tôt le jour de Noël – elle était sans doute la seule enfant au monde à ne pas le faire – parce que, disait-elle, elle préférait rester au lit et profiter du temps libre pour réfléchir.

« Réfléchir à quoi ? lui demandai-je.
— Au monde. À la vie.
— Aux cadeaux ?
— Non. Je sais ce que je vais recevoir chaque année. Un set d'activités, plus gros et meilleur que l'année précédente » (ce n'était jamais le cas), « et un article de tricot que ma mère aura commencé à faire en juillet. »

Elle avait passé ce premier Noël avec nous, ce légendaire premier Noël que nous continuerions d'évoquer des années plus tard, où elle était arrivée en train avec mon frère, équipée d'un petit sac ne contenant rien qu'une paire de jeans, une culotte et un désir, longtemps étouffé, de changer de décor. Et il nous avait raconté comment elle était restée fascinée devant la fenêtre du wagon tandis que le train quittait Exeter et embrassait la côte – jamais elle n'avait été aussi près de la mer – et comment les vagues avaient léché son front et son sourire béat au cœur de son reflet immobile, impassible, jusqu'à ce que la côte scintillante disparaisse derrière les rochers et les arbres.

Une fois arrivée, elle avait dévalé la pelouse avec moi jusqu'à tomber dans la rivière, et ses glapissements de bonheur avaient fait honte à nos cœurs privilégiés, car ce qui aurait dû être un droit inaliénable était devenu, en une seule seconde, une marque de richesse hors de portée. Même lorsque nous l'avons tirée des eaux glacées, les lèvres bleuissantes, claquant des dents, sa joie demeurait contagieuse, et nous avions tous su immédiatement que ce serait un moment inoubliable.

La veille de Noël, nous l'avions guidée avec précaution à travers le salon plongé dans le noir de façon qu'elle puisse actionner les lumières du sapin, et ce faisant, son corps avait tremblé avec l'excitation propre aux plus grands bouleversements. Les lumières, de toute forme, taille et couleur, transformaient dans la pénombre un monde d'histoires inventées en une réalité incandescente. « C'est le genre de pièce où les vœux se réalisent », avait-elle déclaré.

Plus tard, cette nuit-là, alors que nous étions étendues sur nos lits, elle m'avait révélé son souhait – celui de pouvoir venir un jour vivre avec nous – et dans les ténèbres, nous avions tendu l'oreille à l'affût des grelots, et même si nous étions sans doute trop grandes pour y croire encore, nous les avions entendus au-dehors, et j'avais vu son sourire, large, dénué de cynisme, et je m'étais sentie reconnaissante d'avoir un frère prêt à rester dehors dans le froid et le noir pour secouer une petite cloche dans le simple but de lui apporter un peu de bonheur. Mais nous avions tous fait quelque chose, lors de ce premier Noël, pour lui apporter un peu de bonheur.

Le lendemain matin, je l'avais réveillée tôt, et ensemble nous étions descendues à pas feutrés pour voir les taies d'oreiller remplies à craquer de cadeaux, les carottes et les tourtes entamées, le sherry à moitié bu et la suie éparpillée sur le tapis depuis le foyer de la cheminée. Je l'avais contemplée tandis qu'elle était restée là, fascinée, les joues pleines de larmes, et avait dit : « C'est la première fois que le père Noël me rend visite. Je crois qu'il n'a jamais vraiment su où j'habitais. »

J'ai décroché le téléphone. Je connaissais son numéro par cœur à présent, il avait la cadence d'un poème avec tous ses cinq et ses trois, et la sonnerie s'est faite claire et brève en attendant qu'elle réponde.

« C'est moi, ai-je annoncé, heureuse d'entendre la voix de ma meilleure amie. Joyeux Noël, Jenny Penny !

— Elly, je peux pas rester trop longtemps », a-t-elle murmuré.

Elle parlait tellement bas que j'avais du mal à entendre ce qu'elle disait.

« Qu'est-ce qui se passe ? lui ai-je demandé.
— Tout a dérapé.
— Quoi ?
— On doit partir.
— Quand ?
— Maintenant. Bientôt.
— Pourquoi ?
— Parce que.
— Je comprends pas.
— On est obligées, a-t-elle dit. Je peux pas t'en dire plus, j'ai pas le droit. Elle me l'a interdit.
— Mais où est-ce que vous allez ?

— J'en sais rien. Maman refuse de me le dire. Elle dit qu'il vaut mieux que personne sache.
— Pas même moi ?
— Faut que j'y aille, elle rapplique. Je te dirai quand je serai arrivée, a-t-elle dit. Au revoir, Elly. »

La communication a coupé, et mes dernières paroles se sont évanouies en un silence impitoyable.

J'ai détaché ma mère du marathon télévision, devenu aussi incontournable à notre famille que la dinde et les tourtes à la viande, pour lui raconter ce qui venait de se passer. Elle n'avait aucune certitude, m'a-t-elle dit, mais elle se doutait de quelque chose.

« On ne peut qu'attendre. Elles nous préviendront quand elles seront arrivées.
— Arrivées où ça ? ai-je demandé.
— À bon port », a-t-elle répondu.

Ginger est restée avec nous après Noël pour se produire au Harbour Moon à l'occasion de la Saint-Sylvestre. Elle partageait le haut de l'affiche avec un sosie de Tony Bennett qu'elle surnommait T.B. et qu'elle détestait parce qu'il lui donnait la nausée.

« Il ne ressemble même pas à Tony Bennett, avait-elle dit en apprenant la nouvelle. Même moi, je ressemble plus à Tony Bennett que lui. » Arthur avait acquiescé en signe d'approbation. Elle était bien payée, cependant, et puis c'était la fête de l'année pour notre village ; cela revenait donc plus ou moins à tenir le haut de l'affiche à Las Vegas, si on utilisait un peu son imagination. Le village se transformait en terrain de jeu pour les adeptes du déguisement, et des gens venaient de très loin pour s'exhiber dans leurs costumes sophistiqués, préparés des mois à l'avance. Mon père avait commencé le mien quatre mois plus tôt, et j'étais la seule à savoir ce que cela allait être. Nous nous étions contentés d'annoncer qu'il serait meilleur et plus spectaculaire que la tentative de l'année précédente, ce qui n'allait pas être difficile, étant donné que je m'étais déguisée en pouce.

Tout le monde était rassemblé dans le salon, avachi et dissipé, et j'entendais mon frère pousser Ginger et Arthur à entonner une nouvelle fois le refrain de « Qu'est-ce qu'on attend ? » Ma mère s'est glissée dans le couloir pour vérifier que tout allait bien.

« Plus qu'une minute », lui a annoncé mon père tout en secouant mon costume.

Le seul problème, c'est que je n'avais plus le cœur à ça. Mon inquiétude pour Jenny Penny avait étouffé tout enthousiasme, et j'avais passé une semaine entière à attendre auprès du téléphone des nouvelles qui n'étaient jamais venues. Ce n'était que parce que mon père avait fait de tels efforts que j'avais fini par me prêter au jeu, et ensemble, nous sommes entrés dans le salon et avons attendu que les lumières baissent et que les bavardages se taisent.

J'ai enfilé la robe grise scintillante avec les fentes pour passer les mains et attaché la longue traîne en forme de queue de poisson. J'aurais pu être une sirène, ou même une des Three Degrees, à ce moment-là, et je prenais plaisir à jouer les devinettes. Puis mon père a apporté une énorme boîte et le silence s'est abattu sur la pièce. Il a ouvert la caisse pour en sortir un objet en forme de casque, recouvert d'une serviette de plage. Il l'a placé sur ma tête, et par les trous aménagés pour les yeux, j'ai vu le motif rayé de la serviette et ce que je ne pouvais que deviner comme étant un bout d'algue séchée.

« Ta-dah ! » a crié mon père, ôtant la serviette d'un coup sec. Tout le monde a sursauté. Par mes trous d'yeux, j'ai vu des mains voler devant des bouches bées.

« Qu'est-ce que c'est exactement ? » a demandé Ginger en éclusant un scotch matinal.

Mon père s'est tourné vers moi en soufflant, « Vas-y Elly, dis-leur.

— Je suis un MULET ! » me suis-je écriée, et tout le monde a fait, « Ah, oui, bien sûr. »

« Deux gin tonic et de l'eau pour le poisson », a lancé mon frère pour la cinquième fois de la soirée. Il était habillé en Liza Minnelli, et semblait très joli jusqu'au moment où on remarquait qu'il ne s'était pas rasé – ni le visage ni les jambes. Lorsque nous avions quitté la maison, ma mère comme mon père avaient versé une larme tandis que leur fils chéri marchait dans la nuit froide sous les oripeaux d'une fille, se demandant sous quelle forme il allait leur revenir. Cela faisait partie, comme le dirait plus tard mon père, des bienfaits inattendus de la paternité.

Lorsque nos boissons sont arrivées, Arthur avait réservé les meilleures places devant la cheminée en feignant judicieusement quelque maladie. Mon frère a éloigné un peu mon siège du feu, me rappelant que j'étais toujours inflammable et qu'il serait vraiment embarrassant de me voir prendre feu. C'est à peu près à ce moment-là, je crois, que j'ai noté la présence du Womble qui nous observait dans un coin. Il nous avait suivis plus tôt, car je l'avais déjà remarqué au Jolly Sailor, où il avait eu une altercation avec un chien (un vrai). Il se tenait debout près de la pendule, laquelle indiquait sept heures et demie.

Arthur a donné un coup de coude à mon frère en lui disant, « Womble à dix heures », et avant que j'eusse pu lui dire que, non, il n'était que sept heures et demie, le Womble s'était approché de nous.

« Salut, a dit mon frère. Moi c'est Liza, et voici Poisson. »

J'ai levé une nageoire en retenant un bâillement derrière ma tête en papier mâché qui me semblait soudain très lourde.

« Et moi, je suis Freddie Mercury, a dit Arthur en ajustant nerveusement sa moustache.

— Moi c'est Orinoco », a dit Orinoco d'une voix très grave ; une voix qui, eût-elle réellement appartenu à un Womble, aurait effrayé les petits enfants et empêché ces créatures de gagner la popularité qui était la leur.

Il s'appelait Paul, je crois, et venait de Manchester. Il a retiré sa tête, révélant de courts cheveux bruns – ou peut-être étaient-ils longs, je ne me souviens plus très bien – mais tout ce que je sais, c'est que l'énergie de notre charmante soirée a soudain basculé, et qu'il en était la cause. J'ai essayé de rester éveillée, d'entendre leurs échanges à voix basse, les plaisanteries qu'ils faisaient loin de moi, mais en vain ; je n'étais plus des leurs, et mes yeux ont commencé à se refermer avant que les premières mesures de « Auld Lang Syne » rassemblent les voix ivres et inarticulées. Mon inquiétude concernant Jenny Penny, le verre de champagne, les gorgées suivantes d'alcool clandestin avaient pris mon jeune esprit en embuscade, et je n'ai plus aucun souvenir après cela ; ni du chemin du retour, ni d'Arthur me guidant dans l'entrée jusqu'aux bras de ma mère. Je ne me souviens pas de Ginger faisant des claquettes sur les dalles, ni d'Arthur racontant une histoire leste au sujet de la princesse Margaret. Tout ce dont je me souviens, c'est que mon père m'a embrassée pour me dire bonne nuit en murmurant « Je te souhaite une merveilleuse année, Elly. »

Je me suis réveillée quatre heures plus tard, affamée et parfaitement lucide. La maison était encore tiède tandis que je descendais les escaliers à pas de velours. J'ai vu les bouteilles vides et les serpentins qui jonchaient le salon ; les chaussures de Ginger ainsi que son boa en plumes enroulé sur une chaise. Je suis allée dans la cuisine me servir un grand verre d'eau et prendre une part de cake dans le placard. Alors même que je déposais mon verre sur l'égouttoir, j'ai jeté un œil par la fenêtre et aperçu la forme vaporeuse de mon frère qui courait dans la forêt, suivi d'une ombre défaite. Cela ne pouvait être que lui, puisqu'il portait encore ses talons et sa perruque, qui se reflétaient dans le clair de lune. J'ai enfourné le reste de ma part de cake dans ma bouche, enfilé le pull et les bottes de ma mère, et me suis glissée au-dehors, dans l'air frais et neuf du premier janvier.

J'ai ramassé un bâton et me suis mise à courir aussi vite que je pouvais jusqu'à la lisière de la forêt. J'ai trébuché deux fois avant que mes yeux ne s'ajustent à la pénombre et que je puisse à nouveau suivre le bruit des brindilles cassées devant moi. Libre de toute peur, enhardie par mon rôle imaginaire de protectrice, j'ai foncé droit devant, esquivant les branches basses des buissons dénudés. Des gloussements se sont fait entendre à ma gauche, de l'autre côté d'une futaie de chênes lourds, derrière lesquels je me suis accroupie, écartant avec précaution une touffe de fougères malades. Avant de vomir.

Je me suis redressée sur mon lit, posant mon regard sur le Womble perché sur ma table de nuit. Il m'avait suivie depuis mon autre vie, un cadeau de Jenny Penny pour mon septième anniversaire. Elle me l'avait donné à la fin de ma fête, quand tous les invités et le gâteau avaient disparu, en disant, « Ceci est le meilleur cadeau que tu as jamais reçu. Et c'est moi qui te l'ai offert. »

Maintenant que je le contemplais, pourtant, je ne pensais plus à elle, au paquet cadeau qu'elle avait fait, ni au poème qu'elle avait attaché à son écharpe, et intitulé « Meilleures amies » ; non, maintenant, tout ce que je voyais, c'était mon frère, à quatre pattes, flou dans les ténèbres sylvestres, la silhouette reconnaissable entre toutes d'une peluche besognant derrière lui, en disant de sa profonde voix du Nord : « Bonne année, Joe. Bonne et heureuse année, han, han, han. »

Je me suis levée pour mettre la peluche dans un vieux sac en plastique qui sentait encore les oignons, avant de la ranger au fond d'un placard avec toutes mes vieilles chaussures. La semaine suivante, j'irais la déposer à la boutique de charité, où elle resterait exposée dans la vitrine, entre une copie cornée des *Dents de la mer* et un porte-toast en argent terni. Elle y resterait des semaines. Comme en signe de rétribution.

Je n'ai jamais révélé à mon frère ce que j'avais vu cette nuit-là, du moins pas avant des années, alors que nous étions assis sur la jetée, deux adultes avec des vies d'adultes. Il n'avait aucun souvenir de cette nuit-là, comme tant d'autres qu'il avait oubliées, et lorsque je lui ai tout raconté, il s'est contenté de se prendre la tête dans les mains avec un rire en disant, « Un Womble ? qu'est-ce que c'est que cette connerie ? »

Je n'ai jamais reçu de nouvelles de Jenny Penny, non plus. Jamais reçu d'appel ni de lettre pour me dire où elle se trouvait ni pourquoi elles étaient parties, ou ce qu'elle faisait à présent. J'ai appelé son ancien numéro peu de temps après sa disparition ; un homme a répondu en me criant dessus, et j'ai raccroché, effrayée. En me demandant ce qu'il avait bien pu faire.

Puis une autre fois, un an plus tard environ, je me suis assise en silence sur mon lit en pensant à elle, tentant de réparer cette connexion télépathique qui s'était effondrée avec son départ, et tandis que la pièce plongeait dans le silence et que le soleil bougeait derrière les arbres, des chiffres sont apparus derrière mes paupières, leur ordre délibéré et lourd de sens, des chiffres que je me répétais constamment. C'était elle, j'en étais sûre. J'ai décroché le téléphone, les mains tremblantes. J'ai composé le numéro et attendu sa voix. Elle n'est jamais venue. À la place, j'ai entendu une femme me demander, « Golden Lotus. Puis-je prendre votre commande ? » C'était un restaurant chinois à emporter, à Liverpool ; un endroit qui finirait d'ailleurs par prendre une certaine importance, bien des années plus tard.

Je n'avais d'autre solution que d'accepter le fait qu'elle avait été engloutie par cette nouvelle année et que je devais lâcher prise. Mais chaque année à la même date, j'entendais sa respiration troublée murmurer, « Je te dirai quand je serai arrivée. Au revoir, Elly. Je te préviendrai. »

Elle me manquait. Elle me manquerait toujours. Je me demandais souvent ce que cela aurait donné si nous avions pu traverser les années à venir ensemble. Qu'est-ce qui aurait changé ? Aurais-je pu modifier ce qui lui est arrivé ? Nous étions les gardiennes d'un monde secret ; un monde solitaire sans l'autre. Des années durant, j'ai stagné sans elle.

Deuxième partie

1995

Brixton brûlait, en proie à la colère. C'était le sujet que j'étais censée traiter, six jours après mon vingt-septième anniversaire, mais je ne m'y suis pas rendue, un acte que je ne m'explique toujours pas complètement. J'avais déjà connu ce genre d'incident – l'expiration soudaine de la confiance ou de l'intérêt –, mais jamais une telle panique ; une panique qui s'était emparée de moi avec la force de la terreur, m'intimant la conviction que le monde comme moi avions tort tous les deux. Je n'en ai soufflé mot à personne. Coupant plutôt les téléphones pour me terrer chez Nancy. J'ai perdu mon emploi. Pas la première fois. Trouvé des prétextes. Pas la première fois. Et c'est dans ce monde brisé qu'est arrivée sa carte. Comme si elle savait. Comme si elle avait tendu l'oreille, à l'affût, comme toujours. Ma bouée de sauvetage.

J'ai ouvert les portes du balcon dans ce morne matin de décembre et me suis assise en surplomb de Charterhouse Square ; bruits d'enfants qui piaillaient en jouant à chat. J'ai regardé un garçon foncer vers un banc et buter librement sur une pile de vêtements, qui s'avérait être une pile de copains. J'ai remué mon café, sirotant à la cuiller. Une journée froide, qui allait en refroidissant encore.

Ciel couvert, à la teinte jaunâtre. Il neigerait avant la fin de l'année. J'ai resserré la couverture autour de mes épaules. Et observé une petite fille qui se cachait derrière un arbre ; elle a mis des heures avant de reparaître.

Quinze ans s'étaient écoulés depuis cet étrange Noël où le passé s'était lassé de nous et avait refermé ses portes fragiles. *Tu ne te souviendras pas de moi*, écrivait-elle, mais bien évidemment, je l'avais reconnue du moment où j'avais vu son écriture gribouillée, noire, inchangée, bavant sur l'enveloppe, et ma joie avait été la même tandis que je lisais ces mots : *Tu ne te souviendras pas de moi*. Elle avait confectionné la carte elle-même, comme elle l'avait toujours fait, elle qui aimait tant les activités manuelles, et dont chacun savait, lorsqu'elle arrivait à l'école les cheveux maculés de colle ou de paillettes, qu'elle avait fabriqué quelque chose – une carte d'anniversaire, ou de vœux –, espérant secrètement être l'heureux bénéficiaire de ces efforts créatifs dont chacun se moquait pourtant, car ils étaient bons et s'exprimaient avec force, proclamant, « Tu es spécial. J'ai jeté mon dévolu sur toi. »

Mais j'étais la seule à ne jamais en bénéficier.

C'était un simple morceau de papier bleu, plié en son milieu, avec sur la face avant des images fragmentées de fleurs et de lianes, de montagnes et de sourires, accompagnées de lettres découpées comme pour une demande de rançon, mais qui disaient *Joyeux anniversaire* à la place. Et là, entre les lettres, je l'ai revue, dressée sur le trottoir dans ses chaussures préférées, qui me faisait signe en reculant, alors qu'elle avait neuf ans, que j'avais neuf ans, et que nous nous étions juré de rester en contact.

J'ai regardé l'enveloppe une nouvelle fois. Mes parents l'avaient fait suivre à l'appartement de Nancy, à Charterhouse Square, où je logeais temporairement. À l'origine, pourtant, elle provenait des prisons de Sa Majesté.

Les mouettes piaillaient à tue-tête ce matin-là, me tirant brutalement de la quiétude de mon lit. J'ai attrapé mon verre d'eau et bu à travers les minuscules poussières qui s'étaient déposées à la surface pendant la nuit. La maison était silencieuse, ma chambre étouffante, le radiateur brûlant. Je me suis levée en direction de la fenêtre, que j'ai ouverte en grand pour laisser entrer le printemps. Il faisait encore froid, sans un souffle de vent, et le ciel sans nuage s'étirait au-delà des arbres à l'instar du matin lui-même, suspendu, immobile, en attente. J'ai regardé Arthur, en contrebas, qui s'élevait lentement en poirier, son petit caleçon de satin rouge (autrefois à mon père) glissant sur son entrejambe pour révéler des jambes de la couleur et de la texture de l'os. Je n'avais encore jamais vu ses jambes. Elles semblaient avoir vécu une vie différente. Elles paraissaient innocentes.

L'âge avait eu peu d'impact sur lui, et il se refusait toujours à révéler la date ou les circonstances de son départ terrestre. La plupart des matins où j'étais à la maison, je m'asseyais avec lui au bord de l'eau et le regardais tandis qu'il contemplait la rive opposée, comme si la mort lui faisait signe à la façon d'un ami taquin, et je le voyais sourire, d'un sourire qui disait, « pas aujourd'hui », plutôt que « je ne suis pas prêt ».

Son savoir l'avait libéré de toute peur, nous laissant à nous autres le fardeau ultime : celui de l'attente. Allait-il nous préparer ? Ou bien disparaître soudainement de nos vies pour nous protéger contre cette énième perte ? Allions-nous jouer un rôle macabre dans son épilogue ? Nous ne savions rien ; et s'il n'avait pas bougé son pied quand j'ai toussé, j'aurais cru qu'il avait été emporté, là, à l'instant, à l'envers, tel un ange dépourvu d'ailes qui se serait écrasé sans crier gare, la tête la première, sur Terre.

En descendant les escaliers, j'ai jeté un œil dans la chambre de Ginger, apercevant tout juste sa tête chauve blottie entre les oreillers tel un œuf abandonné. Elle respirait fort, profondément endormie. Elle était dans une bonne période, dans cette phase entre les chimiothérapies où elle retrouvait son énergie et son sens de l'humour, à défaut de ses cheveux.

La dernière session avait été rude, et les cinq cents mètres de promenade entre l'hôpital et le seuil de la maison de Nancy parcourus en taxi, son visage penché au-dessus de la vitre ouverte tandis que son estomac se soulevait à chaque secousse. Elle aimait se reposer sur le balcon, emmitouflée dans un édredon qui la protégeait à peine du froid, voletant entre veille et sommeil sans pouvoir se concentrer sur autre chose qu'une occasionnelle tasse de thé, qu'elle prenait à présent sucré.

Je me suis glissée dans sa chambre pour ramasser le cardigan qui était tombé au sol. Ma mère lui sortait des vêtements tous les matins, car elle avait du mal à prendre des décisions maintenant, prise de panique, chose que seule ma mère avait remarquée. Il n'y avait plus ni gauche ni droite dans le monde de Ginger ; rien que la vie, droit devant. J'ai refermé la porte, car tout ce dont elle avait besoin, c'était de sommeil. De sommeil et de chance.

Je suis entrée en trébuchant dans la cuisine, où j'ai éteint la radio. Toujours le massacre de Dunblane. Pourquoi. À qui la faute. L'angoisse fulgurante des conjectures. J'ai regardé ma mère terminer son café. Elle se tenait debout devant l'évier, où un rai de lumière jaune pâle se reflétait sur son visage, soulignant les lignes qui y étaient à présent tracées de façon permanente. Elle avait bien vieilli, le processus l'avait épargnée. Et elle avait laissé faire la nature, choisissant plutôt de bannir la vanité comme l'herbe folle envahissante et suffocante qu'elle était.

Elle attendait son unique client du jour, un certain Monsieur A, comme elle le surnommait (mais que nous connaissions tous du pub de Polperro sous le sobriquet de Big Dave). Elle avait obtenu son diplôme de thérapeute dix ans auparavant, fonction qu'elle remplissait déjà de façon officieuse durant notre enfance, et avait installé son cabinet dans l'arrière-salle, qui était en réalité le salon principal, suivant le côté par lequel on entrait dans la maison.

Nous savions tous que « Monsieur A » était secrètement amoureux d'elle et cachait son comportement plutôt inapproprié derrière trente livres horaires et l'état indéfinissable de transfert. Il offrait des fleurs à ma mère à chaque séance, et à chaque séance, elle les refusait. Il lui présentait ses rêves à chaque séance ; elle lui présentait la réalité. Les roues d'un vélo se sont fait entendre sur les galets au-dehors. Ma mère a jeté un œil par la fenêtre.

« Encore des roses, a-t-elle remarqué.
— De quelle couleur ? ai-je demandé.
— Jaune.
— Il est heureux.
— Dieu me vienne en aide », a-t-elle lancé.

La sonnerie a retenti.

« Nous partons dès que j'ai fini, Elly, alors assure-toi que Ginger est bien levée et que vous êtes tous prêts », a-t-elle ajouté de sa voix de thérapeute.

J'ai souri.

« Qu'y a-t-il ? a-t-elle demandé.
— Le poinsettia ?
— Oh. Tu peux le remettre dans l'entrée, je m'en occuperai plus tard », et elle est sortie à grands pas de la pièce.

Elle essayait de se débarrasser du poinsettia depuis janvier, mais la plante, tenace, refusait de mourir, aussi la déposait-elle chaque semaine sur la table de la cuisine en se demandant ce qu'elle pourrait bien en faire. « Tu n'as qu'à la laisser dehors, disait mon père. Ou la mettre à la poubelle. » Mais ma mère ne pouvait s'y résoudre. C'était une chose vivante ; pas si éloignée d'un être humain. Elle pouvait regagner le couloir. Pour une semaine de plus.

« Bonjour, très chère, a dit Arthur, revenant en sautillant de sa séance de yoga, avant de me serrer fort dans ses bras. J'ai senti le froid cramponné à son sweat-shirt.

— Salut, ai-je répondu en tentant de ne pas fixer ses jambes.

— Je vais réveiller Ginger, d'accord ? a-t-il annoncé en vérifiant que la bouilloire était encore chaude avant de jeter une poignée de feuilles dans la théière.

— Oh, merci. Tu as besoin d'aide ?

— Pas aujourd'hui, mon ange. Je vais me débrouiller », a-t-il dit en versant l'eau dans la théière qu'il a ensuite refermée. Je lui ai tendu le mug orné d'une photo effacée de Burt Reynolds à peine visible sur le côté. Ginger avait un faible pour Burt Reynolds. Ginger avait un faible pour les moustachus.

« Voilà qui devrait la réveiller », a dit Arthur tout en transportant avec précaution la théière et le mug en direction de la porte, ne s'arrêtant que pour laisser entrer mon père.

« Très élégant, a dit Arthur en disparaissant dans le couloir.

— Merci », a répondu mon père en ajustant sa cravate.

Mon père avait belle allure en costume, et même s'il en mettait rarement, il savait les porter avec un sens incontestable du style. Je l'ai surpris en train d'admirer son reflet dans la porte vitrée, tout comme je l'avais remarqué la veille au soir, en train de lire tranquillement un vieux livre de droit, et je m'étais demandé quelque part si deux rivières n'allaient pas à nouveau converger. J'avais entendu des rumeurs, bien entendu, pour la plupart en provenance de ma mère. Elle m'avait dit qu'il s'était « remis aux Rumpole » récemment, une annonce qu'elle m'avait faite avec tellement de mystères qu'on ne pouvait m'en vouloir de penser que « Rumpole » était un nom de code pour une drogue plutôt que les livres divertissants que l'on sait. « Oh, mais c'est bien plus qu'un livre, ma chérie, m'avait-elle rectifiée. C'est un mode de vie. »

Mon père s'est éclairci la gorge pour réciter le dernier vers, qu'il a ensuite débité les yeux rivés sur ses chaussures. Je n'avais pas d'autre choix que d'applaudir et de me cacher derrière le bruit.

« Alors, qu'en penses-tu ? m'a-t-il demandé. *Sincèrement*. »

J'ai siroté mon café en essayant de trouver des mots gentils, positifs pour qualifier ce poème qu'il n'avait pas choisi mais avait accepté de lire simplement parce qu'il était le parrain et que c'était son devoir.

« C'est vraiment mauvais, ai-je déclaré.
— Je sais.
— Pas toi, hein.
— Je sais.
— Juste *ça*.
— Je sais. »

Le petit Alan junior tout potelé avait grandi pour devenir père quand sa femme avait donné naissance à une fille prénommée Alana (ils attendaient un garçon). L'enfant était arrivée avec trois semaines de retard, pesait quatre kilos huit, et avait apparemment le physique qui allait avec. Présentée à l'entourage de ses parents au cours d'une petite réunion de famille à St Austell, elle avait révélé une extraordinaire tignasse bouclée que l'on retrouvait chez les parents de l'épouse d'Alan. Tous semblaient venir de Naples, plutôt que de Pelynt, et lorsque Nancy a laissé entendre que le bébé ressemblait à Cher en plus gros, seul l'ajout judicieux de son rire au milieu du silence inconfortable a pu convaincre l'assemblée qu'elle plaisantait. (Au fil des ans, Nancy avait fini par se désintéresser de tout être mesurant moins d'un mètre, à moins que ce dernier fasse de la pantomime et se dirige vers la chaumière de Blanche-Neige.)

Mes parents étaient souvent invités à ce genre de rassemblement, expression de la reconnaissance aiguë qu'Alan senior ressentait encore aussi vivement qu'un coup de trique en travers de son dos. Nancy était invitée tout simplement parce que Nancy était une star. Et tout le mode adore frayer avec les stars. Mais c'est lors de cette réunion de plus en plus bruyante que les événements ont pris un cours inattendu – certains diraient même inconsidéré –, lorsque Alan junior a tendu un cigare à mon père en lui demandant de devenir l'unique parrain d'Alana, à la profonde consternation de la famille de son épouse. Un silence inconfortable a pris la suite, durant lequel la gêne muette de mon père a été, je ne sais comment, interprétée comme un *Oui*. Des murmures de « Étranger ! », « mais à quoi il joue ? » ou encore « et nous alors ? » se sont répercutés à travers le petit cottage isolé, jusqu'à ce que Alan junior prenne sa femme à part et mette un terme aux vaines protestations de ses parents. C'était la première fois qu'il osait s'affirmer, et même s'il le faisait avec les plus grandes précautions – par peur –, il ne fléchirait pas dans son choix. Mon père était un homme bien ; le meilleur de la vallée. Sa décision était prise.

Nous nous sommes entassés dans la voiture, en retard comme toujours, mais Ginger a déclaré que cela faisait déjà trois semaines qu'on l'attendait, ce gamin obèse, alors il n'était que justice que le gamin obèse nous attende une heure de plus. Ma mère l'a regardée dans le rétroviseur, et j'ai noté une légère inquiétude dans son regard.

Ginger n'avait bu que la moitié de son infusion de marijuana ce matin-là, mais c'était Arthur qui lui avait administré sa dose lourdement chargée, et non ma mère, trop occupée à déchiffrer le rêve érotique de Monsieur A. Et voilà que Ginger portait un boa en plumes par-dessus la ravissante robe et le cardigan que ma mère lui avait sortis, refusant de l'enlever même lorsque ma mère lui avait rappelé qu'il s'agissait d'un baptême, et non d'une soirée chansons au Fisherman's Arm.

« Je suis tout de même en représentation, avait dit Ginger, souriant comme une dingue.

— En tant que membre de la congrégation à l'église, Ginger, avait rappelé ma mère, pas en vedette au Carnegie Hall. »

Ginger avait fait la moue, rassemblant ses plumes autour de son cou. Avec son grand nez crochu, on aurait dit un vautour géant à l'affût ; la seule crainte de ma mère était qu'elle eût déjà trouvé sa proie et que celle-ci nous attende, emmaillotée et dotée d'une tignasse bouclée, sur les fonts baptismaux.

« Bien, a dit mon père en démarrant le van. Tout le monde est là ?

— Oui, a répondu Arthur.

— Oui, a répondu Ginger.

— Oui, ai-je répondu.

— Pas tout à fait », a répondu ma mère avec mélancolie, les yeux rivés sur ses mains, en pensant à mon frère. Comme toujours lorsqu'on demandait « Est-ce que tout le monde est là ? »

Mon père a fait un geste pour lui prendre la main, mais elle l'a repoussé en disant, « Ce n'est rien, Alfie, je vais bien ».

Mon père nous a regardés dans le miroir avec un haussement d'épaules. Nous restions là, entassés, sans oser dire un mot, quand Arthur a finalement pris son courage à deux mains :

« Je ne vois pas pourquoi nous devrions être tristes. Lui est là-bas, en train de s'éclater comme un fou à faire la fête et à tirer des coups à New York tout en se faisant des sommes indécentes en Bourse, pendant que nous nous préparons à assister à un baptême où la majorité des participants aimeraient nous voir morts.

— La ferme, Arthur », a rétorqué ma mère, et il a fait mine de zipper sa bouche à la façon d'un gamin insupportable.

Ginger s'est mise à rire. Pour rien en particulier. Juste parce qu'elle était défoncée.

Le postier nous a fait signe tandis que mon père accélérait dans l'allée, éjectant gravillons et poussière de ses roues arrière. Il n'était pas habitué à conduire le van – cela restait la tâche d'Alan –, et chaque colline le voyait dépasser la troisième comme si elle n'existait pas.

« Les voulez-vous maintenant ? a demandé le postier en agitant un paquet de lettres et de factures devant mon père.

— OK, Brian », a répondu mon père en le prenant avant de le tendre à ma mère, qui l'a rapidement examiné à la recherche de la petite enveloppe bleue toute fine pour le courrier par avion qui lui apporterait des nouvelles de son fils. Elle m'a passé une missive réexpédiée par Nancy.

« On va au baptême de la petite Alana ? » a demandé le postier.

Ginger a laissé échapper un grognement railleur au « petite ».

« Oui, a répondu mon père. Vous savez sans doute que j'en suis le parrain ?

— En effet. Et aussi que vous n'étiez pas le choix le plus populaire dans le coin.

— Eh bien », a dit mon père comme s'il s'apprêtait à en dire plus. Ce qu'il n'a pas fait.

« Bon, ben, au revoir, a rétorqué brusquement le postier en tournant pour remonter la route avec effort.

— Branleur, a lancé Ginger.

— Allons, allons, a dit ma mère.

— Écrase-le, a encouragé Arthur.

— Oh, pour l'amour du ciel ! » s'est exclamée ma mère en fourrant un chewing-gum dans sa bouche.

L'église n'était pas pleine, aussi notre retard a-t-il été relevé par chacun des Pelynt assis dans les premiers rangs, occupant les meilleures places, comme l'a bruyamment fait remarquer Ginger. Alan nous a tous embrassés avant de nous mener vers une zone qu'il nous avait réservée, où mon père comme Ginger pourraient aller et venir plus facilement.

C'était un service simple, fait de promesses, de larmes, de lectures tout public. Mon père s'est levé et a fait de son mieux avec le poème intitulé « L'enfant dans mes bras repose paisiblement en ton cœur », et Alan senior a fait un discours intéressant qui comportait des mots tels que « Lola », « show girl », « diamant » et « Havane », regrettant à l'évidence que le volumineux fardeau pesant sur les bras du vicaire n'ait pu être nommé d'après l'héroïne d'une des toutes meilleures chansons jamais écrites. Et alors que les premières mesures de « O God, our help in ages past » emplissaient l'air, j'ai sorti avec précaution la lettre de son enveloppe carcérale pour commencer à lire.

11 mars 1996

J'étais si heureuse de recevoir une nouvelle lettre de toi, Elly. Je sais qu'on a renoué contact, mais j'ai un mal fou à y croire – je me pince.

Je me rappelle du Noël de notre disparition comme si c'était hier. On est parties dès qu'oncle Phil est rentré de la Maison Rouge et s'est endormi puis on a pris la voiture jusqu'à un parking abandonné où Maman avait réservé un minicab. Tout ce qui comptait vois-tu c'était de brouiller les pistes. Maman avait reçu les conseils d'un refuge pour femmes à Liverpool, on lui avait dit quoi faire. On est restées quelques nuits dans un petit hôtel de Euston, je crois, avant de prendre le train vers le nord. On a logé au refuge le temps pour maman de se retourner. On pouvait pas passer d'appels ou donner une adresse à qui que ce soit, à cause d'une histoire comme quoi ça aurait mis les autres en danger. C'est pour ça que t'as jamais eu de mes nouvelles. Même quand on s'est trouvé un logement, Maman disait que notre vie précédente était morte. Je devais tout oublier du passé. De toi. De tout ce qui lui était arrivé. Elle avait tellement peur. Ce qu'elle est devenue, personne devrait en faire l'expérience et je pouvais en parler à personne. Je t'ai appelée une fois. Un soir de Noël il y a une dizaine d'années. En fin de journée, comme on en avait l'habitude. Tu as dit bonjour et j'ai entendu des rires. J'ai raccroché. Je crois que ça faisait trop mal. D'entendre ce dont j'avais fait partie autrefois. Ce que j'aurais pu devenir. Pu avoir.

Je me suis mariée, tu sais. C'était pas un mariage heureux même si j'y croyais au début. Je croyais que ça me donnerait tout ce qui me manquait, ou tout ce qui manquait à ma mère et c'est tout ce que je peux en dire honnêtement. Je sais pas si tu crois au destin mais moi je sais qu'il m'était destiné.

J'ai levé les yeux. Ginger chantait fort, réussissant à suivre la plupart des paroles, même si elle semblait en inventer quelques-unes dans la troisième strophe.

J'adorerais lire le livre d'Arthur quand tu auras fini de l'éditer, et aussi tous les articles que tu as écrits pour les magazines. J'ai tout mon temps pour lire vois-tu. Je travaille en cuisines ici, c'est plutôt bien. Avant de venir ici j'avais une compagnie appelée Le Chemin tranquille, juste moi et une fille nommée Linda. Je tirais les cartes et donnais des massages, surtout – aromathérapie, intuition, et même les massages de tête à l'indienne. J'étais plutôt douée. J'avais du succès. C'est drôle le tour que prennent les choses.
Oh, Elly, cela me fait tellement de bien de t'écrire à nouveau ! J'essaie de me pardonner pour ce que j'ai fait et je me rends compte que c'est la chose la plus difficile pour moi. J'en ai encore pour neuf ans pour l'instant. Ils disent que je sortirai sans doute plus tôt pour bonne conduite. J'aurais dû en prendre pour moins, tout le monde le dit, même les flics. Ils croyaient pas au meurtre.

« Putain ! » ai-je laissé échappé. Les Pelynt se sont retournés comme un seul homme. Arthur et Ginger aussi.

Ils savent que c'était de la légitime défense alors du coup je m'en suis tirée avec homicide involontaire. Le juge était si gentil, compréhensif, mais comme il me l'a expliqué, il avait pas le choix. Une histoire de précédent vois-tu et de circonstances atténuantes, mais je suppose que ton père pourrait t'expliquer ça mieux que moi.

« Quoi ? a murmuré Ginger, qui s'était soudain lassée des chants. Quoi ? a-t-elle répété.

— Je t'explique dans une minute, ai-je chuchoté en reprenant ma lecture.

— Non, maintenant ! » a-t-elle dit avant de se mettre à rire.

J'espère que cette lettre te trouvera en bonne santé. Même si je t'ai parlé de meurtre et tout, je t'en prie, n'aie pas peur de moi. Je suis toujours moi, Elly. Pas le monstre que certains voudraient faire croire.
Om shanti et tchao.
Je t'embrasse,

Jenny
PS : je comprendrai si tu veux plus me répondre. Me suis juste dit que c'étaitmieux de tout mettre au clair. Mon diabète est toujours sous contrôle. Merci de t'en être souvenue.
PPS : Des timbres ça serait super. Ils ont cours ici.

J'ai rangé la lettre tandis que Ginger se penchait vers moi pour me prendre le bras.

« Jenny Penny a assassiné quelqu'un, ai-je dit en cadence avec la musique.

— Chut, ai-je entendu derrière moi.

— Quoi ? La drôle de petite fille avec les cheveux pas possibles ? a demandé Ginger.

— Préviens Arthur », ai-je ajouté, et elle s'est tournée vers lui, lui attrapant la tête pour l'attirer vers ses lèvres comme s'il s'était agi de la première pêche de la saison.

J'ai donné un coup de coude à ma mère en murmurant dans son oreille.

« Comment ? » a-t-elle demandé.

Je lui ai répété mes paroles.

« Un meurtre ? a-t-elle dit. Je n'y crois pas. » Et tandis que la musique gagnait en ralentissant sa fin décousue, elle m'a attrapé la main et chanté fort en direction du ciel, « Be Thou our guard while troubles last, And our eternal home ». « Sois notre garde en temps de trouble, et notre maison éternelle. »

Amen.

Après un sermon monotone sur les responsabilités qui incombaient aux parents, et dont le message, Dieu merci, devait avoir été dépassé par mes parents avec la témérité d'une voiture volée, j'ai été reconnaissante à Ginger de se lever pour chanter. Alan et Alan junior ont souri d'un air ravi. À leurs yeux, Ginger était une star pour avoir chanté avec Frank Sinatra (ce qu'elle avait réellement fait), ce qui nous mettait donc tout juste à un degré de séparation du grand homme lui-même. Aussi, lorsque Ginger s'est approchée des fonts avec force saluts, Alan senior n'a-t-il pu s'empêcher d'émettre une minuscule acclamation. Lorsqu'elle a dédié sa chanson à, je cite, « Jenny Penny, notre amie emprisonnée à tort pour meurtre », cependant, j'ai grimacé, avec l'impression d'être aussi exposée que si j'avais été assise nue. On lui avait donné carte blanche pour chanter n'importe quel morceau qu'elle jugerait approprié pour cette journée, mais lorsqu'elle a entonné la première phrase de « I Who Have Nothing », « moi qui n'ai rien », même moi, je me suis demandé comment fonctionnait son cerveau.

« Un enfant vient au monde sans rien », a-t-elle expliqué plus tard en éclusant un grand scotch, comme si elle ne voyait pas où était le problème.

Personne n'aimait se coucher tôt dans le coin. C'était du jamais vu, comme une règle tacite ; cela ne se faisait pas, tout simplement. Nous n'allions dormir qu'une fois toute conversation épuisée, ses derniers vestiges pulvérisés, et le vide qu'elle laissait creux, sans vie, au bout du rouleau. Nombre de fois, je m'étais assise avec ma mère pour regarder le ciel passer de son bleu marine française à une nuance auréolée, lorsque le soleil gagnait du terrain sur l'horizon, repoussant la couverture ténébreuse pour laisser la place à sa lumière qui apparaissait dorée, circulaire et surnaturelle, et parfois nous prenions le bateau jusqu'à l'embouchure du port (parfois même plus loin) et assistions, assises dans des couvertures, à l'apparition d'un nouveau jour.

Après le baptême, pourtant, tout le monde semblait pressé de se retirer, et à neuf heures la maison était plongée dans le silence, morne. J'ai fait un feu, car l'humidité printanière avait fait intrusion à la tombée de la nuit. Je la sentais à présent, fraîche sous mon pull, je voulais la disperser, je me languissais du confort et du parfum de la flamme. J'ai approché l'allumette du papier journal, alimentant la cheminée en bois sec jusqu'à ce qu'il se mette à fumer et brille d'orange, avant de finalement s'enflammer.

« Salut, ai-je dit.

— Une seconde, a-t-il répondu. Je change de téléphone. »

J'ai entendu un clic. Puis il a décroché le deuxième appareil.

« Salut », a-t-il dit, et je l'ai entendu déglutir.

Sa voix était basse, dépourvue d'énergie – son accent s'américanisait avec la fatigue. Il était en train de boire une bière, ce qui me faisait plaisir. Un petit remontant.

« Quoi de neuf ? a-t-il demandé, et je lui ai tout raconté du baptême et de la lettre de Jenny Penny.

— Putain, j'y crois pas. Tu me fais marcher.

— Non. C'est vrai.

— Qui a-t-elle tué ?

— Je n'en sais rien pour l'instant.

— L'ex de sa mère ?

— Ça serait pas absurde, ai-je répondu.

— Bon sang, Elly. Qu'est-ce que tu vas faire ?

— Est-ce que j'ai le choix ? Je vais continuer de lui écrire, c'est tout. Pour apprendre la vérité. Bon Dieu, Joe, c'est tellement bizarre. C'était mon amie.

— Elle était sacrément spéciale.

— D'accord, mais *ça* ? Ce n'est pas elle. Elle avait trop d'imagination pour ça.

— Elly, tu ne la connais pas. Tu l'as connue enfant. Tu ne peux pas figer une personne dans le temps », a-t-il dit.

Silence.

Je me suis resservi du vin. Je m'étais bien figée dans le temps, moi.

« Qu'est-ce qui s'est passé au boulot, au fait ? a-t-il demandé.

— J'ai paniqué.

— C'est tout ?

— J'arrive pas à me poser. Tu me connais, toujours sur le qui-vive. Je deviens comme Nancy. Rien de grave.

— Tu es sûre ? »

Silence.

« Sûre, Ell ?

— Oui. Ça va. Je déteste être enchaînée, c'est tout, ai-je répondu en finissant mon verre. Alors, raconte, qu'est-ce que tu fais ce soir ?

— Je m'endors, une bière à la main.
— Sexy.
— La journée n'a pas été bonne, la semaine non plus. »

Et j'ai entendu les ténèbres s'abattre à nouveau sur son dos. Silence. Je retenais mon souffle.

« Reviens, lui ai-je dit. Tu me manques. Tu nous manques à tous. »

Rien.

« Tu sais bien que ma place est ici.
— Toujours ?
— Oui. Le boulot. Tu sais.
— Tu détestes ton boulot.
— Mais j'adore l'argent.
— T'es qu'un con. » J'ai ri. J'ai bu. « C'est pas toi, ce boulot.
— Peut-être bien. Mais moi, je suis quoi, Ell ? »

Silence, des deux côtés.

« Tu devrais rencontrer quelqu'un, ai-je dit.
— J'ai laissé tomber. » Bâillement.

« Il n'y a pas quelqu'un dans ta chorale ?
— On s'est sauté mutuellement.
— Ah.
— C'est comme ça.
— Je sais.
— Je n'ai pas d'ami », a-t-il déclaré, et je me suis remise à rire. Bien, me suis-je dit, c'est reparti pour un tour, la routine habituelle.

« Moi non plus, ai-je répondu. On est des monstres. »

Il a décapsulé une autre bouteille.

« Comment va Ginger ? a-t-il demandé.
— Elle s'accroche.
— Merde. » Il a bu, bruyamment.

« Tu devrais appeler papa et maman.

— Je sais, a-t-il répondu. Embrasse-les pour moi. »

Tu pourrais le faire toi-même, me suis-je dit.

« C'est pas un bon jour, c'est tout », a-t-il expliqué.

J'ai mis une bûche dans l'âtre.

« On chante au mariage d'un pote ce week-end, a-t-il ajouté en essayant de paraître plus joyeux.

— Voilà qui s'annonce sympa.

— Ouais, ça devrait l'être. C'est un peu notre premier vrai concert.

— Fantastique.

— Ouais, ça va être bien, a-t-il concédé.

— De quoi te réjouir un peu.

— Ouais.

— Tu me manques.

— Pareil », a-t-il dit.

Le feu crachait de minuscules braises sur le large foyer, où je les regardais s'éteindre comme des étoiles mourantes. Mon frère avait des périodes comme cela, qui éclipsaient la brillance – occasionnelle – de son être. Ma mère disait que c'était à cause du rugby, des chocs fréquents à la tête, des concussions. Pour ma part, je mettais ça sur le compte du secret que je lui faisais porter. Mon père, quant à lui, pensait simplement que cela devait le rendre terriblement seul, parfois, d'être gay. Peut-être était-ce un peu tout ça à la fois, pensais-je.

17 mars 1996

Chère Jenny,
J'espère que tu vas bien. Je ne peux imaginer ce qu'a pu être ta vie, et cela m'a rendu la rédaction de cette lettre d'autant plus difficile. Je te remercie de ton honnêteté ; je n'ai nullement le désir de te tourner le dos ; au contraire, ma seule envie est d'en savoir plus – qu'est-ce qui a bien pu advenir à mon amie pour qu'elle en arrive là ? Si tu souhaites m'en dire plus, je suis là. J'ai passé la semaine dernière en Cornouailles, et je n'ai cessé de penser à toi. Tout le monde veut se rappeler à ton bon souvenir. Joe en particulier – il est à New York. Tout le monde t'embrasse. J'aimerais te voir, Jenny. Mon père dit qu'il faudrait que tu m'envoies une demande de parloir. C'est bien ça ? J'aimerais tellement te rendre visite, mais je ne voudrais pas te mettre mal à l'aise. Je sais que c'est tôt – trop, peut-être. Je suis devenue comme ça. Je trouve la correspondance difficile, et en ai malheureusement perdu les subtilités. J'ai tellement de choses à dire, tellement à te raconter, c'est comme si j'avais tellement attendu pour ne raconter qu'à toi tout ce qui s'est passé dans ma vie. Inclus des timbres, ainsi qu'un mandat postal. Papa dit que tu auras sans

doute besoin d'argent pour t'acheter ton propre duvet ou ce genre de choses, tout ce qui te permettra de personnaliser un peu ta chambre. Je n'y avais jamais songé, à la vente par correspondance. Dis-moi s'il y a quoi que ce soit d'autre que je puisse faire.

J'espère que les gens sont gentils avec toi. Sois forte.

Prends soin de toi.
Je t'embrasse,

Ell

Trois semaines plus tard, elle m'a tout raconté. Son récit a coulé de sa plume comme une confession, mais pas une confession faite sous la contrainte, car il y avait deux versants à cette histoire ; intention et initiative, liberté et conséquence, elle ne m'a rien caché.

Les mois qui avaient mené à son acte étaient écrits sans ponctuation comme si chaque coup ou insulte avait découlé du précédent sans la moindre pause ni interruption jusqu'à ce qu'elle finisse ensanglantée sur le sol de la salle de bain avec un pommeau de douche enfoncé dans la gorge, en train de se noyer. Elle aurait dû le faire à ce moment-là, disait-elle, quand il s'était penché pour jouer avec les robinets. Mais elle n'avait rien sous la main et puis de toute façon son poignet était brisé et gisait impuissant en angle droit alors elle était restée adossée contre la baignoire jusqu'à ce que l'assaut soit passé, que les pas s'estompent, et que la porte d'entrée claque.

J'avais mis trop de sel dans les spaghetti bolognaise ! C'est ce qu'elle m'a écrit ; avec un point d'exclamation tout ironique. Qui avait le pouvoir de briser un cœur.

Elle ne l'avait pas dénoncé. Au contraire, même, cette nuit-là, elle s'était traînée au-dehors jusqu'à une ruelle isolée et malfamée, où elle avait vidé le contenu de son sac par terre avant de boitiller jusqu'à une cabine téléphonique pour appeler la police. Une agression, avait-elle prétendu. Ils l'avaient transportée à l'hôpital, veillant sur elle, et pourtant elle savait qu'ils ne la croyaient pas, car personne ne croyait au catalogue d'« accidents » qui lui étaient tombés dessus durant les troisième et quatrième années de son mariage – pas même Linda, ni les voisins, qui dissimulaient leur incrédulité derrière un voile de silence bégayant. Et lorsqu'il était venu la chercher il s'était mis à pleurer disant qu'il tuerait le salaud qui lui avait fait ça, et c'est alors qu'elle avait compris qu'elle allait le faire et c'est là que s'est jouée sa condamnation.

La nuit fatidique en rentrant à la maison il s'était retrouvé devant un plat à emporter en lieu et place du ragoût de bœuf qu'elle avait promis de lui préparer, un plat chinois qui plus est, ce qu'elle aimait plus que lui et qu'elle n'avait osé commander depuis des mois, mais elle avait besoin de sa rage, voyez-vous. Elle l'avait commandé dans l'un des plus anciens restaurants de Liverpool, le Lotus d'or. C'était son restaurant préféré, qui servait son plat préféré – des crevettes au piment, ail et gingembre –, une des rares choses capables de lui donner confiance en elle, avec un bon verre de Soave bien frais. Même si ses bleus s'étaient presque résorbés (cela faisait six semaines), elle avait toujours des cercles noirs sous les yeux qui lui donnaient l'air pitoyable et inoffensif, ce qui lui était plutôt utile, écrivait-elle. Il s'était assis sans un mot. Elle avait servi du riz dans son assiette en lui demandant comment s'était passée sa journée et il lui avait répondu de la fermer. Elle avait mangé un cracker et lui avait tendu une bière. Qu'il lui avait explosée sur la tête.

Elle était tombée par terre, emportant avec elle un bol, une assiette, un vase de fleurs fermées et ses baguettes. (Elle n'utilisait jamais de couteau ni de fourchette car il lui semblait important de se montrer authentique lorsqu'elle mangeait chinois.) Mais c'était précisément pour cela qu'elle avait utilisé une baguette : c'était le seul ustensile qu'elle avait sous la main ; une baguette en métal noir pointue qui avait fait partie d'un cadeau de mariage non désiré. C'était un réflexe, voyez-vous ; il s'était penché par-dessus elle pour cracher, oubliant totalement de lui entraver les bras. Elle croyait d'abord avoir atteint son épaule. Ce n'est qu'après coup qu'elle s'était rendu compte que c'était son cœur qu'elle avait transpercé à quinze reprises.

« Tiens », ai-je dit à mon père en lui tendant la lettre. Il a posé la scie et s'est assis dans le vieux fauteuil couvert de copeaux de bois et de sciure. Il a cherché à tâtons ses lunettes dans des poches bourrées à craquer de tout sauf de ça, jusqu'à ce que je lui désigne le haut de son crâne et qu'il descende ses lunettes sur ses yeux. C'était là le seul moment susceptible de trahir son âge ; comme une éraflure dans l'armure de notre éternel jeune homme. Je l'ai regardé lire. Son visage était calme, placide, tandis qu'il déchiffrait les salutations d'ouverture. Il n'avait pas encore tourné la page, me disais-je.

Je suis sortie me libérer de l'odeur de sciure et de graisse, l'odeur de son atelier. J'aimais traîner là, enfant, pour le regarder fabriquer des choses :

l'abri, la jetée, des cages à poules pour les voisins, des placards, des étagères, et notre table, bien sûr. J'avais pour habitude de me dire que c'était tout aussi bien qu'il n'ait pas de vrai travail, car en réalité il était tout simplement trop occupé à confectionner des choses. Il me donnait des cubes de bois massif que je ponçais et polissais jusqu'à ce qu'ils ressemblent à des galets, bons à offrir. Il m'a appris à différencier le grain du bois, les textures : le chêne était brun pâle tandis que le hêtre prenait parfois une teinte rougeâtre ; le chêne était épais, le sycomore fin, le frêne flexible. Ma vie était pleine de moments comme cela, de moments que je tenais par chance pour acquis. Jenny Penny, elle n'avait jamais connu son père. Elle n'avait jamais fréquenté d'homme capable de lui apprendre les secrets du bois ou de la pêche, de lui apprendre la joie.

« Elly. »

Mon père m'a appelée. Je suis rentrée et me suis assise sur le bras de son fauteuil. Il m'a tendu la lettre pliée sans un mot. J'attendais plus : un soupir d'incrédulité, un commentaire avisé, bref, quelque chose ; au lieu de quoi il a soulevé ses lunettes pour se frotter les yeux, comme s'il avait vu la brutalité de sa vie, plutôt que lu simplement son récit. J'ai passé mon bras autour de ses épaules, craignant que ses pensées ne soient retournées à Jean Hargreaves, le fantôme dont nous pensions tous qu'il l'avait enfin enterré, peut-être à tort.

« Elle a dit avoir envoyé une demande de parloir ? a-t-il demandé.

— Oui, pour mercredi prochain.

— Tu vas y aller ?

— Bien sûr.

— Bien », a-t-il commenté, avant de se lever et de s'appuyer contre son établi. Un clou est tombé par terre, tintant comme un carillon au loin. Il s'est baissé pour le ramasser – qui savait quand il pourrait en avoir besoin.

« Elle ne va peut-être pas... a-t-il commencé.

— Tu peux l'aider ? l'ai-je coupé. Si on pouvait obtenir les papiers et le reste de son avocat, si on en savait plus. Tu pourrais l'aider ?

— On verra », a-t-il dit.

D'un ton qui ne promettait rien.

Je faisais la queue en attendant l'ouverture des portes, entourée de familles qui bavardaient avec excitation, venues voir une mère, une sœur, une fille, une épouse. Il faisait frais à l'ombre, et instinctivement, j'ai soufflé sur mes mains, aussi bien pour calmer mes nerfs que pour apaiser la sensation de froid que j'avais ressentie initialement mais qui m'avait quittée depuis.

« Cigarette ? » a proposé une voix dans mon dos.

Je me suis retournée avec un sourire pour faire face à une femme.

« Non, ça ira – mais merci, ai-je répondu.

— Première fois ? a-t-elle demandé.

— C'est si évident que ça ?

— Je les repère toujours, a-t-elle répondu en allumant sa cigarette tout en esquissant un sourire – acte qui tordait sa bouche en une grimace de guingois. Ça va aller, vous en faites pas, a-t-elle ajouté en tournant son regard vers le portail.

— Oui, ai-je répondu sans conviction, ne sachant si ce serait vraiment le cas. Vous venez depuis longtemps ? ai-je demandé, regrettant aussitôt la question, mais elle a ri avec gentillesse, sachant où je voulais en venir.

— Cinq ans. Elle devrait sortir le mois prochain.

— C'est super.
— C'est ma sœur.
— OK.
— J'ai son gosse.
— C'est dur.
— Ça arrive, a-t-elle dit. Et vous, vous venez voir qui ?
— Une amie.
— Combien ?
— Neuf, ai-je répondu, soudain habituée au rythme haché de la conversation.
— Punaise. Sérieux.
— J'imagine. »

Un enfant s'est mis à crier, s'élançant en avant tandis que les portes s'ouvraient.

« Et c'est parti », a-t-elle dit en prenant une dernière bouffée de sa cigarette avant de la jeter au sol. L'enfant est revenu en courant pour l'écraser comme une fourmi.

« Bonne chance, hein ? a-t-elle ajouté alors que nous commencions à avancer.
— De même », ai-je répondu, à nouveau nerveuse d'un coup.

J'avais déjà été fouillée, bien sûr – dans les aéroports, les gares, les théâtres, ce genre d'endroit –, mais cette fois, c'était différent. Deux mois plus tôt, l'IRA avait repris ses attentats – un dans les Docklands, puis un autre dans un bus à Aldwych. Tout le monde était sur les dents.

L'agent a inspecté le petit sac d'articles modestes que j'avais apportés pour Jenny Penny, autant de souvenirs de l'extérieur qu'il a étalés sur la table comme pour les mettre en vente : des timbres, des CD, une bonne crème pour le visage, un déodorant et un gâteau, des magazines, un bloc de papier. J'avais failli en rassembler plus, continuer sur ma lancée, persuadée que de telles acquisitions agrandiraient sa cellule, écourteraient ses journées, lui rendraient la réalité plus supportable. L'agent m'a informée que les baisers n'étaient pas autorisés et j'ai rougi, même si la normalité d'une telle déclaration avait été une constante ma vie durant. J'ai replacé les objets dans leur sac tandis qu'il appelait la personne suivante.

J'ai pénétré dans le salon des visiteurs, à l'atmosphère calme et distante, comme si elle-même subissait une sentence d'enfermement, et je me suis assise à la table qui m'était allouée, la table numéro 15, qui me donnait une bonne vue du reste de la pièce.

La femme avec qui j'avais parlé dans la file se trouvait près de l'entrée et discutait avec un homme à la table adjacente, contribuant au faible murmure de l'attente. Je me suis baissée pour sortir un journal de mon sac, manquant l'entrée des premières détenues. Elles sont arrivées en tenue normale, déambulant et faisant signe à leurs familles et amis, leurs voix normales adressant des saluts normaux. J'ai scruté les visages entrants à la porte. La pensée que je ne la reconnaîtrais probablement pas s'est soudain concrétisée. Comment le pourrais-je ? Je n'avais pas de photo d'elle, or les gens changent ; j'avais bien changé, moi. Quelle caractéristique marquante avais-je retenue d'elle enfant ? Ses cheveux, bien sûr, mais, et si elle les avait coupés – ou, pire, teints –, que me restait-il ? De quelle couleur étaient ses yeux ? Quelle taille faisait-elle à présent ? Quelle était la sonorité de son rire ? Je n'avais aucun souvenir de son sourire. En tant qu'adulte, elle m'était étrangère.

J'avais l'habitude de l'attendre. Enfant, je l'attendais partout, mais cela ne me gênait jamais, car je n'avais pas la seule chose qui volait immanquablement des heures de sa vie.

« Désolée du retard, disait-elle alors. Encore mes cheveux. »

Elle en parlait comme d'une affliction, l'asthme, la claudication, ou un quelconque problème cardiaque qui la ralentirait. Une fois, je l'avais attendue deux heures sur le terrain de jeu, pour finalement la croiser sur le chemin du retour.

« Tu ne devineras jamais ce qui m'est arrivé, avait-elle lancé à travers des sanglots incontrôlables.

— Quoi ?

— J'ai dû me brosser les cheveux vingt-sept fois avant de pouvoir les attacher comme il faut », avait-elle dit en remuant la tête. Instinctivement, j'avais passé mes bras autour d'elle comme si elle avait été blessée, ou pire – comme si on lui avait distribué la pire combinaison de cartes que la vie eût jamais distribuée –, et elle s'était agrippée à moi de toutes ses forces, sans bouger plusieurs minutes durant, jusqu'à sentir à nouveau la sécurité de notre monde préservé avant de s'écarter en me disant avec un sourire : « Ne me quitte jamais, Elly. »

Une femme a franchi la porte, seule. La plupart des tables étaient en pleine conversation ; il n'y avait plus que moi et une autre personne qui attendaient. Ses cheveux étaient assez courts et ondulés. Elle a regardé dans ma direction, et j'ai souri. Elle ne pouvait pas m'avoir vue. Elle était grande, mince, maigre même, ses épaules affaissées réduisaient sa poitrine et la poussaient à se recourber, la vieillissant considérablement. Je ne pensais pas que c'était elle, mais alors que j'étudiais ses mouvements, j'ai commencé à repérer sur son visage des traits qui avaient pu m'être auparavant familiers et qui me le semblaient encore aujourd'hui. Et tandis qu'elle se dirigeait vers moi, je me suis levée comme si elle me rejoignait pour dîner, mais elle a dépassé ma table pour rejoindre les deux personnes derrière moi en disant : « Comment ça va, m'man ?

— Tu as l'air en forme, Jacqui. N'est-ce pas, Beth ?

— Ouais, elle a l'air bien.

— Merci. Comment va papa ?

— Comme d'hab.

— Un vieux croûton. Il t'embrasse.

— Pareil. »

Il est arrivé d'un seul coup, le moment où j'ai compris qu'elle ne viendrait pas. J'ai entendu sa voix perdue au milieu des centaines d'autres qui flottaient dans la pièce scellée, qui me disait, « Désolée, Elly, je peux pas. » C'est arrivé avant même que le gardien s'approche de moi, avant qu'il se penche pour chuchoter à mon oreille, avant que tout le monde dans la pièce suspende sa discussion pour me regarder.

C'était la même sensation que lorsqu'on m'avait posé mon premier lapin, quand son rejet avait envoyé une spirale de dégoût de soi s'enrouler autour de mon amour-propre flétri. J'avais essayé de devenir ce qu'il voulait, ce qui était impossible, puisqu'il voulait quelqu'un d'autre. Ce qui ne m'avait pas empêchée d'essayer, à ma façon – usée, mal calculée. Et je l'avais attendu. Attendu jusqu'à ce que le bar se vide, jusqu'à ce que le personnel gagne, épuisé, la sortie ; attendu jusqu'à ce que son absence vienne se loger dans mon cœur pour confirmer ce que j'avais toujours su.

Je me suis levée, une demi-heure avant l'horaire prévu, et me suis dirigée vers la porte, visiblement embarrassée. J'ai laissé tomber un des sacs – le pot de crème s'est brisé –, mais je m'en fichais, parce que cela n'avait plus aucune importance, puisque j'allais le jeter à la poubelle de la gare.

Le retour en train m'a semblé lent et laborieux. J'étais fatiguée d'écouter les conversations des autres. Fatiguée des arrêts incessants à des gares de village situées « à un jet de pierre de Londres avec tous les avantages de la campagne ». Fatiguée de penser à elle.

La traversée en taxi de Waterloo Bridge m'a requinquée, comme toujours, et je me suis détendue en regardant à l'est, m'imprégnant des vues familières de St Paul, St Bride, et des tours disparates des Docklands qui luisaient dans le soleil vespéral. Les travailleurs rentraient à pied ; nul besoin de bus. Les vieux vapeurs à quai étaient remplis de buveurs, la brise fraîche qui murmurait à travers la ville miroitait à la surface de la Tamise, dispersant une lumière blanche et perçante comme de la glace.

Nous avons dépassé Aldwych et les tribunaux de Sa Majesté pour redescendre Fleet Street, où j'avais habité durant mes études. Le quartier, vide à l'époque, était encore peu occupé (les cafés arriveraient plus tard), et j'avais pour habitude de me rendre à pied jusqu'à un magasin du Strand, en cas d'urgence nocturne, pour acheter quelque chose à grignoter ou réparer mon oubli d'une pinte de lait. Tandis que nous roulions au niveau de Bouverie Street, j'ai jeté un œil au fleuve et aperçu le bâtiment imposant tout en bas à droite, près des anciens ateliers du *Daily Mail*.

Nous étions sept à l'époque, répartis dans de minuscules chambres aux deux derniers étages :

acteurs et écrivains, artistes et musiciens. Nous habitions un ghetto perdu, séparé des vies menées au sein des bureaux d'avocats juste en dessous. Solitaires et reclus. Nous dormions le jour, nous déroulant à la nuit tombée comme des primevères ; odorantes et luxuriantes. Nous n'avions aucun désir de conquérir le monde, seulement celui de vaincre nos peurs. Nous avions perdu le contact. Quelque part, pourtant, nos souvenirs restaient connectés.

J'ai ouvert les portes du balcon pour contempler la place. La sensation de liberté et de privilège qu'offrait la vue était d'un calme et d'une beauté inimaginables, ce soir plus encore que jamais. J'ai défait ma chemise. Je m'étais sentie sale toute la journée, mais à présent je préférais un martini à une douche. Pourquoi n'était-elle pas venue ? Pourquoi faiblir au dernier moment ? Était-ce de mon fait ? Lui en avais-je trop demandé ? Ma déception était à vif, comme si elle détenait la clé d'une chose sans nom, d'une chose vitale.

Je me suis assise, faisant rouler l'olive sur le bord de mon verre. De la musique montait de chez les voisins pour s'épanouir à travers la place, emportant mes pensées avec elle ; me ramenant une fois de plus à nos chambres d'enfants, à des visages redécouverts, des jeux et des plaisanteries autrefois drôles.

J'ai repensé au Noël qu'elle avait passé avec nous ; sa foi inébranlable dans son étrange déclaration qui nous avait privés de sommeil, la longue nuit qui avait suivi. Je l'ai revue sur la plage, longeant la surface de l'eau au clair de lune, ses cheveux fous et irréductibles dans les bourrasques saumâtres, ses oreilles sourdes à mes supplications.

« Regarde-moi ! s'était-elle écriée, les bras grands ouverts. Regarde ce que je sais faire, Elly ! avant de disparaître dans l'océan noir, non pas agitée mais calme devant les vagues mugissantes, n'émergeant que sous la force des bras déterminés de mon frère.

« Mais enfin, qu'est-ce que tu fous, Jenny ? avait-il hurlé en tirant son corps mou et souriant à travers le ressac et sur les galets. Espèce de petite idiote ! On est tous dehors en train de te chercher, morts d'inquiétude. T'as pas honte ? Tu aurais pu te noyer !

— Je ne courais aucun danger, avait-elle répondu avec calme. Rien ne pourra jamais me faire de mal. Rien ne pourra jamais m'ôter à moi-même. »

Et à partir de là, je l'avais observée. Je l'avais observée d'un regard coloré différemment, jusqu'à ce que l'énergie furieuse qui traversait mon corps se dévoile finalement, révélant son nom : l'envie. Car je savais que quelque chose m'avait retirée de moi-même, me substituant le désir désespéré d'un temps antérieur ; un temps avant la peur, un temps avant la honte. Et voilà que ce savoir avait une voix, une voix qui remontait des profondeurs de mes années et hurlait à la lune comme un animal blessé se languissant de son foyer.

Elle ne m'a jamais expliqué ce qui s'était passé, pourquoi elle n'était pas venue, et je ne l'ai jamais pressée ; au contraire, elle a disparu pendant des semaines, laissant mes lettres, mon inquiétude, sans réponse. Lorsque juin est arrivé, son gribouillis familier a annoncé sa réapparition à travers l'enveloppe habituelle, qui renfermait la carte maison habituelle, cette fois ornée d'un lapin solitaire.

Je suis désolée, Elly, m'écrivait-elle de ses minuscules lettres découpées. *Sois patiente avec moi. Je suis Désolée.*

« Je suis désolé, a-t-il dit. Je sais qu'il est tard. »

Je venais de terminer un article de magazine, de me coucher et de consulter l'heure – trois heures –, et c'est à cet instant précis que le téléphone avait sonné et que j'avais envisagé de laisser le répondeur décrocher à ma place, mais jamais je n'aurais pu le faire, car je savais que c'était lui – il m'appelait toujours dans ces eaux-là –, aussi ai-je attrapé le combiné en disant « Joe ? » et il m'avait dit « Devine quoi ? » et j'avais répondu « Quoi ? », et il avait eu une réaction inattendue. Il avait ri.

« Qu'est-ce qu'il y a ? ai-je demandé en entendant des gens qui faisaient tinter des verres en fond sonore. Qu'est-ce que tu fais ?

— Suis de sortie.

— Génial.

— Devine qui est là ?

— J'en sais rien.

— Devine, a-t-il insisté.

— J'en sais rien, je te dis, ai-je rétorqué, soudain irritée. Gwyneth Paltrow ? (Il l'avait rencontrée deux semaines plus tôt à une première, et m'avait obligée à lui parler au téléphone comme une fan.)

— Pas Gwynnie, non.

— Qui, alors ? » ai-je demandé en ajustant mon oreiller.

Et il m'a répondu.

Et au bout du fil, j'ai entendu une voix qui pouvait ou non lui appartenir ; une voix d'homme, pas de garçon, entourée de dix-huit ans de silence. Mais lorsqu'il a lancé un « Salut, petite Ell », comme il en avait toujours eu l'habitude, j'ai ressenti sur ma peau une sensation incroyable, comme si je tombais à travers des plumes.

Deux semaines plus tard, le son du bavardage new-yorkais et des klaxon s'élevaient de Greene Street tandis que le soleil perçait à travers les vastes fenêtres, emplissant l'espace d'une abondance de lumière à la fois généreuse et avide. Roulant sur le côté, j'ai ouvert les yeux. Mon frère me regardait, debout, une tasse de café à la main.

« Tu es là depuis longtemps ? lui ai-je demandé.

— Vingt minutes. De temps en temps, je me mettais sur une jambe, comme ça, a-t-il dit en me faisant une démonstration. Ou comme ça, a-t-il ajouté en changeant de jambe. Comme un Aborigène.

— T'es trop bizarre », ai-je rétorqué en roulant de nouveau, fatiguée, heureuse, en dépit de ma gueule de bois.

J'avais atterri assez tard la nuit précédente. Joe m'avait accueillie à JFK comme il le faisait toujours, armé d'une grande pancarte annonçant « *Sharon Stone.* » Il aimait écouter les murmures des passants, l'excitation effrénée des fans transis, et adorait observer leur déception muette lorsque je m'arrêtais devant lui, débraillée, ordinaire et tellement pas Sharon Stone. Il se délectait de cette déclaration faite à l'attention de la foule, qu'il délivrait avec une précision confinant à la cruauté.

Alors que le taxi traversait Brooklyn Bridge (le pont que nous demandions systématiquement au chauffeur d'emprunter), j'avais ouvert ma fenêtre pour laisser entrer l'air de la ville, le bruit, et mon cœur avait bondi tandis que les lumières illuminaient mon arrivée, me poussant en avant comme elles l'avaient fait avec des millions d'autres, avec tous ceux qui désiraient une vie différente. Mon frère en avait fait partie ; attiré par la promesse d'un anonymat, et non de l'or, où il pourrait être lui-même en se défaisant des étiquettes du passé, sans tous ces raisonnements et ces éliminations, toutes ces choses que nous devons faire avant de parvenir à une réponse – celle de notre identité.

En tournant mon regard vers le quartier des finances, j'ai ressenti un élan dans ma poitrine – pour mon frère, pour Jenny, pour le passé, pour Charlie –, rongée à nouveau par la globalité ; je sentais à nouveau le *eux* et le *nous* du monde de mon frère, ce monde où j'étais toujours un *nous*. Il m'a montré les Twin Towers en me demandant : « Tu n'y es jamais montée, n'est-ce pas ? » et je lui ai répondu « Non ».

« Quand tu regardes en bas de là-haut, tu te sens coupé de tout. C'est un autre monde. J'y suis allé la semaine dernière pour le petit déjeuner. Je me suis dressé contre la vitre, adossé même, et j'ai senti mon esprit attiré par la vie en bas. C'est génial, Elly. Ça déchire tout. La vie en contrebas semble tellement loin quand on est là-haut. L'existence est tellement minuscule. »

Le taxi s'est arrêté brusquement. « Ouais, ouais, je suis mort de rire. Va te faire foutre, sale con ! »

Nous avons reculé lentement et mon frère s'est penché vers la grille de séparation. « Emmenez-nous plutôt à l'Algonquin, monsieur.

— Tout ce que tu veux, mon pote », a répondu le chauffeur avant de virer dangereusement dans la file de droite. Il a tendu la main pour allumer la radio. Liza Minnelli. Une chanson qui parlait de peut-être et de chance – même de victoire – une chanson sur l'amour qui ne fuyait pas.

Son nom flottait entre nous depuis mon arrivée comme un vieux chaperon, prêtant à nos histoires un aspect pittoresque. Un peu comme s'il méritait un chapitre rien qu'à lui, un moment où nous tournerions la page et où seul son nom serait visible. Et c'est ainsi qu'une fois les boissons commandées, le bar rendu au silence, notre attention mutuelle et à l'affût, mon frère a entamé le chapitre en question en finissant de mâcher une poignée de cacahuètes avant de lancer, « Tu le verras demain, tu sais.

— Demain ?

— Il vient avec nous, a-t-il précisé. Pour me voir chanter. Ça te dérange ?

— Pourquoi est-ce que ça me dérangerait ?

— C'est-à-dire que c'est un peu tôt, pour nous, je veux dire. Tu viens d'arriver.

— Ça ira.

— C'est juste qu'il en avait tellement envie. Il meurt d'envie de te voir.

— C'est bon, je comprends.

— Tu es sûre ? Il en avait tellement envie.

— Moi aussi, j'en ai envie », ai-je répondu, sur le point de lui demander s'ils étaient à nouveau amants, mais nos martinis sont arrivés, parfaits et tellement tentants, et nous avions tout notre temps pour cela, aussi me suis-je contentée d'attraper mon verre, d'en boire une première gorgée, et de lancer un « Parfait ! » au lieu de « Santé ! ». Parce qu'il l'était, parfait.

« Parfait », a répondu mon frère. Avant, surprise, de me prendre dans ses bras.

Il était devenu comme Ginger. Il fallait traduire ses actes, lesquels s'accompagnaient rarement de mots, car son monde était un monde silencieux ; un espace déconnecté, fracturé ; un puzzle qui le poussait à m'appeler à trois heures du matin pour me demander la dernière pièce du bord, afin qu'il puisse compléter le ciel.

« Je suis tellement heureux que tu sois là », a-t-il dit, et je me suis reculée pour le regarder. Son visage était différent : plus doux ; disparue, la fatigue tendue qui entourait autrefois ses yeux. Son visage semblait heureux.

« Mais c'est que c'est vrai, en plus », ai-je répondu d'un air béat.

Le vieux couple assis sous le palmier nous a regardés avec un sourire.

« Alors, a dit mon frère.
— Alors ?
— Je peux tout te reraconter depuis le début ?
— Bien sûr », ai-je répondu.

Il a éclusé la moitié de son verre et repris son récit depuis le commencement.

C'était lors d'une soirée Stonewall[1], un gala de charité auquel il contribuait toujours, et qui devait se tenir cette année dans une des grandes demeures *brownstone* à la lisière du Village.

---

1. Association caritative œuvrant pour la protection et l'égalité des gays, lesbiennes et bisexuels, fondée en 1989. http://www.stonewall.org.uk/ (*N.d.T.*)

C'était une manifestation discrète, qui s'adressait au public habituel, mais qui réunissait toujours pas mal d'argent grâce à la vente de tickets et aux enchères silencieuses – ainsi qu'aux autres enchères silencieuses, dont seuls les plus coquins étaient au courant.

« Mais tu ne voulais pas y aller ? ai-je demandé, pressant son histoire sur un territoire dont je n'avais aucune idée.

— Non, je n'en avais pas envie. Mais je me suis rappelé que je voulais jeter un œil aux rénovations, parce que j'avais repéré un nouvel endroit et que j'avais besoin d'un architecte ; ce qui est en soi encore une autre histoire, puisque j'aimerais que tu viennes visiter cette maison avec moi demain.

— OK, OK, je viendrai, lui ai-je assuré avant de boire un grand trait de vodka, que j'ai senti me monter à la tête. Continue. »

Il avait passé la majeure partie de la soirée assis dehors tandis qu'un quatuor à cordes jouait dans le jardin clos, appréciant la compagnie d'un gentleman plus âgé nommé Ray qui lui parlait des émeutes de 1969 et lui racontait ses dîners passés avec Katharine Hepburn et Marlene, qu'il connaissait parce qu'il fricotait avec le département costumes de la MGM, et aussi parce qu'il fréquentait un peu Sternberg, à cause de ses origines germaniques (du côté de sa mère). Puis la lumière avait faibli et on avait sorti les bougies, emplissant l'atmosphère de senteurs telles que le thé ou le jasmin ; la figue, aussi. Les gens s'étaient dispersés tandis que la musique s'arrêtait, regagnant l'intérieur pour entendre le résultat des enchères et pour goûter le buffet japonais orchestré par le dernier traiteur à la mode. Et c'est ainsi qu'ils s'étaient retrouvés seuls. Nulle suggestion inappropriée, rien que la discrète familiarité des soirées qu'il avait l'habitude de passer avec Arthur, quand ils discutaient Halston et Warhol ou encore ces fêtes seventies dont les thèmes étaient aussi flous que les préférences de leurs hôtes.

C'est alors qu'un homme s'était approché d'eux, près de l'escalier de secours. Un jeune homme, semblait-il, à la lueur des chandelles ; moins jeune à mesure qu'il avançait. Mais Ray l'avait regardé en souriant et lancé, « Qui êtes-vous donc, bel éphèbe courageux ? », à quoi l'homme avait répondu avec un rire, « Mon nom est Charlie Hunter. Comment vas-tu, Joe ? »

Le serveur nous a apporté notre deuxième martini. J'avais faim. J'ai commandé des olives supplémentaires.

Ils avaient rattrapé les années dans ces quelques heures avant de débouler sur les trottoirs du Village et de regagner SoHo à pied, heureux, ivres, incrédules. Ils avaient passé le week-end à l'appartement de Joe, blottis dans les films, les repas à emporter et la bière, dévorant avec appétit les années écoulées, ces années perdues qui avaient défini leur nom à chacun. C'est alors que Charlie lui avait avoué qu'il n'aurait pas dû se trouver à cette soirée, lui non plus. Il aurait dû être à la maison à Denver, mais son vol avait été retardé et une réunion s'était soudain intercalée dans son agenda le lundi suivant, et un collègue d'affaires qu'il ne connaissait que sous le nom de Phil lui avait dit, « Reste, il y a une soirée », aussi était-il resté, et il n'avait pas revu Phil ; pas depuis qu'il l'avait laissé aux enchères silencieuses, occupé à enchérir pour un dîner au Tribeca Grill en tête à tête avec une célébrité inconnue.

Joe a éclusé le reste de son verre. « Et tu sais quoi, Ell ? Je crois qu'il va s'installer à New York pour de bon. »

C'est là que je pensais vraiment lui avoir demandé s'ils étaient redevenus amants ; mais peut-être ne l'avais-je pas fait parce que j'avais oublié, parce que c'est à ce moment-là que nous avons commandé notre troisième martini, ce troisième martini qui semblait une si bonne idée sur le moment ; ce troisième martini qui me restait encore dans la bouche tandis que je me réveillais à la lumière d'un soleil éclatant pour retrouver un frère perché sur une jambe, un double macchiato à la main, jouant à l'Aborigène.

La maison était nichée au cœur du Village dans une rue bordée d'arbres à la fois calme et étrangement isolée, étant donné qu'elle n'était qu'à une rue de Bleecker et à deux de Washington Square. Nous apercevions l'agent immobilier, accroché à son téléphone, debout près d'un ailante qui n'offrait que peu d'ombre sous le soleil épuisant de l'après-midi.

Nous avons couru les cinquante derniers mètres pour le rejoindre, une course spontanée, à vos marques, prêts, partez, que j'ai remportée puisque j'ai atteint et touché la rampe d'acier noir en premier. L'agent semblait perplexe ; nous paraissions en nage et, plus que tout, pauvres – incapables de faire monter les enchères sur un hotdog, sans parler d'une propriété new-yorkaise huppée.

L'odeur de l'ailante se faisait plus forte tandis que nous grimpions les escaliers menant à la porte d'entrée, se mêlant à des relents d'humidité au moment de pénétrer dans la maison, un parfum que l'agent s'est empressé de minimiser comme un problème négligeable, plutôt que le signifiant structurel que nous imaginions tous les deux. Il faisait sombre dans cet intérieur heureusement nu, aux chambres dissimulées derrière des volets de bois qui se bloquaient à mi-parcours lorsqu'on les retirait, refusant d'offrir de la lumière au-delà des limites du crépuscule. La maison était plutôt riquiqui et dotée d'une disposition peu pratique imitant celle d'un poulailler. Les murs étaient placardés de papier rayé, à dominante orange, brun et noir, avec des balustrades en chêne sombre peintes avec maladresse et à présent cachées derrière l'épais lustre d'une teinture mocha. J'ai traversé le vestibule et suivi l'étroit escalier jusqu'aux deux étages supérieurs, dont le dernier abritait un trou et un nid d'oiseau, avant de redescendre avec difficulté jusqu'à la cuisine et le petit jardin désolé derrière, orné d'herbes folles et d'ailantes hauts comme le genou, dont les graines avaient dû être portées par le vent depuis la rue. Il y avait tellement de choses qui n'allaient pas dans cette maison, tellement à faire ; mais, alors que je me dressais là, mon frère pointant discrètement sa montre, j'ai immédiatement compris la disposition, le comment-ça-aurait-dû-être toutes ces années auparavant, ainsi que le comment-ça-pourrait-être maintenant. Et quand mon frère m'a demandé « Alors ? » d'une voix dénuée d'enthousiasme, je lui ai répondu « J'adore. » Ce qui était vrai.

Nous sommes rentrés juste avant six heures. J'ai pris une douche rapide avant de m'habiller, dissimulant ma nervosité derrière un article que j'avais besoin de finir pour le lendemain. C'était un pitch, en réalité, un pitch pour une colonne régulière dans un journal du week-end que j'avais intitulée en hâte (et sans grande imagination) « Objets trouvés » – un nom qui finirait par rester, bizarrement. Il s'agissait d'y raconter l'histoire de Jenny Penny et de son retour dans ma vie ; des histoires cimentées ensemble par notre correspondance et les souvenirs de notre passé. Lorsque je lui avais écrit, anxieuse, pour lui suggérer cette idée, en lui demandant son avis et peut-être, plus tard, sa permission, j'avais reçu un *Oui !* vibrant par retour de courrier, accompagné du nouveau nom fictif que je lui avais demandé de choisir afin de protéger son identité fragile et pourtant volontaire.

La sonnerie a retenti ; je n'avais pas terminé. La sonnerie a retenti et mon frère a crié depuis sa chambre. J'ai ouvert la porte d'entrée avant de m'effacer de quelques pas. Je me suis soudain rappelé la serviette autour de ma tête et l'ai ôtée pour la jeter sur un dossier de chaise, laissant mes cheveux retomber en vrac, humides, libres. J'étais anxieuse. Me demandais comment il allait entrer. Allait-il entrer en courant et en hurlant, heureux de me voir ? Ou simplement frapper ? J'ai entendu ses pas, l'ai entendu s'arrêter. Et il n'a fait ni l'un ni l'autre ; il s'est contenté de pousser doucement la porte et de passer la tête à l'intérieur avec un sourire en disant, « Bonjour, Ell, comment vas-tu ? »

Ses traits sombres n'avaient pas changé, son sourire non plus, mais sa voix avait perdu son accent plat de l'Essex dont je gardais encore le souvenir. Il avait apporté du champagne. Nous nous apprêtions à sortir, mais il avait apporté du champagne parce que c'était un moment à champagne, et il se tenait là, les mains sur les hanches, en disant « Tu n'as pas changé », à quoi j'ai répondu « Toi non plus », et nous nous sommes enlacés, et il tenait toujours la bouteille, que je sentais froide et dure contre mon dos.

Mon frère est entré au moment où le bouchon sautait. Il est sorti encore mouillé de la douche, vêtu du t-shirt de son chœur, un t-shirt rose portant la mention « The Six Judys » à l'avant au-dessus d'un sketch de la dame en question. Avec en dessous, dans une police plus petite : « Nous chanterons à tous vos repas ». Ils faisaient cela à chaque fois, ils imprimaient un nouveau t-shirt pour chaque œuvre caritative qu'ils soutenaient. Une année, ils avaient soutenu un groupe de personnes âgées, avec un t-shirt proclamant « Il n'y a pas d'âge pour chanter ». Cette fois-ci, cependant, il s'agissait de rassembler des vivres pour les sans-abri et de financer un nouveau camion de distribution.

J'ai distribué les coupes de champagne. Je les avais remplies jusqu'au bord, chose que je ne faisais pas d'habitude, mais j'avais besoin de la distraction car lorsque mon frère a levé son verre et dit « À nous. Enfin réunis », j'ai été obligée de me détourner en sentant monter les premières larmes, avant même la première gorgée, avant même de pouvoir me joindre à eux pour répéter « À nous ».

Je le croyais dans le bureau, en train d'aider Joe à résoudre un problème financier, mais alors que je faisais mine de fermer l'ordinateur, j'ai soudain senti sa main sur mon bras. J'ai sursauté, il m'a dit, « attends », et s'est mis à lire le premier paragraphe.

« Qu'est-ce que tu en penses ? » lui ai-je demandé.

Mon frère est entré en courant et a lancé « Le taxi est là. Vous êtes prêts ? » avant de disparaître dans sa chambre pour prendre une pile de CDs et de photos promotionnels.

« Je veux en être, a dit doucement Charlie. Écris sur moi.

— Là-dedans ? »

Il a acquiescé. « Tu m'as perdu, et maintenant tu me retrouves. Moi aussi je devrais en faire partie, tu ne crois pas ?

— Il faudra changer ton nom, ai-je dit.

— Ellis.

— Comment ?

— C'est le nom que je veux prendre. Ellis.

— OK.

— Et Jenny Penny ? a-t-il demandé.

— Liberty, ai-je répondu. Liberty Belle. »

Nous nous sommes assis à une petite table vacante vers le fond de la suite, à l'écart des invités que nous ne connaissions pas et ignorant ceux que nous connaissions, près du bar à vodka sculpté dans la glace et d'un flot ininterrompu de mini-hamburgers et de beignets d'écrevisses gras.

« Je m'attendais presque à te voir mariée, a-t-il dit.

— Non », ai-je répondu en finissant mon verre.

Silence.

« C'est tout ? Pas d'explication ? Personne en particulier ?

— Non.

— Jamais ?

— Rétrospectivement, non.

— *Rétrospectivement*. Bon sang, tu es exactement pareille que lui, a-t-il remarqué en faisant signe à mon frère qui venait de jeter un œil depuis le rideau de fortune en velours rouge. Vous avez votre propre petit club.

— Ce n'est pas ça... C'est compliqué.

— On est tous compliqués, Ell. Tu te rappelles la dernière fois qu'on s'est vus ?

— Bien sûr.

— Tu avais neuf, dix ans, c'est bien ça ? Et tu étais furax après moi.

— Il ne s'est jamais remis. »

Il a ri. « Ouais, c'est ça.

— Mais oui, justement, ai-je rétorqué en attrapant avec dextérité un verre de vin qui passait sur un plateau.

— On avait quoi, quinze ans ? Merde. Qu'est-ce qu'on a foutu toutes ces années, Ell ? Regarde-nous.

— C'est comme si c'était hier, ai-je dit en buvant la moitié de mon verre. Alors, vous baisez tous les deux ?

— Bon sang, mais c'est que t'es toute grande.

— Ouais, c'est arrivé en une nuit. Alors ?

— Non, a-t-il répondu en essayant de cueillir une coupe de champagne sur un plateau, reversant la moitié du contenu sur son bras. Il refuse de le faire avec moi.

— Pourquoi donc ?

— Il ne revient pas en arrière. »

Bobby, le plus hirsute des Judys, est entré en scène pour présenter le reste du groupe. Il a parlé des associations représentées ce soir-là, des artistes exposés tout autour de la salle. Il a parlé d'argent et en a demandé beaucoup.

« Au fait, ai-je dit en me retournant vers Charlie, ce n'était pas là, la dernière fois que je t'ai vu. C'était quand tu es passé à la télé, chargé dans une voiture.

— Ah, a-t-il fait. Ça.

— Alors ? » ai-je demandé, mais il a fait mine de ne pas m'entendre tandis que les premières mesures de « Dancing Queen » emplissaient rapidement la pièce.

Impossible de dormir. Revigorée par les effets latents du décalage horaire et du café, je me retrouvais parfaitement éveillée à trois heures du matin. Je me suis levée, me glissant dans la cuisine pour me servir un grand verre d'eau. J'ai allumé mon ordinateur. J'entendais une respiration lourde, tout près. Mon frère ne fermait jamais la porte de sa chambre. Question de sécurité : il avait besoin d'entendre les bruits de sa maison, d'entendre si un son différent faisait son apparition. J'ai refermé doucement sa porte. Ce soir, il était en sécurité ; en sécurité avec moi, et en sécurité avec Charlie endormi dans la pièce adjacente.
C'est alors, dans les ténèbres de la nuit profonde, que j'ai écrit le moment où Ellis était entré à nouveau dans nos vies un soir d'août, alors que les clients se pressaient dans les bars au coin des rues, échangeant des récits de soldes et de divorce en instance, de qui aimait qui et des vacances à venir. J'ai écrit comment il était entré avec un portefeuille rempli de billets de cinquante dollars, d'abonnements au MOMA et au Met, de cartes de fidélité de chez Starbucks et Diedrich's, aussi. J'ai écrit comment il était entré avec une légère cicatrice au-dessus de sa lèvre, souvenir d'un accident de ski, et comment il était entré avec un cœur brisé par un certain Jens ; un homme qu'il n'aimait pas vraiment, mais qui était présent, disponible pour les conversations tardives ; nous avions tous eu un Jens. J'ai écrit comment il était entré avec une lettre dans sa poche, que sa mère avait rédigée

quelques jours plus tôt, une lettre plus émotive qu'à son habitude, se demandant comment il allait, regrettant qu'ils ne se parlent pas plus, ce genre de chose. J'ai écrit comment il était entré avec une catastrophe terrible dont il ne parlerait que des années plus tard, avec un espace vide à la place d'une oreille. Et j'ai écrit comment il était entré en sachant qu'il allait changer de travail, quittant les champs enneigés de Breckenridge et les pistes des Rocky Mountains, qu'il échangeait contre un terrain dans le calme État de New York, où les voisins étaient invisibles et où les montagnes Shawangunk veilleraient sur lui comme les aigles qu'elles relâchaient ; qu'il échangeait contre la possibilité d'être avec un fantôme improbable de son lointain passé.

C'est ainsi qu'il était entré ; ainsi que je me rappelais son entrée.

5 juillet 1997

Jenny,
Tous les matins, je ramasse le Guardian et News of the World et traverse le portail à arche double pour entrer dans la cour, avec sa fontaine, son parking, et ses patients assis sur des bancs avec leurs perfusions pour seuls compagnons. Je ne salue jamais personne, pas même le gardien ; je m'occupe de mes affaires et de l'histoire qui s'écrit si discrètement au dernier étage. Ginger a réduit sous mes yeux ; elle s'est momentanément stabilisée à un poids qui l'aurait enthousiasmée quelques années auparavant, lui donnant ce qu'elle aurait appelé « une silhouette », avant de plonger la tête la première dans un état squelettique trop faible à présent pour lui permettre de faire autre chose que dormir.

Nous nous étions habitués au cancer, et elle aussi, d'une certaine manière, ou du moins s'était-elle habituée aux cycles répétitifs de médication et de chimiothérapie, et à leurs effets sur son corps au cours de ces sept dernières années. Mais nous ne pouvons nous faire à cette infection, ni à la façon dont elle a décimé son gabarit et rongé son esprit avec une telle avidité. Jamais elle n'a dit que son cancer était injuste, mais cette infection se repaît de sa dignité, et l'autoapitoiement qu'elle avait banni de son existence refait apparition de temps à autre, la poussant à se détester encore plus. Elle a reçu une main merdique, Jenny ; les jours où elle s'en rend compte nous attristent profondément. Je me sens inutile.

Pendant qu'elle dort, je travaille à son chevet. Je travaille à notre chronique, qui rencontre un succès surprenant. Je dis surprenant, mais tu me répondras que tu l'avais toujours su. Liberty et Ellis sont à présent cités dans les trains, les bus, dans les bavardages de pause-café. Que penses-tu de ça, Jenny Penny, ma vieille amie ? La gloire t'a enfin trouvée...

J'ai regardé par la fenêtre ; la nuit encerclait les chantiers de construction et les arbres envahissants de Postman Park. Les ombres se faisaient larges et grotesques. Je n'avais pas envie de rentrer. Cet endroit était devenu mon chez-moi, les infirmières mes amies, et alors que les longues nuits s'étiraient devant moi, j'écoutais leurs problèmes tandis qu'elles discutaient cœurs brisés et argent, loyers et prix des chaussures, ou encore combien Londres était devenue déprimante avant le changement de gouvernement.

Je leur racontais des histoires au sujet de Ginger ; cette femme qui avait partagé du champagne avec Garland et un secret avec Warhol. Je leur montrais de vieilles photographies, car je voulais qu'elles connaissent cette femme-là, au-delà du nom, du numéro et de la date de naissance enroulés autour de son poignet. Je voulais qu'elles connaissent cette femme qui frissonnait encore lorsqu'elle entendait des histoires de rencontre avec Liza sur la 5e Avenue, ou Garbo grimée d'une écharpe et de lunettes de soleil sur l'Upper East Side, des histoires comme ça, car elle se délectait encore d'une telle célébrité ; brillait dans une gloire qui méprisait les gens dénués de talent.

Elle avait trouvé le sien ; avait connu ce moment, cet instant doré, à jamais préservé par les années.

« Qu'y a-t-il, mon chou ? a dit Ginger, soudain réveillée, en tendant une main faible pour prendre la mienne.

— Comment vas-tu ? lui ai-je demandé.

— Pas trop mal, a-t-elle répondu.

— De l'eau ?

— Seulement avec du scotch – tu me connais. »

J'ai appliqué un linge frais sur son front.

« Quoi de neuf dans le monde ? a-t-elle demandé.

— Gianni Versace a été abattu hier, lui ai-je annoncé en brandissant le journal.

— Gianni qui ?

— Versace. Le créateur de mode.

— Oh, celui-là. Jamais aimé ses vêtements. »

Et elle s'est rendormie, satisfaite peut-être à l'idée qu'il y ait au moins un peu de justice dans le monde.

Les soirées d'été se déroulaient et je me languissais de la faire sortir dans la cour pour exposer son visage au soleil et voir ses taches de rousseur apparaître de nouveau par groupes tannés. Je voulais la ramener dans mon appartement derrière Cloth Fair, l'appartement où elle m'avait incitée à élire domicile au bout de cinq minutes de visite en novembre dernier. Je voulais la faire asseoir sur le toit pour contempler Smithfield au petit matin et regarder le marché à viande s'ouvrir comme une fleur nocturne géante. Je voulais écouter avec elle les clochers de Bartholomew en mangeant des croissants et en lisant les journaux du dimanche, échangeant des ragots sur les gens que nous connaissions ou pas. Mais plus que tout, je voulais que le bien-être s'empare d'elle à nouveau et l'envoie courir à travers la veille colorée de la vie londonienne. Mais Ginger ne sortait plus jamais à présent, et à la fin je lui ai dit qu'elle ne manquait pas grand-chose, parce que nous avions tout fait, tout vécu, pas vrai ? Alors, ça n'avait plus grande importance.

« J'aimerais que mes cendres soient dispersées ici, mon cœur, m'a-t-elle dit un jour en me montrant une photo d'elle debout sur la jetée, devant la rivière pleine et gonflée. Comme ça, je pourrai garder un œil sur vous tous.

— Tout ce que tu voudras, ai-je répondu. Dis-moi simplement ce qui te ferait plaisir », ce qu'elle a fait tandis que je cachais mes larmes derrière une feuille de papier A4 et un Bic à l'effigie de l'hôpital.

Je suis repassée à la maison prendre une douche et me changer, ce soir-là. La vieille route derrière l'église était déserte et les murmures de vies écoulées m'accompagnaient dans l'allée, jusqu'au refuge de ma porte d'entrée. Je me suis retournée en entendant des pas ; une ombre flottante qui se retirait dans les ténèbres ; un rire, une conversation, l'écho d'un « à plus » sur les briques, puis le silence. Le silence... Comestible.

J'ai contemplé mon corps dans le miroir, un corps que j'avais autrefois répudié avec la monnaie du mépris. Il n'avait jamais été assez bon – ni pour moi, ni pour les autres –, mais ce soir-là, il semblait magnifique, il semblait fort, et c'était suffisant.

J'ai ouvert le tiroir pour sortir l'alliance de sa cachette. L'inscription usée à l'intérieur : *Las Vegas 1952. Nos souvenirs. X*

Elle ne m'avait jamais dit qui il était, mais d'après Arthur il s'agissait d'un mauvais garçon, un gangster, si bien que leurs souvenirs avaient dû tourner court. L'alliance m'allait à présent, parfaite pour mon annulaire. Je l'ai passée et l'ai présentée à la lumière. Les diamants et les saphirs miroitaient. J'ai souri comme l'enfant qui l'avait reçue, figée dans le temps. Figée dans le temps.

J'ai décroché le téléphone en me demandant ce que j'allais pouvoir lui dire. Sa dernière visite remontait à six semaines, quand elle avait été admise. Il avait pris l'avion de New York, contre la volonté de son patron qui menaçait de le virer, mais il l'avait fait parce qu'il aimait Ginger, alors bien sûr qu'il était revenu. Et lorsque je l'avais mené à l'hôpital et qu'elle avait vu son visage, elle s'était illuminée avec un tel plaisir qu'on aurait dit que sa simple présence suffisait à faire reculer le cancer. Toute cette semaine-là, elle avait semblé aller bien, non, elle *allait* bien, mais c'était avant l'infection. Il était parti en promettant de la revoir en octobre. Nous étions à présent dans la troisième semaine de juillet. Ça sonnait.

« Salut, Joe », ai-je dit.

Silence à l'autre bout.

« Il n'y en a plus pour longtemps.

— Je vois, a-t-il répondu. Appelle-moi quand tu seras avec elle.

— Bien sûr.

— Comment ça va, toi ?

— Je suis une loque. »

Ni mes parents ni Nancy ne sont revenus cette dernière semaine, à la demande de Ginger. Ils l'avaient implorée, s'étaient battus, mais elle disait « ne pas vouloir qu'ils gardent ce souvenir d'elle », alors qu'en réalité c'était parce qu'elle ne supportait pas les adieux. Elle s'était adoucie avec l'âge, et l'authenticité anoblissait à présent ses sentiments. Elle se réappropriait les mots autrefois réservés aux chansons. Mes parents, bien qu'ayant du mal à accepter ses volontés, s'y sont pliés en se préparant à une vie sans elle. Ma mère s'est fait couper les cheveux en un ravissant carré. Nancy a signé pour une série télévisée à L.A. Quant à mon père, il est retourné dans la forêt abattre un arbre. Le bruit du tronc fracturé se fendant et tombant à terre était celui que son cœur aurait fait, s'il avait pu parler.

Et alors que Ginger faiblissait, j'ai passé le dernier appel, celui qui l'a ramené à la gare de Paddington le lendemain matin, où j'ai accueilli sa descente tremblante avec un sourire résigné depuis la barrière. Il semblait vieux et troublé, et la canne qu'il utilisait autrefois comme accessoire lui servait à présent également à la marche. Il est resté silencieux dans le taxi. Nous avons évité toute mention de son nom jusqu'à notre arrivée à Farringdon Road, où il m'a demandé à nouveau dans quel service elle était et si elle avait besoin de quoi que ce soit.

« Tout va bien ? » lui ai-je demandé en lui prenant la main.

Il a acquiescé, ajoutant, tandis que nous tournions dans Smithfield : « J'ai fréquenté un jeune boucher dans le coin.

— Bon souvenir ? »

Il m'a pressé la main, et j'ai su exactement ce que ce geste signifiait.

« Je n'ai pas encore écrit à son sujet, a-t-il précisé, mais cela ne saurait tarder. Chapitre treize, je pense ; intitulé "Autres distractions". »

Il se donnait tellement de mal.

Il a trébuché en sortant du taxi. Je l'ai entendu soupirer profondément.

« Comment va-t-elle, Elly ? Vraiment ?

— Pas bien, Arthur », ai-je répondu en le guidant vers l'entrée.

Il s'est penché sur son lit pour lui effleurer le visage en disant : « Alors, qui est-ce qui a de sacrées pommettes maintenant ? ». Elle lui a tapoté la main avec un sourire en disant, « Vieux fou. Je me demandais quand tu arriverais.

— C'est toujours notre Ginger, a-t-il murmuré en se penchant pour l'embrasser.

— Tu sens bon, a-t-elle remarqué.

— Chanel, a-t-il précisé.

— Du gâchis sur toi. »

Il a fouillé son sac pour en tirer une tarte aux amandes.

« Regarde ce que je t'ai apporté, a-t-il annoncé triomphalement en la lui présentant.

— Des amandes. Comme à Paris.

— À partager. Comme à Paris. »

Je n'arrivais pas à savoir si elle avait un réel appétit, car elle n'avait rien mangé de solide depuis des jours. Mais il en a coupé un morceau qu'il a présenté devant sa bouche et qu'elle a mangé avec avidité ; car c'était le souvenir qu'elle savourait à nouveau, un souvenir délicieux.

J'ai approché une chaise de son lit pour lui et il s'est assis pour lui tenir la main. S'il avait fait la paix avec sa propre mort des années plus tôt, celle des autres cependant l'effrayait toujours. Aussi lui tenait-il la main pour ne pas la laisser partir. Il lui tenait la main parce qu'il n'était pas prêt à la laisser partir.

Je les observais depuis la porte, écoutant leurs histoires aller et venir en virevoltant entre leur jeunesse et leurs années de maturité ; les histoires d'un petit hôtel à Saint-André-des-Arts, où ils buvaient jusqu'aux petites heures du matin et regardaient le couple d'en face faire l'amour, une vue tellement magnifique qu'ils en parlaient encore quarante ans plus tard. Deux meilleurs amis, qui s'échangeaient des récits de meilleurs amis.

Je les ai laissés, prenant la direction des escaliers, et alors que je marchais, je me suis sentie envahie par la gratitude du bien-être. Je suis sortie respirer l'air frais. Je sentais le soleil sur ma peau. Le monde est un endroit différent quand on se sent bien, quand on se sent jeune. Le monde est magnifique et sûr. J'ai dit bonjour au gardien. Il m'a rendu mon salut.

29 juillet 1997

Jenny
Il est arrivé quelque chose qui, je pense, devrait t'intéresser. Hier après-midi, planant sans peine sur une vague de morphine, Ginger nous a parlé d'une visite qu'elle avait reçue plus tôt dans la journée. Ce qui était étrange, puisque ni Arthur ni moi n'avions vu de visiteur, or nous ne l'avions pas quittée de la matinée. Il lui avait apporté des fleurs, cet homme, disait-elle ; ses préférées, des roses blanches ; des fleurs qui ornaient sa loge à sa grande époque, et dont le parfum lui donnait l'impression que tout était possible. J'ai regardé Arthur et nous avons haussé les épaules, car il n'y avait pas de roses blanches, rien qu'un petit vase de freesia qu'une des infirmières avait apportés quelques jours plus tôt. Mais elle nous a fait sentir les roses blanches, nous lui avons obéi, et elle avait raison, le parfum était fort. Ginger décrivait son visiteur comme un homme âgé, la soixantaine peut-être, quoiqu'encore bel homme, même si l'âge n'avait aucune importance puisqu'il l'avait trouvée et qu'il était exactement comme elle l'avait imaginé. Il s'appelait Don, et il était son fils. Elle l'avait abandonné il y avait de cela des années, disait-elle, mais elle avait su que c'était lui du moment où il était

entré. Il lui avait porté des fleurs, vois-tu. Des roses. Des roses blanches. Et il s'appelait Don. Il était venu à sa recherche et il l'avait trouvée. Et maintenant elle se sentait bien. Elle était sereine et prête à partir.

Nous ne saurons jamais la vérité derrière cette histoire, et je ne suis pas sûre qu'aucun d'entre nous en ait envie de toute façon. C'était une histoire qui commençait et finissait dans cette chambre. Arthur dit qu'on emporte tous quelque chose dans la tombe...

Il n'y avait eu ni long discours ni grands adieux à la fin ; Ginger s'était simplement éclipsée à quatre heures du matin, pendant notre sommeil. Quand je me suis réveillée peu après – l'intuition, peut-être ? –, j'ai jeté un regard vers elle pour constater qu'elle était partie, comme si l'air même qui habitait autrefois son corps avait été aspiré et remplacé par un paysage découpé de concavité. Je l'ai embrassée pour lui dire au revoir. Arthur a remué ; je me suis agenouillée et l'ai doucement réveillé.

« Elle est partie, Arthur », ai-je dit. Il a hoché la tête avec un « Oh », puis je l'ai laissé lui dire au revoir et suis partie chercher une infirmière.

J'ai descendu les cent trente et une marches que j'avais parcourues quatre fois par jour pendant six semaines et suis sortie dans la cour. Il faisait nuit, bien sûr ; lumières sporadiques et le bruit de la fontaine. J'ai regardé le ciel. « Il y a une nouvelle étoile ce soir », aurait dit mon frère, si j'avais été plus jeune, s'il avait été là ; et pendant quarante minutes, je l'ai cherchée. Mais j'étais devenue trop grande. Je ne la voyais plus nulle part. Là où elle aurait dû se trouver, il n'y avait plus que l'espace.

Elle est morte un mois avant la princesse Diana.

« Afin de ne pas lui voler la vedette », comme nous disions tous.

7 septembre 1997

Chère Elly,
Toute la prison a suivi les funérailles hier. Ces pauvres garçons qui suivaient le cercueil. C'était très calme ici. Tout le monde avait ses propres raisons d'être triste. Pour beaucoup c'était le temps perdu – le temps passé enfermé loin de sa famille, ou le temps gaspillé à boire ou à se droguer, ou la mort d'Êtres Chers qu'on ne reverrait jamais. Ou les enfants qu'on leur avait enlevés pour les placer. L'abbaye de Westminster était magnifique. J'y suis jamais allée. Jamais été à St Paul ni à la tour de Londres non plus. Tant d'endroits à voir.

Il y a plein de théories de complots qui circulent ici. C'est toujours comme ça. J'ai dit que les gens auraient dû arrêter de l'appeler « Di », ç'aurait toujours été un début.

Tu as mentionné M. Golan dans ta dernière lettre.
Moi aussi j'ai eu un M. Golan dans ma vie.
Un des anciens copains de ma mère.
Parfois quand on se donnait rendez-vous toi et moi et que j'étais en retard, c'était pas à cause de mes cheveux. Si seulement je te l'avais dit, à toi, rien qu'à toi. Suis désolée. Je reçois de l'aide ici pour ça. C'est bien. De parler. On parle beaucoup.

Je me suis rasé la tête il y a deux jours. J'ai toujours pensé que j'aurais l'air d'un homme comme ça mais tout le monde dit que je suis jolie. Je me sens étrangement libre. C'est fou ce que ça peut faire les cheveux.

Désolée pour ta dernière visite. Ne perds jamais patience avec moi Elly.

Prends soin de toi toujours
Ta Liberty, ta Jenny x

Le dernier mois d'août du millénaire fondait sur nous quand mon père a soudain annulé toutes les réservations et refusé toute demande, laissant notre maison vide, bâillant en nous attendant, nous, sa famille. Ce serait notre premier rassemblement au grand complet depuis la dispersion des cendres de Ginger, et cette décision semblait tellement peu caractéristique de la part d'un homme qui s'épanouissait avec la présence d'hôtes que ma mère s'était mise à surveiller en permanence le moindre de ses mouvements, au cas où il s'aviserait de replonger dans ces profondeurs insondables où il ne serait plus qu'un pauvre trophée célébrant la force des irrésolus.

Et pourtant, c'était l'excitation qui s'était emparée de lui, tout simplement, rien de plus sinistre ; la même excitation qui le poussait à nous réveiller, enfants, au milieu de la nuit pour regarder son film préféré, en général un western, ou pour voir Mohammed Ali se frayer un chemin à coups de poings à travers la légende et nos esprits endormis. Cette excitation était le cierge qui allumait nos âmes léthargiques, nous attirant à lui cet été-là ; cet été où la lumière s'est éteinte.

Joe a pris un vol de nuit avec Charlie. Je les ai retrouvés à Paddington, où nous avons accompli un revirement en dix minutes afin d'attraper le train de neuf heures pour Penzance.

Nous somnolions par intermittence, alimentés par un buffet ambulant. Les garçons ont démarré à la bière tandis que la côte venait longer les rails, et je les ai observés – avec indiscrétion, me semblait-il –, à l'affût de signes d'un amour naissant, d'un engagement vers un futur commun. Mais la paralysie qui s'était emparée de leur réunion demeurait toujours, et ils ne partageaient rien – ni maison, ni rêves, ni lit –, rien, si ce n'est la canette de bière tiède qui traversait à présent la table. Mon désir restait irrésolu ; mon cœur indiscret à nouveau insatisfait.

Alan nous attendait à Liskeard, comme d'habitude. Mais lorsqu'il a descendu la pente, ses mains tendues pour serrer les nôtres et nous débarrasser de nos sacs, j'ai noté qu'il avait changé ; sa jovialité robuste avait disparu, laissant ses yeux lourds et mornes. Et tandis qu'il était attiré contre le torse de mon frère qui l'enlaçait dans une prise impitoyablement serrée, il ne s'est pas dégagé en rougissant comme il le faisait d'ordinaire, mais au contraire s'est abandonné à la chaleur sécurisante des bras d'un autre.

« Tout va bien, les garçons ? a-t-il demandé en prenant leurs sacs pour les mettre dans le coffre.

— Oui, ont-ils répondu. Et toi ? »

Pas de réponse.

Nous nous sommes faufilés entre les routes familières avec leurs haies soigneusement bordées et leur constellation de jaunes, de bleus et de teintes rosées, nous arrêtant pour faire demi-tour plus souvent tandis que les vacanciers paniquaient à la vue d'une voiture à l'approche. Nous avons dépassé le refuge de singes où, des années auparavant, j'avais assisté à l'attaque non provoquée d'une perruque d'homme. Et alors que nous tournions dans la rue principale, Alan a tranquillement tendu la main pour attraper un de ses légendaires CD, soufflant sur la face intérieure avant de le glisser langoureusement dans son nouveau lecteur à la pointe de la technologie, celui que mon père lui avait offert en cadeau surprise le Noël précédent.

La chanson parlait d'un homme déprimé et de son désir pour une fille à l'amour désintéressé. Nous nous sommes joints à la voix dès la deuxième ligne, saisissant l'ambiance – le ton angoissé – dans un délire de sopranos ; il n'est jusqu'à Alan qui n'ait eu les poils dressés sur ses avant-bras dans ce que je croyais alors être l'expression d'un désir indescriptible.

C'est cependant au moment juste après l'arrivée de Mandy, bien sûr, qui donnait sans compter, qu'Alan a soudain coupé la musique. Disant que nous la gâchions à ses oreilles et qu'il ne nous parlerait plus de la journée.

(Mon père nous a expliqué plus tard qu'il y avait du rififi dans le ménage d'Alan, ou plutôt qu'Alan avait introduit du rififi dans son ménage en la personne d'une petite coiffeuse de Millendreath, sexy en diable. Et qui s'appelait Mandi.)

Ils nous attendaient à l'entrée de la propriété, tous les quatre, comme un piquet de grève hétéroclite, de grands verres et une carafe de Pimm's en guise de pancartes et de bannières, partageant une cigarette roulée, que nous avons tout d'abord prise pour un pétard avant de réaliser que c'était impossible puisque ma mère n'avait pas encore enlevé le haut.

« Qu'est-ce que c'est que ce comité d'accueil à la noix ? » a demandé mon frère en sautant hors de la voiture, et tout le monde a éclaté de rire comme s'il venait de sortir la blague la plus drôle au monde, comme si cette cigarette roulée était, effectivement, un pétard.

Nous avons essayé en vain de persuader Alan de nous suivre jusqu'à la maison pour un verre, mais il s'est contenté de décharger les bagages en boudant. Il est reparti le long de l'allée, la musique à fond, écrasant la troisième un peu trop rapidement et calant aussitôt. Dans le lourd silence qui l'encerclait, la musique se répercutait à travers les arbres, pitoyable et désemparée, gémissant comme un présage mal dissimulé. Oh Mandy.

Oh Alan, ai-je pensé.

Je suis descendue seule jusqu'à la jetée, dérangeant un héron qui se prélassait tranquillement sur la berge dans le soleil de l'après-midi. Je l'ai regardé prendre son envol, hébété et léthargique, très bas sur l'eau. Jetant un regard en direction de la maison, j'ai aperçu ma mère dans l'encadrement d'une fenêtre à l'étage, en train de préparer les chambres comme elle le faisait toujours. Et je me suis rappelé la maison telle que je l'avais vue pour la première fois, à travers mes yeux d'enfant de neuf ans, avec sa façade blanc cassé toute pelée pareille à une couronne miteuse sur une dent mal soignée, à l'ombre des arbres dépenaillés, pleurant la perte de la frêle ruine à ses côtés. Je me rappelais encore l'esprit d'aventure qui avait envahi mes pensées, avec ses hypothèses haletantes, cette connexion, cette connexion infinie à un horizon qui s'étirait au-delà en murmurant *Suis-moi, suis-moi, suis-moi.*

Je me suis assise dans l'herbe, m'étendant jusqu'à ce que mon dos soit humide, inconfortablement humide, et que la douloureuse gratitude qui brûlait mes yeux se soit dispersée. Il y avait un moment que je ressentais cet état, ce besoin constant de regarder en arrière, ce blocage. Je mettais cela sur le compte du Nouvel An à venir, plus que quatre mois et demi avant que les horloges se remettent à zéro et que nous redémarrions, que nous puissions redémarrer, mais je savais que nous ne le ferions pas. Rien ne bougerait. Le monde entier resterait le même, en légèrement pire.

Ma mère s'est penchée par la fenêtre pour me faire signe, envoyant des baisers dans ma direction. Je les lui ai rendus. Elle était sur le point d'entreprendre un Master of Arts, son rêve secret qui avait tout récemment trouvé à s'exprimer. Elle ne voyait plus Mr A ni le contenu de son esprit détourné. Trois mois plus tôt, il était tombé amoureux d'une vacancière originaire de Beaconsfield et avait aussitôt mis un terme à ses séances, renforçant le mythe selon lequel l'amour résout tout (excepté, peut-être, le règlement d'une facture impayée).

Je me suis relevée et ai remonté la pelouse en courant en direction de la maison et de cette chambre à l'étage où j'allais secouer les oreillers, lisser les draps, remplir les carafes et arranger les fleurs, tout cela rien que pour être avec elle ; pour être avec elle avec ce quelque chose que je n'avais jamais pu lui dire.

« Arthur ! »

J'ai crié son nom une nouvelle fois, et alors même que je défaisais la corde de son nœud d'amarrage, sur le point de laisser tomber, il a émergé de son cottage et accouru vers moi, un vieux sac à dos vide rebondissant sur son dos comme un poumon bleu dégonflé.

« Tu es sûr de vouloir venir ? ai-je demandé. Tu pourrais rester avec Joe et Charlie.

— Ils font encore la sieste, a-t-il expliqué, une touche de déception dans la voix.

— OK dans ce cas. »

Je l'ai aidé à monter avec précaution dans le bateau.

Il adorait quand nous revenions tous au bercail ; en dépit de ses presque quatre-vingts ans, il se faisait caméléon en notre compagnie, empruntant notre jeunesse. J'ai poussé pour éloigner le bateau de la berge. Je n'ai pas lancé le moteur immédiatement, préférant au contraire nous laisser dériver vers le courant central, où nous avons demandé, comme à notre habitude, « Tout va bien, Ginger ? », avant de sentir tous les deux la légère secousse du bateau, prompte réponse à nos paroles, causée non par le sillage, non par le vent, ni les courants, mais par ce quelque chose d'autre qui dépassait l'entendement.

J'ai longé la berge au ralenti afin de cueillir des mûres et des prunes de Damas précoces, et nous nous sommes dissimulés dans les branches basses pour observer la grande loutre mâle que mon père disait avoir aperçue quelques jours plus tôt ; une création de son esprit plutôt, une ruse, je crois, pour nous pousser à ouvrir les yeux à nouveau, pour adoucir le regard impénétrable des malheureux.

« J'ai des vertiges ces temps-ci, a déclaré Arthur en laissant traîner sa main dans l'eau fraîche et limpide.

— Quel genre de vertiges ?

— Juste des vertiges.

— Tu es tombé ?

— Bien sûr que non, a-t-il rétorqué. Des vertiges, pas des pertes d'équilibre.

— Est-ce que tu as modifié ton régime alimentaire ? » lui ai-je demandé, sachant pertinemment qu'il ne l'avait pas fait ; il a d'ailleurs raillé ma suggestion, aussi méprisable à ses yeux qu'une vie sans bacon ni crème ni œufs : proprement impensable.

Son taux de cholestérol et sa tension étaient aussi élevés qu'humainement possible ; un fait dont il tirait une certaine fierté, comme s'il lui avait fallu des talents exceptionnels pour leur faire atteindre des sommets aussi étourdissants. Et il refusait de prendre ses comprimés prescrits, car, m'avait-il expliqué quelques mois plus tôt, ce n'était pas ainsi qu'il mourrait, aussi n'avait-il nul besoin de les prendre, au lieu de quoi il attrapait un deuxième scone dégoulinant de confiture et de crème grumeleuse.

« Tu te fais du souci ?
— Non, a-t-il répondu.
— Alors pourquoi tu m'en parles ?
— Juste pour te mettre au courant, a-t-il murmuré.
— Tu veux que je fasse quelque chose ?
— Non », a-t-il dit en s'essuyant la main sur sa manche.

C'était une habitude qu'il avait commencé à prendre : m'informer de tout ; de l'insignifiant et de l'essentiel ; des conversations qui se terminaient en culs-de-sac de rhétorique imparable. Je pense que c'était parce que je savais tout de lui, ayant tout lu – le beau, le sordide, l'intégralité de son livre. Je lui servais d'éditeur depuis cinq ans, et il semblait à présent que mon rôle ne se cantonnait plus à la page imprimée.

« Je reviens dans dix minutes », ai-je annoncé en emportant le sac à dos pour grimper le long de l'escalier vertical et rouillé planté dans le mur du port. Arrivée en haut, je me suis arrêtée pour le regarder manœuvrer nerveusement le bateau autour de deux bouées rouges avant de zigzaguer vers le large, et je me suis demandé si j'allais le revoir, ou s'il souffrirait une nouvelle fois l'outrage de devoir être reconduit au port par un garde-côte furieux et sourd à ses excuses. Dans son imagination, Arthur Henry était un loup de mer, compétent et courageux ; mais en réalité rien en dehors de la terre ferme ne pouvait lui fournir ces qualités, et je savais qu'il s'arrêterait juste au-delà de l'embouchure du port où il tournerait en rond en attendant que les dix minutes soient écoulées. Et bien entendu, une fois que j'étais redescendue le long de l'échelle, alourdie par ma commande de glace emballée, de crabes et de langoustines, la sueur avait fait son apparition sur son front et au creux de son poitrail décharné, et il avait regagné rapidement sa position à la proue du bateau, comme pour dire « plus jamais ça ».

Nous glissions sans encombre sur la surface vitreuse, le *teuf teuf teuf* du moteur discret et déterminé devant le fond animé que fournissait le village envahi par les touristes.

« Tiens, Arthur. »

Il s'est redressé et je lui ai tendu une glace à l'orange.

« Je pensais que tu aurais oublié.

— Jamais de la vie, ai-je répondu avec un clin d'œil, et il a sorti un mouchoir pour en rattraper les premières gouttes.

— Tu en veux une bouchée ?

— C'est pour toi », ai-je dit, et nous avons viré à bâbord pour reprendre le bras de la rivière menant à la maison.

Ils faisaient la sieste sur la pelouse quand nous sommes revenus. Voyant Charlie plongé dans les épreuves de son livre, *Beuveries et bandits, garçons et gnôle*, Arthur s'est empressé de remonter la pente pour aller s'affaler avec enthousiasme dans le fauteuil resté vide à côté de lui.

Il s'est penché vers lui.

« Où en es-tu, Charlie ?

— Berlin.

— Doux Jésus, a lancé Arthur en ajustant plutôt bizarrement la jambe droite de son bermuda trop grand. Nancy, bouche-toi les oreilles !

— Ben voyons, Arthur, a répondu Nancy sans lever le nez de son *American Vogue*. Parce que je n'ai jamais vraiment vécu, c'est ça, darling ?

— Pas dans une sombre petite chambre de Nollendorfstraße, en tout cas », a répondu Arthur en se renversant avec extase dans son siège.

Mon frère se trouvait dans l'atelier de mon père. Il ne s'est pas retourné tout de suite, aussi l'ai-je observé tandis qu'il sculptait et ciselait, s'exerçant à un simple joint. Il en avait déjà terminé deux, posés en équilibre sur le rebord au-dessus de sa tête. Il ressemblait à mon père dans cette lumière tamisée, le père que j'avais connu petite ; la même silhouette, le dos recourbé, incurvé, qui ne semblait jamais respirer, car le souffle entravait la précision, et la précision était essentielle en menuiserie.
Il prenait des cours du soir, apprenant à restaurer les meubles, voulait en apprendre plus, disait-il. Il avait tout abandonné de cette vie vers laquelle il s'était enfui. Abandonné son poste à Wall Street, abandonné son logement de SoHo qui aspirait des milliers de dollars chaque mois, pour acheter la maison dans le Village, avec son nid d'oiseau, son ailante et son vestibule brun que nous allions démolir après Noël. Et il allait tout restaurer lui-même, pièce par pièce, mois après mois, rendant tranquillement hommage à son état initial. Ce rythme lent lui convenait, maintenant qu'il avait pris du poids autour du ventre – un poids qui lui allait bien, même si je me gardais bien de le lui dire. Seul Charlie le reliait encore à son ancienne vie et aux planchers de la Bourse, aux chiffres en constante mutation et aux petits déjeuners précoces à Windows of the World. Parce que c'était Charlie qui travaillait à présent dans la Tour Sud, surplombant Manhattan depuis le quatre-vingt-septième étage

de sa présence intouchable tandis que je survolais New York, lui, le roi du monde.

Mon frère s'est frotté les yeux. J'ai allumé la lumière ; il s'est tourné pour me faire face.

« Tu es là depuis combien de temps ?
— Pas très longtemps.
— Viens t'asseoir. »

J'ai rejoint le fauteuil effiloché, chassant les volutes de bois qu'il avait rabotées d'une pièce de chêne.

« Un verre ? a-t-il proposé.
— Quelle heure est-il ?
— L'heure du scotch. Allez, j'ai trouvé la réserve de papa.
— Où ça ?
— Une botte en caoutchouc.
— Trop facile », avons-nous soupiré en chœur.

Il a versé le scotch dans des mugs tachés, que nous avons éclusés cul sec.

« Un autre ?
— Ça ira, merci », ai-je répondu, sentant mon estomac se retourner et se nouer sous le coup de la chaleur enfumée. J'avais trop peu mangé ce jour-là. Je me suis levée avec un besoin soudain de boire de l'eau.

« Attends », a-t-il dit en tendant le bras pour me faire signe de regarder derrière moi. Je me suis retournée. Là, dans l'encadrement de la porte, se tenait un énorme lapin. Il nous a regardés de ses yeux noirs tandis qu'il se frayait un chemin à travers la sciure et les copeaux de bois, les débris et la poussière s'accrochant à sa fourrure noisette. Et alors que nous l'observions, les années se sont effeuillées et nous sommes redevenus petits ; il avait apporté quelque chose avec lui, quelque chose dont nous ne parlions jamais, ce quelque chose qui était arrivé quand j'avais presque six ans et lui onze. C'était là pendant que nous l'observions, et nous le savions, parce que nous sommes tous les deux devenus silencieux.

Je me suis agenouillée, la main tendue. À l'affût. Le lapin s'est approché. J'ai attendu. J'ai senti son nez froid et mobile sur ma main, quelque chose de chaud, un souffle.

« Regarde-moi ça », a dit Joe.

Le lapin s'est enfui, surpris par mon mouvement brusque. Je me suis relevée pour rejoindre mon frère.

« Où est-ce que tu l'as trouvée ?

— Là-bas, derrière les étagères. Je suppose que c'est papa qui l'a gardée.

— Mais pourquoi ?

— En souvenir d'une journée mémorable ? »

Je lui ai pris la grande flèche des mains pour la retourner. Mon père avait encouragé Jenny Penny à la confectionner lors de ce premier Noël. L'avait aidée à scier les chutes de chêne et à les clouer ensemble pour créer cette formation pointue qui se présentait à moi. Elle l'avait décorée d'un côté avec des coquilles de berniques vides et des galets, gris exclusivement, ramassés sur le rivage, avant de parsemer le tout de paillettes. La surface de ma paume brillait à la lumière.

« Elle voulait qu'on la trouve, a-t-il déclaré.

— Tout le monde veut être retrouvé.

— Vrai, même si j'ai toujours tendance à l'oublier. On n'a pas deviné où elle pouvait être, on ne l'a pas retrouvée. C'est elle qui nous y a menés.

— Où est-ce qu'on l'avait trouvée cette nuit-là ? Tu te souviens ?

— Sur la jetée. Pointant vers l'aval...
— Vers la mer.
— J'ai toujours cru qu'elle avait disparu pour se faire du mal, ou pour se tuer. Tu sais, un geste dramatique, son refus de rentrer à la maison. Mais maintenant je vois qu'elle nous a tout simplement guidés vers un endroit, un instant, où elle pouvait nous montrer à quel point elle était spéciale. À quel point elle était différente des autres.
— À quel point elle avait été *choisie*. »

Je me sentais mal à l'aise. J'ai escaladé les rochers jusqu'au point le plus éloigné, là où la plage escarpée rejoignait la mer. La marée s'était retirée – loin, très loin –, et il n'aurait pas été impossible de rejoindre l'île à pied cette après-midi-là ; je l'avais déjà fait. J'ai regardé à l'est en direction de Black Rock, de sa silhouette familière s'élevant au-dessus d'un lit de ténèbres lancinantes. La pêche à pied avait été bonne cette saison ; elle ne manquait jamais de déchaîner mon enthousiasme juvénile. Des seaux remplis de crevettes grises translucides, que l'on faisait bouillir sur la plage. On le pouvait encore, à l'époque – plus maintenant, bien sûr.

Le soleil était chaud. La puanteur fétide si familière de la marée basse. Une odeur saumâtre portée par le vent. J'ai lancé une pierre pour un chien en vadrouille. Fait demi-tour ; revenant précautionneusement sur mes pas. Je me suis rendu compte que le souvenir de ce Noël était aussi imprécis pour mon frère qu'il l'était pour moi. C'était Jenny Penny qui avait instigué la battue, et instigué sa découverte, tout comme elle avait provoqué la conversation tenue le soir de son arrivée.

« Est-ce que vous croyez en Dieu ? avait-elle demandé à voix haute, réduisant au silence le murmure de nos bavardages familiaux.
— Est-ce que nous quoi ? avait dit mon père.
— Croyez en Dieu ?
— Grande question pour une soirée pareille, avait rétorqué Nancy. Même s'il faut bien admettre que c'est de saison.
— Et toi, Jenny, est-ce que tu crois en Dieu ? avait demandé ma mère.
— Bien sûr, avait-elle répondu.
— Tu as l'air bien sûre de toi, avait remarqué mon père.
— Je le suis.
— Et pourquoi donc, chérie ? s'était enquise Nancy.
— Parce qu'il m'a choisie. »
Silence.
« Que veux-tu dire ? avait demandé mon frère.
— Je suis née morte. »
Et la table s'était plongée dans le silence tandis qu'elle décrivait avec force détails sa naissance, ainsi que les prières, et la résurrection qui s'en était suivie. Et personne dans la maison n'avait dormi cette nuit-là. Personne ne voulait être absent en sa présence – non par peur, mais parce qu'elle aurait pu nous montrer quelque chose que nous n'étions pas prêts à voir.

J'ai parcouru du regard la surface aplatie des rochers drapés d'algues, assise sur le muret, et compris comment elle avait pu marcher sur l'eau cette nuit-là. Je le savais depuis des années déjà, mais c'est à ce moment-là que j'ai vu avec quelle attention elle avait dû remarquer la formation irrégulière, le sentier isolé qui avait collaboré avec elle ce soir-là, lui assurant momentanément un passage sécurisé.

J'avais gagné la colline, je m'en souviens, essoufflée par ma course paniquée. Elle est là ! avais-je crié à l'attention de mon frère ; et je l'avais vue se retourner pour nous regarder ; elle ne s'était pas enfuie, non, elle avait attendu d'avoir notre attention avant d'entreprendre son long trajet à travers les rochers à peine submergés pour s'enfoncer dans les vagues à l'approche.

« Je rentrerai jamais à la maison, Elly. » C'est ce qu'elle m'avait déclaré la veille, mais je ne l'avais pas prise au sérieux – pensant que c'était le contrecoup, l'effet du blues post-Noël.

Elle avait laissé des mots un peu partout dans la maison, à travers le jardin, attachés aux branches nues des arbres fruitiers. Nous avions pris cela pour un jeu – c'en était un –, mais nous pensions que c'était un jeu dont la conclusion nous apporterait un joyeux soulagement ; un « Bien joué ! À mon tour ! » collectif. Mais les choses avaient pris un autre tour. La nuit s'était abattue sur nous, et avec elle la peur. Mes parents et Nancy s'étaient enfoncés dans la forêt et la vallée jusqu'aux terrains voisins, où la terre bourbeuse pouvait prendre en embuscade jusqu'aux plus prudents. Alan avait roulé en direction de Talland, Polperro, Pelynt. Plus tard, il avait pris la route qui se frayait un chemin sinueux à travers le village, avec l'intention de la suivre jusqu'à Sandplace. Nous étions sur le pont lorsque nous l'avons arrêté. Tous les trois. Joe, moi, et elle. Silencieux, frissonnants, détachés.

Elle avait refusé de répondre aux questions angoissées de mes parents. Se contentant de s'asseoir devant le feu, une couverture tirée sur la tête, muette. On avait appelé sa mère cette nuit-là – mes parents n'avaient guère le choix –, scellant ainsi son destin de façon imperceptible.

« Pas de retour en train pour elle, non, c'est hors de question. Non, Des est de retour. Vous vous souvenez de Des ? Mon ex d'il y a quelques années. Cela fait un petit moment qu'il est avec moi. Oh, elle ne vous a rien dit ? Eh bien, il a dit qu'il irait la chercher en voiture demain. »

Des, Des. L'oncle Des.

Celui qui l'avait choisie.

On avait transporté la table de la cuisine à l'extérieur avant de la recouvrir de papier journal maintenu en place par trois candélabres en argent terni laissant tomber des gouttes de cire fondue sur les articles d'hier et au-delà. Le temps de sortir les verres, le vin et les plateaux de crabes et de langoustines, le ciel avait viré au noir, un noir effrayant, et nous nous étions rassemblés autour des chandelles comme une meute de chiens errants. Nous étions sur le point de commencer quand nous avons remarqué qu'une convive manquait à l'appel, et nous avons crié son nom jusqu'à ce qu'elle émerge des ténèbres, tel un magnifique spectre errant vêtu d'une chemise de nuit de soie blanche, dont les boutons étaient défaits si bas qu'il était difficile de déterminer si elle était en train de l'enfiler ou de l'ôter. Alors qu'elle traversait à grandes enjambées la pelouse trempée de rosée à l'image de son personnage dans sa nouvelle série télévisée, l'inspectrice Molly Crenshaw (Moll pour les intimes), son déhanché se faisait roulement de mécaniques, comme si son flingue était caché dans un endroit inconfortable, et que seuls les plus chanceux savaient où.

Arrivée à la table, elle a brandi deux bouteilles de champagne d'un air aussi triomphant que si elle avait elle-même choisi et fermenté les grains de raisin avant de les mettre en bouteille, le tout en un jour, et nous ne pouvions que l'acclamer et applaudir pareil exploit. Une ovation qui a fait monter à ses joues un rayonnement reconnaissable entre tous, dissipant aussitôt le mensonge selon lequel elle se serait retirée des planches.

« Allons-y », a-t-elle lancé. Comme à son signal, le calme de l'air cornique s'est trouvé fracturé par les bruits de coquilles éclatées et les premiers « ah » de plaisir tandis que la tendre chair blanche des pinces trouvait son chemin jusqu'à nos lèvres.

« Tu es bien silencieuse, a murmuré mon père en se penchant par-dessus la table pour remplir mon verre. Tout va bien ?

— Bien sûr », ai-je répondu alors que Nancy passait le bras devant Arthur pour attraper une grosse langoustine. Laquelle fut décapitée en quelques secondes, sa carapace déchirée et jetée, sa chair trempée dans un bol d'aïoli, avant son ascension vers une bouche ouverte. Elle s'est léché les doigts en disant quelque chose mais ses paroles étaient perdues dans la mastication et le pourléchage ; quelque chose du genre, « Je songe à me marier », et d'un seul coup le silence s'est abattu sur la table.

« Pardon ? a dit ma mère en s'efforçant de masquer l'horreur qui transparaissait dans sa voix.

— Je songe à me marier.

— Tu *fréquentes* quelqu'un ? ai-je demandé.

— Ouaip, a-t-elle répondu, enfournant cette fois un morceau de pain et de chair de crabe.

— Depuis quand ?

— Un moment.

— Qui ? » s'est enquise ma mère.
Pause.
« Un homme.
— Un *homme* ? a répété ma mère sans plus prendre la peine de masquer l'horreur qui transparaissait dans sa voix. Mais pourquoi ?
— Attends une minute, a protesté mon père. On n'est pas tous mauvais.
— Dis-moi... ça ne serait quand même pas l'inspecteur Butler, par hasard ? a dit Joe.
— Si, a répondu Nancy avec un gloussement.
— Tu blagues !
— Qui est cet inspecteur Butler ? a demandé ma mère ; sa voix montait en registre à mesure qu'augmentait son agitation.
— C'est le petit jeune totalement canon qui joue dans sa série, a expliqué Charlie.
— Et qui est totalement gay, a ajouté Joe.
— Il n'est pas gay, a rétorqué Nancy. Je suis bien placée pour le savoir, puisque je couche avec.
— Toi aussi, tu es gay, a dit Arthur.
— C'est différent, Arthur, a répondu Nancy en décortiquant une grosse pince. Ma sexualité est fluide.
— C'est donc comme ça qu'on dit maintenant ? a ironisé Arthur qui martelait une tête de crabe au petit bonheur la chance.
— Mais pourquoi ? a demandé ma mère en se servant un verre de vin qu'elle a vidé presque avant même de recevoir une réponse. Pourquoi après toutes ces années ?
— J'ai changé, et puis, c'est agréable. On est bien ensemble.
— Bien ? a répété ma mère en remplissant à nouveau son verre, le visage pâle et torturé dans la lueur vacillante des bougies. Bien ? *Bien*, ça n'a

jamais suffi à fonder un mariage », a-t-elle ajouté en se renfonçant dans son siège, les bras croisés, se refusant ainsi à toute discussion.

Plus personne n'a ajouté grand-chose après cela. Il y a eu les quelques commentaires habituels sur la taille des crabes et la question de savoir si les buccins pourraient jamais rivaliser avec les huîtres en matière de gastronomie, et cela aurait continué ainsi toute la nuit si ma mère ne s'était radoucie et penchée en avant en demandant avec tendresse : « Est-ce que c'est une phase, Nancy ?

— Plutôt une crise de la quarantaine, oui, a rétorqué Arthur. Pourquoi est-ce que tu ne t'achètes pas une Ferrari, plutôt ?

— C'est déjà fait.

— Oh.

— Je ne sais pas, a ajouté Nancy en prenant la main de ma mère dans la sienne. Les meilleures sont toutes déjà prises. »

(Ma mère a rougi soudain, l'air plus heureuse, même si c'était peut-être la lumière qui me jouait des tours.)

« Et puis, a repris Nancy, lui au moins il ne me parle pas de ses sentiments, il ne pique pas des crises au sujet de mes ex, il ne demande pas à faire du shopping ensemble, il ne me vole pas mes vêtements, et il ne copie pas ma coiffure. C'est rafraîchissant, c'est le moins qu'on puisse dire.

— Nance, si tu es heureuse, alors nous aussi. Pas vrai, vous autres ? » a lancé mon père, à quoi la table a répondu en désordre de pathétiques « non » et « si tu le dis ».

« Alors, félicitations, a-t-il ajouté. Je meurs d'impatience de le rencontrer.

— Et nous donc ! » ont répliqué Joe et Charlie avec un peu trop d'enthousiasme.

Nous avons levé nos verres et étions sur le point de porter un toast à ce gai mariage quand d'un seul coup nous avons été interrompus par des bruits de lourdes éclaboussures venant de la berge ; des bruits qui ont suffi à propulser nos corps alcoolisés jusqu'au bord de l'eau.

Nous nous sommes traînés avec précaution le long de la jetée, massés derrière mon père tandis qu'il brandissait un chandelier au-dessus de l'eau, illuminant de jaune la rivière noire. Les arbres pleureurs dansaient d'un air grotesque. Des ombres de bras tendus et de doigts baladeurs ont fondu sur nous. Nous avons entendu un nouveau plouf. Mon père s'est tourné sur la gauche, et c'est alors que nous avons aperçu ses yeux perçants et effrayés ; pas ceux d'une loutre, cette fois-ci, ni sa taille ni la force de son pataugement ne correspondaient ; non, ce que nous avons vu était le visage tendrement ridé d'un faon qui luttait pour garder la tête hors de l'eau. Il sombrait. Ré-émergeait. Ses yeux terrifiés, plongés dans les miens.

« Recule, Elly ! » a hurlé mon père tandis que je plongeais dans le froid miroitant.

« Elly – c'est dangereux ! Pour l'amour du ciel, reviens ! »

J'ai barboté en direction de la bête en train de se noyer ; j'ai entendu un autre plongeon derrière moi et me suis retournée pour voir mon frère foncer en avant, éclaboussant tout tandis qu'il se propulsait vers moi. Le faon s'est mis à paniquer tandis que je m'approchais, tournant et s'agitant rapidement vers la rive opposée. Ses sabots ont bientôt retrouvé le contact avec un banc de sable inattendu qui s'était formé dans le canal des eaux moins profondes, et je l'ai regardé tituber sur le rebord boueux, épuisé. Il a disparu dans les ténèbres de la forêt de l'autre côté alors même que les chandelles vacillaient, noyées dans leur propre liquidité. Nous étions à présent seuls dans le noir.

« Idiote, a dit mon frère en jetant ses bras autour de moi. Qu'est-ce que tu essayais de faire ?

— Le sauver. Et toi ? qu'est-ce que tu essayais de faire ?

— Te sauver, toi.

— Si tu ne voulais pas que je me marie, Ell, a claironné Nancy à travers la vallée cornique, il suffisait de me le dire, chérie. Ce n'était pas la peine d'aller te foutre en l'air !

— Allons », a dit mon frère en me guidant vers la rive.

Assise devant l'âtre rugissant, j'observais les hommes jouer mal et bruyamment au poker. Ma mère s'est approchée pour remplir mon verre de vin. Peut-être était-ce l'angle de la lumière, peut-être était-ce tout simplement elle ; toujours est-il qu'elle semblait si jeune, ce soir-là. Et Nancy devait l'avoir remarqué, elle aussi, car je l'ai surprise en train de la contempler tandis qu'elle portait un plateau de thé, posant sur elle un regard qui, je le voyais bien, étouffait toute velléité de mariage fantaisiste (un mariage qui, par ailleurs, n'aurait jamais lieu à cause du honteux « *outing* » de l'inspecteur Butler par le *National Enquirer*).

Plus tard, lorsque ma mère est entrée dans ma chambre pour me dire bonne nuit, je me suis redressée et lui ai dit : « Nancy est amoureuse de toi.

— Comme je suis amoureuse d'elle.

— Mais, et papa dans tout ça ? »

Elle m'a souri. « Je suis amoureuse de lui aussi.

— Oh. C'est permis ? »

Elle a laissé échapper un rire. « Pour une enfant des sixties, Elly...

— Je sais. Je te déçois.

— Jamais ! a-t-elle répondu. Jamais de la vie. Je les aime différemment, c'est tout. Je ne couche pas avec Nancy.

— Bon Dieu, j'avais pas besoin d'entendre ça.

— Oh que si. Nous suivons nos propres règles, Elly, comme toujours. Nous n'avons pas d'autre choix. Pour nous, ça marche. »

Puis elle s'est penchée pour m'embrasser et me souhaiter bonne nuit.

L'éclipse partielle a commencé juste avant dix heures le lendemain. Le ciel était couvert, malheureusement, réduisant la suppression de la lumière à un phénomène discret plutôt qu'à l'événement dramatique des temps anciens. Nous étions sortis dans la baie avec les autres bateaux, entourés des falaises constellées de centaines de spectateurs, le visage tourné vers le soleil masqué par les nuages, arborant des protections brillantes en guise de lunettes 3D. Les mouettes chantaient, de même que les oiseaux terrestres du refuge insulaire, leurs voix pleines de chaos, privées de mélodie. Ils percevaient l'insolite, je percevais le froid. La lumière déclinante ressemblait à l'approche d'une tempête, à quelque chose de menaçant, d'inexplicable. Puis, juste avant 11 h 15, la dernière portion de soleil a disparu, les ténèbres et le silence se sont installés, le froid s'est abattu sur l'eau et sur nous, et toute la baie s'est trouvée plongée dans ce silence vorace ; les oiseaux muets, assommés par la confusion.

Je me suis dit que ce serait ainsi qu'iraient les choses à la mort du soleil ; la douce extinction d'un organe, ensommeillé, plus en état de marche. Nulle explosion en fin de vie, rien que cette lente désintégration jusqu'aux ténèbres, où la vie telle que nous la connaissons ne s'éveille jamais, car plus rien ne nous en rappelle le besoin.

Le soleil a commencé à réapparaître quelques minutes plus tard, lentement, bien sûr, jusqu'à ce que les couleurs saturent à nouveau l'océan et nos visages, que les chants d'oiseaux emplissent l'air, des chants de joie, cette fois, et de soulagement. Des acclamations se sont fait entendre au sommet des falaises, accompagnées du ratatata des applaudissements. Pourtant, nous avons gardé le silence si longtemps après, touchés par la magnitude – magnifique, inconcevable – de tout cela. Voilà ce à quoi nous sommes connectés. Tous, sans exception. Quand les lumières s'éteignent, alors nous aussi.

Un mois plus tard, Arthur s'est réveillé à six heures comme tous les matins ; et pourtant, ce jour-là, ses yeux n'ont pas suivi. J'ai regardé par la fenêtre et l'ai vu tituber sur la pelouse comme un ivrogne. J'ai descendu les escaliers quatre à quatre, déboulant dans l'air frais du matin pour le rattraper alors qu'il s'agenouillait, cherchant son chemin à tâtons.

« Que se passe-t-il, Arthur ? Qu'est-ce qui t'arrive ?

— Je ne vois plus rien, a-t-il répondu. Je suis aveugle. »

Neuropathie optique ischémique antérieure non artéritique – c'était le terme employé par le spécialiste ; une attaque du nerf optique qui diminue l'afflux de sang aux yeux, créant à la place de grandes ombres à travers les deux champs de vision. C'était quelque chose qui arrivait aux hommes âgés malades du cœur ; une de ces choses tragiques et malheureuses.

« Malade du cœur ? a dit Arthur avec dédain. C'est forcément autre chose. »

Ma mère lui a pris la main, qu'elle a serrée fort.

« Mais je suis en pleine forme. Je l'ai toujours été ; jamais eu le moindre problème ou maladie, et certainement pas au niveau du cœur.

— Ce n'est pourtant pas ce que disent vos analyses, a répondu le spécialiste.

— Vous pouvez vous les coller dans votre petit cul serré, vos analyses, a rétorqué Arthur en se levant pour partir.

— Allons, Arthur », a plaidé ma mère en le ramenant à son siège.

Le spécialiste s'est rassis à son bureau. Il a jeté un œil dans ses notes, puis par la fenêtre ; autorisant son esprit à errer à la recherche d'occurrences similaires et d'effets secondaires étranges rangés dans la catégorie Coïncidence, plutôt que barré du rouge de l'*AVERTISSEMENT*. Il a regardé Arthur à nouveau, avant de lui demander, « Prenez-vous un traitement pour les troubles de l'érection ? » – moment auquel ma mère, connaissant apparemment déjà la réponse, s'est levée en disant « Je te le laisse, Alfie », avant de quitter la pièce, laissant mon père faire face aux retombées sexuelles des pratiques des octogénaires.

La réponse, semble-t-il, était « oui » ; et ce depuis une année entière. Il avait fait partie des tout premiers à en prendre, évidemment, attendant son arrivée comme un enfant attend Noël. Le spécialiste pensait qu'il y avait un lien ; ce « quelque chose » dont il avait entendu parler auparavant, mais dont il n'avait aucune preuve, aussi fallait-il dire au revoir aux pilules bleues, Arthur, en attendant d'espérer retrouver la vue.

Ils sont revenus le lendemain, fatigués mais soulagés. Je les attendais dans la cuisine avec des mugs remplis de scotch, non de thé, parce que l'après-midi était bien avancée et que seul le scotch conviendrait.

« Je suis désolée, Arthur, ai-je dit.

— Tu n'as pas de souci à te faire.

— Ce n'est pas forcément définitif, a dit ma mère. Le spécialiste a dit que ta vue pouvait revenir n'importe quand. On en sait encore tellement peu à ce sujet.

— Mais je dois me préparer à ne jamais la retrouver, a-t-il dit en tendant la main pour attraper son scotch et en tombant sur la salière. J'aime avoir des érections, c'est tout. Je n'en fais pas grand-chose, mais je les trouve réconfortantes. Un peu comme un bon livre. Ce plaisir anticipé... Je n'ai même pas besoin d'arriver au bout.

— Je vois très bien ce que tu veux dire, Arthur, a dit mon père avant d'être foudroyé par un regard cinglant de ma mère. Tu n'es pas un homme, a-t-il objecté avec courage. Tu ne pourrais pas comprendre. » Et il s'est penché au-dessus de la table pour tenir le bras d'Arthur en signe de solidarité.

J'ai accompagné Arthur à son cottage, qui était tiède et sentait le café de la veille, et où je l'ai aidé à s'installer dans son fauteuil préféré que nous avons placé près de la petite cheminée, maintenant que l'automne était arrivé.

« Un nouveau chapitre, Elly », a-t-il dit avec un profond soupir. Un nouveau chapitre, en effet ; un chapitre où je devenais ses yeux.

Enfant, j'avais eu des années d'entraînement, lorsqu'il m'avait emmenée à la rivière ou dans la forêt pour que je lui dépeigne le passage des saisons et les odeurs que chacune apportait avec elle. Je lui ai parlé de la migration croissante des aigrettes, décrivant le comportement de ces oiseaux blancs et solennels dans les chênes nains plus loin. Nous avons ramassé des champignons dans les bois, dont il sentait véritablement pour la première fois le parfum terrestre et la consistance spongieuse entre ses doigts, et nous sommes allés pêcher, aussi, en silence tout d'abord, dans les eaux de la rivière, jusqu'à ce qu'il puisse presque percevoir un poisson au bout de son hameçon tandis que ses doigts jouaient avec la ligne comme s'ils pinçaient doucement une corde de guitare.

Ce sont mes yeux, également, qui l'ont mené avec nervosité au lancement de son livre par cette froide soirée de décembre, alors qu'un vent acéré transperçait Smithfield, repoussant les flâneurs vers la chaleur d'un bar. Mes yeux encore qui l'ont guidé jusqu'au long vestibule blanc de ce qui avait été autrefois un fumoir, jusqu'aux environs du restaurant où tout le monde l'attendait, et où sa main s'est resserrée sur mon bras tandis que les sons de voix, d'échos et de mouvements assaillaient ses oreilles en un crescendo de désorientation. J'ai senti la pulsation de la peur traverser son corps jusqu'à ce que ma mère s'approche de lui pour lui murmurer « Tout le monde est dithyrambique, Arthur. Tu es un peu une star », et alors sa prise s'est détendue, sa voix aussi, et il a lancé, assez fort : « Champagne pour tous ! »

Il était tard. La plupart des convives étaient partis. Mon père se trouvait pris au piège d'un jeune artiste qui était redescendu de l'euphorie du dîner ; je les entendais discuter de l'importance de la dépression et de la jalousie sur la psyché britannique. Ma mère, pompette, flirtait avec un gentleman plus âgé qui travaillait pour Orion ; elle était en train de lui montrer comment faire un poulet en pliant une serviette. Il était captivé. J'ai cherché Arthur un peu partout en remontant des toilettes ; plutôt que de le voir entouré de gens, je l'ai retrouvé assis à l'écart près de la sortie, silhouette esseulée partiellement dissimulée par les ténèbres ; le front profondément plissé. Je me suis dit que ce devait être l'anxiété de la soirée qui avait tendu une embuscade à son exubérance ; l'anti-climax du projet achevé, et bien achevé. Et pourtant, alors que j'approchais, je me suis aperçue qu'il y avait quelque chose d'autre, de bien plus profond ; à la résonance bien présente, frénétique et mielleuse.

« C'est moi, lui ai-je annoncé. Tout va bien ? »
Il a acquiescé avec un sourire.
« C'était une belle soirée. » Je me suis assise à côté de lui.
« En effet. » Il a regardé ses mains ; passé un doigt le long d'une veine, dodue, gonflée, tel un asticot vert enterré sous sa peau.
« Je suis à court d'argent, a-t-il déclaré.
— Quoi ?
— Je suis à court d'argent. »
Silence.
« C'est tout ce qui t'inquiète ? Arthur, on est pleins aux as, tu le sais bien. On peut t'en donner autant qu'il en faudra. Tu n'as qu'à demander à papa et maman.
— Non, Elly. Je. Suis. À. Court. D'ar-gent », a-t-il répété, détachant clairement chaque mot, en extrayant le sens jusqu'à ce qu'il puisse sentir l'illumination se répandre sur mon visage.
« Oh, mon Dieu.
— Exactement.
— Qui d'autre est au courant ?
— Toi seule.
— Depuis quand est-ce que tu es à sec ?

— Un mois. Six semaines.
— Merde.
— Exactement. »
Pause.
« Alors, tu ne vas pas mourir ?
— Eh bien, si, un jour, a-t-il dit avec emphase.
— Je sais », ai-je répondu en riant, avant de m'arrêter. Il avait l'air triste.

« Me voilà redevenu mortel. Humain. Je retrouve le non-savoir et cela me fait peur. » Une larme solitaire a couru de son œil.

Nous sommes restés assis là, en silence, jusqu'à ce que les derniers traînards soient partis ; jusqu'à ce que la pièce caverneuse résonne du bruit des tables qu'on débarrassait et des chaises qu'on rangeait, plutôt que du son des bons moments, de la joie.

« Arthur ?
— Hmm ?
— Tu peux me le dire, maintenant. Comment ça devait se passer ? Comment allais-tu mourir ? »

Il s'est tourné vers le son de ma voix pour répondre : « Une noix de coco devait me tomber sur la tête. »

Je me suis levée avec le soleil et j'ai pris mon café sur le toit, enveloppée dans un vieux cardigan en cachemire que Nancy m'avait offert des années plus tôt – ma première possession d'adulte, un cardigan qui coûtait plus cher qu'un manteau. Tandis que je regardais le marché à viande fermer pour la journée, où les employés ôtaient leurs tabliers et prenaient la direction d'une pinte en guise de petit déjeuner avant d'aller se coucher, j'ai relu la lettre de Jenny Penny et terminé mon article « Objets Trouvés » de la semaine.

7 septembre 2001

Elly... Je me suis fait un peu d'argent de poche en tirant à nouveau les cartes. Ça donne de l'espoir aux gens. J'essaie d'expliquer que c'est pas juste la lecture en elle-même, mais la psychologie derrière. Mais certaines personnes ne regardent jamais en arrière tu sais. Pour certains ça fait trop loin pour voir. Je suis plutôt populaire auprès des perpètes tu sais ! Ces derniers temps je vois souvent la « liberté » dans les cartes qu'elles choisissent que ce soit la Discorde ou la Reine des Bâtons ou même la Mort.

Je vois jamais la liberté dans la Justice par contre. La Justice est une carte difficile pour les prisonniers.

J'ai tiré une carte ce matin – une au hasard – une pour moi et un instant plus tard, une pour toi. D'habitude j'obtiens l'Ajustement ou le Cinq de Coupes. Mais là ce matin j'ai tiré la Tour. La Tour ! Et je l'ai tirée à nouveau pour toi. Deux tours Elly ! L'une après l'autre. Tu imagines la probabilité ?

C'est la plus puissante des cartes. La Tour tombe et plus rien ne peut redevenir comme avant. Le moment est venu de cicatriser vraiment. L'ancien est détruit pour laisser la place au Nouveau. On doit plus s'accrocher parce que sinon tout sera détruit par son pouvoir transformateur. Le monde est en train de changer Elly et nous devons avoir confiance. Le Destin nous fait signe. Et si on peut accepter les lois de l'Univers, le flux et reflux de la joie de la tragédie, alors on aura tout ce qu'il nous faut pour embrasser notre véritable liberté...

J'ai cessé de lire. J'entendais ses mots, exacts et persuasifs, comme sa description d'Atlantis, toutes ces années auparavant. La sécurité. La séduction hypnotique de la croyance. J'ai refermé l'ordinateur et terminé mon café.

Je ne tenais pas en place, commençant à ressentir quelque chose que je savais depuis longtemps : que nous arrivions enfin au bout. Cela faisait cinq ans à présent, cinq années de Liberty et d'Ellis, et j'avais le sentiment que tout avait été dit, mais que je l'avais remis à plus tard, ce dernier adieu, plus particulièrement lorsque j'avais appris que Jenny serait bientôt éligible pour une liberté anticipée, ce que mon père m'avait annoncé la semaine précédente. Et même si certains détails restaient à régler, elle allait bientôt apprendre que c'était lui qui allait la représenter lors de cette dernière audience et la mener dehors, là où la vie avait progressé de six ans sans elle. C'est pourquoi j'attendrais un peu plus longtemps ; pour cette dernière chronique ; celle qu'elle écrirait elle-même, assise à mes côtés sur ce même toit.

J'ai sauté le petit déjeuner, me dirigeant à la place vers Soho pour prendre un cappuccino et des croissants. J'aimais la promenade ; à l'ouest, tout simplement, le long de Holborn, depuis Chancery Lane jusqu'à la séparation de New Oxford Street. Le soleil grimpait, les ombres raccourcissaient, la ville s'éveillait, recrachant des personnes sur les rues dans toutes les directions. Arrivée à Cambridge Circus, j'ai soudain bifurqué et descendu Charing Cross Road vers la National Gallery et l'exposition Vermeer, dont je n'avais cessé de retarder la visite. Il ne me restait plus beaucoup de temps ; plus que six jours. Je ne me suis même pas arrêtée chez Zwemmer, comme j'en avais l'habitude, ni dans les librairies d'occasion dont les bacs de promotions approvisionnaient la plupart de mes étagères ; non, j'ai continué à bonne allure en évitant les touristes qui flânaient.

J'apercevais déjà les queues au guichet. L'exposition affichait complet presque depuis son début, aussi m'étais-je bientôt résignée à une nouvelle occasion manquée, mais en rejoignant l'extrémité de la file lambinante, j'ai entendu murmurer qu'il restait des billets pour l'après-midi, et en effet une fois arrivée au guichet, l'employé m'a demandé « 15 heures, OK ? », à quoi j'ai répondu « OK ». Debout dans le hall d'entrée rafraîchi par la climatisation, j'ai serré mon ticket, heureuse de voir ma journée à présent planifiée.

Soho était calme, aussi me suis-je assise en terrasse ; chose que je faisais tout le temps, même l'hiver. Les livraisons prenaient du retard et les chariots remplis de boîtes d'huile, de vin et de tomates cahotaient avec insouciance vers les portes d'entrée où ils disparaissaient pour en revenir un peu plus tard. Cette rue resterait toujours, à mes yeux, une rue marchande. Ailleurs, tous les vieux magasins avaient disparu ou étaient sur le point de le faire tandis que d'avides propriétaires attendaient l'arrivée de grandes marques, des marques qui pouvaient se permettre les loyers exorbitants, alors bye-bye les autres. J'ai regardé sur ma gauche ; le salon Jean's était toujours là, de même que Jimmy's, bien sûr, mais aussi Angelucci's, Dieu merci. Ils continuaient d'envoyer du café à mes parents, une sélection d'espresso que le postier adorait livrer, car le parfum embaumait sa journée, comme il aimait à le dire. Ce coin-là était à l'abri, du moins pour l'instant. J'ai sorti mon journal et commandé un double macchiato accompagné d'un *baci*. Ce coin-là était à l'abri.

Difficile d'imaginer que nous nous dirigions vers de sombres matins, sous la longue et froide emprise de l'hiver qui allait faire virer ma peau au blanc grisâtre. Je savais qu'avec cet automne clément les feuilles allaient s'embarquer dans une symphonie de couleurs endiablées, plus d'ors et de rouges dominant nombre de bois, les couleurs du Vermont, où nous nous étions rendus l'année précédente.

Nous avions pris la voiture depuis New Paltz sur un coup de tête, tous les trois. Nous avions fait une randonnée au lieu de la balade à cheval initialement prévue, ramassant en route une jeune femme qui ressemblait plutôt à une jeune fille. Nous l'avions prise parce que ce n'était pas prudent de faire du stop – je n'étais pas la seule à le dire –, et elle avait répondu « Ouais, ouais » en grimpant à l'arrière. Elle sentait fort – une odeur qui proclamait, « Joue pas au con avec moi », tandis qu'elle prenait place à côté de moi, son grand sac-poubelle noir sur les genoux. La juvénilité que nous avions imaginée depuis le bord de la route avait disparu une fois en voiture, car juste là, sous la visière de sa casquette des Dodgers, se cachait le visage d'une vie difficile : des yeux fatigués et plus durs que son âge. Elle disait partir en vacances. Nous savions qu'elle fuguait. Elle n'avait rien accepté de notre part, hormis un copieux petit déjeuner. Nous l'avions regardée disparaître dans une station routière, congestionnée par une insouciance qu'elle prenait pour de l'aventure. Elle disait s'appeler Lacey ; comme dans la série policière. Après son départ, nous nous sommes tus.

J'ai dû entendre le hurlement, même si je n'en avais tout simplement pas conscience à l'époque. En y repensant, cependant, je me souviens d'avoir entendu *quelque chose*, certes, mais sans aucun contexte autour, voyez-vous. C'est alors que quelqu'un est venu me taper sur l'épaule en pointant un écran à l'intérieur, et que je me suis retournée pour voir quatre autres personnes déjà en train de regarder. Je ne voyais pas clairement ce qui se passait car il faisait plutôt sombre, aussi m'étais-je levée pour les suivre à l'intérieur ; lentement, avec horreur, attirée par l'image solitaire qui remplissait l'écran géant.

Ciel bleu. Une magnifique matinée de septembre. Fumée noire et flammes tourbillonnant d'une plaie béante à son côté. Tour nord, annonçait la légende.

Dois appeler Joe. Nord. Charlie est au sud. Sud en sécurité. J'ai composé son numéro, messagerie direct.

« Joe, c'est moi. Je suis sûre que tu vas bien, mais je suis devant la télé et je n'en crois pas mes yeux. Est-ce que tu as parlé à Charlie ? Rappelle-moi. »

Il est arrivé par le bas, s'inclinant, et c'est le bruit, un gémissement obsédant qui a accueilli sa cible tandis qu'il explosait en une boule de feu, envoyant des centaines de litres de fuel incandescent s'insinuer à travers les conduits d'ascenseur pour faire fondre son échine. Ta tour. Charlie. La tienne. La femme à côté de moi s'est mise à pleurer. Messagerie direct. Merde.

« Charlie, c'est moi. Je viens de voir. Appelle-moi ; je t'en supplie, dis-moi que tu vas bien. Appelle-moi, s'il te plaît, Charlie. »

Mon téléphone a sonné aussitôt. J'ai décroché.

« Charlie ? »

C'était ma mère.

« Je n'en sais rien. Je suis devant. Moi non plus je n'arrive pas à les joindre. J'ai laissé des messages. Oui, bien sûr, continue. Tiens-moi au courant. Moi aussi, bien sûr. Je t'aime aussi. »

Le café était bondé, silencieux. Des étrangers réconfortant des étrangers. La zone d'impact était plus basse que sur la tour nord, ce qui était mauvais. Peut-être était-il descendu acheter le journal ou était-il aux toilettes, pas à son bureau. Pas à ton bureau, Charlie.

Les gens faisaient signe aux fenêtres, à présent, cherchant de l'aide. Ils se penchaient si loin, s'éloignant à grand-peine de la fumée noire qui fondait sur eux. J'ai rappelé Joe. Putain de messagerie.

« C'est moi. Rappelle-moi. On s'inquiète tous. Je n'arrive pas à joindre Charlie. Dis-moi qu'il va bien. Je t'aime. »

Ils sont sortis en titubant, d'abord quelques-uns, puis d'autres, tels des archers blessés sur de distants remparts. C'est alors que je les ai vus, les deux protagonistes de mes rêves futurs. Je les ai vus se tenir la main et sauter ; j'étais témoin des dernières secondes de leur amitié. Ils n'ont pas lâché prise. Qui rassurait qui ? Qui en était capable ? Était-ce par les mots, un sourire ? Ce bref instant d'air frais où ils étaient libres, où ils ont pu se rappeler comment c'était avant ; un bref instant de soleil, un bref instant d'amis se tenant par la main. Sans jamais lâcher prise. Les amis ne lâchent jamais prise.

J'ai décroché.

« Non, pas réussi, ai-je dit. Pas encore. »

Je semblais fatiguée, je savais que je l'étais. J'entendais la peur dans sa voix et tentai de la rassurer, mais c'était une mère et elle était effrayée. Elle avait eu des nouvelles de Nancy, qui essayait de trouver un vol depuis LAX jusqu'à New York, mais les aéroports étaient à présent fermés. Un avion venait de s'écraser sur le Pentagone.

« Joe, ai-je encore dit. Rappelle-moi – vite fait, moi ça va. »

« Charlie, c'est encore moi. Appelle-moi. S'il te plaît. »

Tout le monde était pendu au téléphone, les plus chanceux avaient localisé leurs amis ; les autres attendaient, le teint pâle ; j'étais l'une d'entre eux.

14 h 59. La tour sud s'est laissé aspirer par le sol dans un déluge de millions de bouts de papier, de mémos et de brouillons portant les noms de ceux qui n'étaient plus, jusqu'à ce qu'elle disparaisse, et que tous ses occupants disparaissent, mettant un terme à leur cauchemar, lequel était à présent transmis à ceux qui restaient, ceux qui attendaient, pleurant leurs morts près de leurs téléphones.

J'ai appelé à nouveau. Pas de messagerie cette fois-ci, plus rien. Un autre avion s'était écrasé près de Pittsburgh ; la rumeur parlait d'un abattage – déjà, la conspiration qui démarrait. *La conspiration engendre la conspiration.* C'est ce qu'aurait dit Jenny Penny.

La Tour est en train de tomber. Plus rien ne sera jamais pareil.

15 h 28. Tour nord disparue. Scènes de paysages lunaires poussiéreux là où s'étirait auparavant une avenue pleine de gens tenant des cafés, souriant et se pressant au travail en pensant à leur déjeuner, peut-être, ou à ce qu'ils feraient plus tard, car à ce moment de la journée, ils disposaient encore d'un plus tard. Et tandis que la poussière se dissipait, les survivants dans la rue sortaient en rampant, couverts de cendres, et un homme dont la chemise déchirée révélait le torse ensanglanté, mais il n'y prêtait pas attention, occupé qu'il était à se lisser les cheveux sur le côté, parce que c'est ce qu'il faisait toujours – une habitude lancée par sa mère quand il était petit – alors pourquoi en irait-il autrement ce jour-là ? C'était sa façon à lui de rechercher la normalité. Appelle-moi, Joe. Appelle-moi, Charlie. Je veux retrouver le normal.

C'est alors que j'aurais pu le faire. J'aurais pu errer jusqu'aux Vermeer pour me remémorer la beauté. J'aurais pu y aller et me montrer normale. J'aurais pu me perdre dans une joie dont je gardais encore le souvenir du matin, car elle était encore si proche, et j'aurais pu me rappeler tout avant que le monde change.

J'aurais pu faire tout cela, et je l'aurais fait, si je n'avais décroché mon téléphone et entendu sa voix et je me suis mise à trembler en entendant sa voix, et il parlait vite, et il avait l'air paniqué mais il allait bien. Il n'était pas allé travailler ce matin-là, s'était réveillé tard et s'en tapait, et je lui transmettais les comptes rendus d'ici, tout ce que j'avais entendu, mais il me disait sans cesse d'arrêter, et je ne l'entendais pas au début parce que j'étais si heureuse. Mais il s'est mis à me crier dessus et c'est là que j'ai entendu.

« Je n'arrive pas à retrouver Joe », a-t-il dit, et sa voix s'est brisée.

Je suis allée m'asseoir sur le toit tandis que la lumière déclinait. Nul vestige de l'été. Le murmure de la télévision s'élevait d'en dessous. J'avais si froid. Je me suis emmitouflée dans un vieux plaid ; il appartenait à mes parents, à qui je ne l'avais jamais rendu, car qui sait quand j'aurais pu en avoir besoin. Il sentait l'herbe et la laine humide. Il sentait les Cornouailles. Je me rappelais encore le silence de notre conversation téléphonique, lorsque les hypothèses paralysantes s'étaient abattues sur leurs esprits, quand je leur avais annoncé « Votre fils est introuvable. »

J'ai essayé de prendre un avion, mais la plupart étaient cloués au sol ou déroutés vers le Canada. Quelques jours avant le retour à la normale, avait dit l'opérateur. Encore ce mot. J'ai donné mon nom pour la liste des réservations. Je serai la première sur le terrain, j'irai là-bas me rendre compte par moi-même, car je ne pouvais retourner auprès de mes parents sans rien, pour au moins faire voler leur silence en éclats. Cri ou sourire, peu importe.

J'ai fini un nouveau verre de vin. Attendant le coup de fil qu'il avait promis. J'ai regardé les camions arriver et se garer, entendu le doux bourdonnement du moteur qui alimentait la réfrigération. Je me suis versé plus de vin ; vidant la bouteille.

Des heures, cela devait bien faire des heures. J'ai regardé ma montre. Il avait dit être en route pour la maison de Joe, la police avait bouclé la zone en dessous de la 14e Rue, mais il y parviendrait, disait-il, rien que pour vérifier. L'odeur, Elly ; c'étaient ses derniers mots. L'odeur.

Mon téléphone a sonné. La batterie était presque déchargée. Lui, enfin.

« Hey, a-t-il dit d'une voix mince et vide.
— Comment ça va ?
— OK.
— Qu'y a-t-il, Charlie ?
— J'ai retrouvé son agenda, a-t-il murmuré, à peine audible. Il le place là-bas. »

Duke/Bureau/8h30.

L'annotation était succincte. Écrite à l'encre turquoise, celle d'un stylo qu'il m'avait chipé en février dernier. Nous avons téléphoné à la ronde, bien sûr, mais il n'y avait pas grand monde à appeler. Ceux qui étaient présents, ceux qui avaient pu en sortir, se souvenaient à peine de lui, toujours en état de choc. « Oui, je crois qu'il était là », disaient-ils, ou « Non, pas vu ». Ce qui nous laissait Gros-Jean comme devant, tout à nos spéculations.

Duke ne s'en était pas sorti. Certains le plaçaient au lieu de l'impact, d'autres disaient qu'il était remonté à pied à la recherche d'une collègue. Cela lui ressemblait, à Duke ; faire demi-tour pour aider son prochain. C'est pour cela qu'on le surnommait le Duke.

Lorsque je suis enfin arrivée à New York, Nancy et Charlie n'avaient encore touché à rien dans la maison. Ils se refusaient à bouger quoi que ce soit, au cas où j'aurais pu trouver quelque chose, un indice qui leur aurait échappé, concernant sa disparition. Mais tout ce que j'ai vu, c'était un réfrigérateur plein et une demi-bouteille de son vin préféré, deux indices proclamant « Je rentre ce soir, je ne vais nulle part. »

Ils avaient vérifié les hôpitaux, Nancy à Brooklyn, Charlie à Manhattan, se partageant le New Jersey, se relayant auprès des morgues temporaires. Elle laissait son nom, le répétait clairement, mais on le lui redemandait sans cesse tandis que les voix bataillaient avec les lignes téléphoniques. Elle s'est adossée contre un mur dehors, tentant de pleurer, mais les larmes, comme la compréhension, restaient coincées, vestige du passé. Il n'y avait personne pour la réconforter. Tout le monde avait une histoire avec le chagrin. Celui des autres était toujours pire que le vôtre.

Une odeur âcre : de caoutchouc brûlé et de fuel, et cet autre ingrédient passé sous silence qui s'installait dans les narines, déclenchant des visions d'horreur dans le cerveau. Charlie m'avait prévenue, et pourtant je la sentais encore chaque fois que je sortais, même dans le jardin, parce qu'il n'y avait pas de floraison pour masquer la puanteur, parce qu'au bout du compte c'était l'odeur du choc qui s'était emparé de cette ville, une odeur amère aussi puissante que l'urine vieille d'une semaine. J'ai sorti une de ses vieilles chaises de bistro pliantes et l'ai essuyée. Elle a cédé lorsque je me suis assise dessus. La charnière gauche était cassée ; il ne l'avait toujours pas réparée.

Nous avions organisé son petit jardin ensemble, mariant les parfums, les couleurs, les pots de lavande semée en abondance, le delphinium, le myrte citronné à l'ombre sous la cuisine, les carrés débordants de pivoines rouges voraces et les rangées de giroflées blanches dont le parfum proclamait Forever England ; et bien sûr le rosier bleu-violet, en un motif répétitif qui serpentait et se lovait autour de l'escalier en fer et rampait le long du mur tel un matou séducteur ; le rosier qui avait si généreusement fleuri tout l'été, faisant la jalousie de chaque invité dont les pouces verts pâlissaient soudain en comparaison de la passion profane, désordonnée, de mon frère. Il était capable de créer des oasis dans les déserts, avec sa croyance pour seul fertilisant. Il s'était créé une maison à partir de ses errances.

Un hélicoptère est passé au-dessus de nos têtes. Hachant l'air en rythme. Une sirène de police, ou une ambulance filant à travers la ville. Le quelque chose trouvé, l'identifiable enfin ; puis le coup de fil dévastateur qui allait suivre, mais, au moins, quelque chose à enterrer.

Il avait été trop paresseux pour enlever les fleurs fanées des plantes – jamais saisi l'utilité. « Laissons faire la nature », disait-il. J'ai attrapé un petit seau et commencé à arracher les trompettes brunes desséchées de leurs attaches. Je ne pouvais rien laisser en place. De la musique chez le voisin d'à côté. Bruce Springsteen. Avant, c'était Frank Sinatra. Seuls les garçons du New Jersey avaient droit de cité sur les ondes patriotiques.

« Ta mère a dit quelque chose d'étrange l'autre soir, a déclaré Nancy en ouvrant les cartons de nourriture à emporter que personne n'avait l'appétit de manger.

— Quoi donc ? » ai-je demandé en attrapant une fourchette à la place des baguettes.

Charlie a regardé Nancy.

« Qu'y a-t-il ? » ai-je demandé.

Silence.

« Ne le prends pas mal, Ell, a-t-elle répondu.

— Qu'est-ce qu'elle a dit ?

— Que peut-être que Joe avait disparu, qu'il s'était juste évaporé, tu sais, comme le font les gens, parfois, quand il y a des accidents. Parce que cela leur offre la possibilité de repartir de zéro. »

Je l'ai fixée du regard.

« Pourquoi voudrait-il repartir de zéro ?

— Je ne fais que te répéter ce qu'elle a dit.

— C'est des conneries. Il ne nous ferait pas ça, pas à nous.

— Bien sûr que non, a renchéri Charlie en craquant un fortune cookie. Il n'était pas dépressif, il était heureux. »

Il prononçait *heureux*, comme le ferait un enfant.

« C'est qu'un ramassis de conneries, ai-je répété avec colère. Il ne nous ferait jamais subir une chose pareille. Ce n'est pas son genre. Elle perd la boule. »

Nous avons regardé Charlie lire son proverbe avant de le chiffonner. Nous ne lui avons jamais demandé ce qu'il disait.

« Mais enfin, pourquoi elle a dit ça, bordel ? ai-je imploré.

— Parce qu'elle est mère. Elle a besoin de le maintenir dans le monde, Ell. »

Nous n'avions plus grand-chose à dire après cela. Nous avons mangé en silence. Mangé avec colère. Mon estomac me faisait mal, je n'arrivais pas à digérer. J'ai essayé de me concentrer sur un parfum, n'importe lequel, à isoler parmi tous les autres pour exercer ma perception, mais tout ce que je parvenais à sentir et à goûter, c'était le brûlé. Nancy s'est levée pour aller dans la cuisine. « Plus de vin ? » a-t-elle proposé. Nous avons répondu « OK. » Charlie a terminé son verre. Elle n'est pas revenue.

Je suis allée la trouver. Elle était penchée sur l'évier, tous robinets ouverts, le visage contorsionné, la bouteille sur le flanc, toujours bouchée. Elle pleurait en silence. De petits sanglots étouffés, noyés par le bruit de l'eau courante. Elle avait honte de pleurer, car pleurer c'était faire son deuil, le deuil c'était pour ceux qu'on avait perdus et elle avait le sentiment de le laisser tomber. J'ai dormi avec elle cette nuit-là. Elle était étendue sur le côté ; ses cheveux trempés autour de son cou, ses joues humides. Trop sombre pour voir ses yeux. La petite sœur de mon père. Qui retenait le chagrin de son frère.

« Tu n'es pas seule », lui ai-je soufflé.

Je suis montée au milieu de la nuit pour regagner mon lit. Je n'avais pas pris sa chambre, Charlie avait la sienne ; j'occupais la pièce au nid d'oiseau, la dernière que nous ayons rénovée, celle avec la cheminée en état de marche et les fenêtres donnant sur la rue fouettées par les branches des arbres et leur tap-tap-tap implorant qu'on les laisse entrer. La chambre qui m'était toujours réservée, avec son lit toujours fait et mes vêtements plein les placards, ceux que j'achetais toujours en double pour en garder un exemplaire ici. J'ai songé à allumer un feu, mais je n'étais pas convaincue de pouvoir le faire correctement ; la braise baladeuse qui roulerait se cacher sous un rideau, comptant jusqu'à vingt avant de se faire connaître. Et que je ne remarquerais pas, ne trouverais pas, en tout cas pas cette nuit. L'anxiété n'était pas de la vigilance. C'était de la distraction. J'étais partout avec lui, mais pas ici.

J'ai entendu la porte d'entrée s'ouvrir et se refermer discrètement. Charlie. Ses pas résonnaient dans l'espace silencieux, l'espace qui retenait son souffle, à l'affût des nouvelles. Des pas dans le couloir. Le bruit en sourdine de la télévision. Qu'on éteignait. Descente à la cuisine. L'eau qu'on laissait couler. Remplissant un verre. Puis les pas qui remontaient l'escalier, le grincement de la porte de sa salle de bain, la chasse d'eau, le lourd bruit mat d'un corps épuisé sur le lit. La routine. Mais elle avait changé cette nuit ; une minuscule variation. Il n'était pas remonté ; au lieu de cela, il avait ouvert la porte de derrière pour sortir dans le jardin.

Il était assis à la table, en train de fumer. Une bougie vacillait devant lui. Il ne fumait pas souvent.

« Je peux te laisser seul si tu veux », ai-je dit.

Il a tiré une chaise et m'a jeté son pull.

« Je l'aimais, a-t-il déclaré.

— Je sais.

— Et je n'arrête pas d'écouter les messages qu'il m'a laissés. Je veux juste entendre sa voix. J'ai l'impression de perdre la tête. »

J'ai attrapé et allumé une cigarette.

« Je le lui ai dit, quelques jours avant tout ça, a-t-il poursuivi. Simplement dit ce que je voulais. Ce que je voulais pour *nous*. Lui ai demandé pourquoi il ne pouvait pas franchir le pas, pourquoi il ne pouvait pas être avec moi. Je savais qu'il m'aimait. De quoi avait-il si peur, Ell ? Pourquoi n'en était-il pas capable ? Pourquoi ne pouvait-il pas dire simplement oui ? Peut-être que tout ceci aurait été différent, alors. »

J'ai laissé ses questions s'évaporer dans les ténèbres, où elles ont rejoint le million d'autres interrogations sans réponse qui flottaient au-dessus de Manhattan cette nuit-là ; pesantes, irrémédiables ; cruelles, en définitive. Personne n'avait de réponse.

La brise semblait plus fraîche tandis qu'elle filtrait à travers les volets. J'ai vidé la boîte de photographies sur le sol et nous avons passé les deux heures suivantes à faire notre sélection jusqu'à en trouver une qui nous mette tous d'accord, celle qui lui ressemblait le plus tel que nous le voyions tous ; souriant, avec le bassin du Raleigh qui miroitait derrière. Prise lors du voyage durant lequel il m'avait volé mon stylo à l'encre turquoise. En février dernier, tout juste. Lorsque nous nous étions retrouvés à Miami pour un peu de soleil hivernal. Le soleil le plus coûteux.

Nous avons choisi les mots et je suis descendue à l'imprimerie pour faire des photocopies, sous le regard respectueux du monsieur. Il en avait vu des centaines comme ça ; je n'étais qu'une parmi d'autres. J'ai simplement marché vers le sud, vers l'endroit où elles se trouvaient avant, barrant l'horizon. Sans aucune préparation. Je me cachais derrière mes lunettes noires, me démarquant de l'enfer.

Avez-vous vu mon mari ?
Mon père était serveur
Ma sœur s'appelle Erin
Nous venons tous juste de nous marier,
ma femme et moi.
Elle a disparu...

Les murs du centre-ville, placardés de poèmes, de mots, d'images et de prières, s'étiraient à perte de vue telle une fable grotesque, faite de désespoir non préparé. Les gens avançaient lentement en lisant, et lorsqu'un pompier ou un secouriste passaient à proximité, on les applaudissait un instant, mais ils gardaient la tête basse, car ils savaient. Ils savaient qu'il n'y aurait pas de survivant. Ils l'avaient su avant tout le monde. Et ils gardaient la tête basse car ils étaient si fatigués, ils n'avaient pas dormi, et comment auraient-ils pu quand ils étaient entourés de photographies implorant *Trouve-moi, trouve-moi*. Comment auraient-ils pu – voulu – dormir ?

J'ai trouvé un espace près d'une femme qui avait travaillé dans un restaurant. Elle avait l'air gentil, elle était grand-mère, alors je l'ai mis à côté d'elle. Je ne m'attendais pas à ce qu'on le trouve, pas vraiment. Je voulais simplement qu'on le regarde en se disant Il a l'air d'un gentil garçon, si seulement je l'avais connu. Quelqu'un s'est arrêté à ma hauteur.

« Mon frère », ai-je déclaré en lissant le pli qui tordait son sourire.

Il se faisait tard. Plus tard qu'il n'était dans mes habitudes pour sortir. J'étais assise au bar, face aux bouteilles et aux doseurs, mon reflet distordu intercalé entre. Derrière moi, des traînards silencieux ; abandonnés à leurs réflexions et leur alcool, sans pause entre les deux. Devant moi, du whiskey.

Je ne connaissais pas ce quartier, j'y étais pour ainsi dire anonyme. Quelques instants plus tôt, j'étais revenue des toilettes avec un bouton supplémentaire défait. C'était vulgaire, j'étais mal à l'aise, mais j'espérais me faire aborder, me trouver un cavalier ou que sais-je, même si j'avais perdu la main, perdu le contact avec ce genre de monde. Coupée d'un monde qui réclamait pareil comportement. Un homme a regardé dans ma direction. Il a souri, j'ai souri, mes critères se faisaient moins stricts. J'ai payé l'addition et suis sortie m'éclaircir les esprits. Mon cœur s'est déchiré. Il y avait si longtemps que je n'avais plus personne.

J'ai longé le bloc, dépassant des couples, un promeneur de chien, un coureur aussi. Tous avaient un objectif ; moi, j'étais sans but. J'ai pris une rue bordée d'arbres dont la symétrie était coupée par les lumières rouges et blanches d'un bistro de quartier.

Il faisait bon à l'intérieur, avec des odeurs d'ail et de café. Le patron se montrait jovial. J'étais sa seule cliente, peut-être attendait-il de pouvoir rentrer, mais il n'en a rien laissé paraître. Il m'a apporté mon café, m'a demandé comment s'était passée ma soirée, servi une part de *Torta di Nonna*. « Vous ne serez pas déçue », m'a-t-il annoncé. Il avait raison. Il m'a tendu les pages Culture de l'édition du week-end du *Times*. Gentil.

Le doux carillon a tinté au-dessus de la porte. J'ai entendu une brève conversation, suivie des grognements de la machine à espresso. J'ai levé le nez. Un homme. Qui m'a regardée. Je crois qu'il a souri. J'ai baissé les yeux, faisant mine de lire. Il a tiré une chaise pour s'asseoir près de moi. J'avais envie d'un autre café, mais j'étais remontée au quart de tour, je ne voulais pas me lever, je le sentais derrière moi. L'homme a rejoint le comptoir pour régler sa note. Ne pars pas. Regarde. J'ai tendu l'oreille, à l'affût du carillon. Rien. Des pas qui se rapprochaient.

« On a l'air dans le même état, tous les deux », a-t-il dit, les traits tirés, tristes. Il m'a tendu un autre café, un *baci* en équilibre sur la soucoupe.

Nous avons déboulé sur son seuil, masse haletante de vêtements ôtés et de mains tendues, rampant du sol au canapé puis au lit, mais ralentissant une fois arrivée à ce dernier. L'intimité surprenante du parfum et des photos, cette vie autrefois partagée, contenaient notre désir, et c'est alors qu'il a dit « On peut arrêter, si tu préfères. » Pas question. Sa bouche avait un goût de cannelle et de sucre. De café, aussi.

J'ai défait sa chemise. Sa peau était froide et boutonneuse sous mes doigts qui parcouraient son torse et suivaient la ligne de poils sur son estomac. Je me suis arrêtée à l'élastique de son pantalon. Il s'est redressé, gêné, timide même. Sa queue entre nous deux, rigide, prête. Je l'ai tenue à travers le tissu. Dessinant son contour avec mes doigts avant de la saisir. Il n'a pas bougé, pas poussé, attendant de voir ce que j'allais faire. J'ai soulevé ses hanches et ôté son caleçon blanc. Je me suis penchée. Il avait un goût de savon.

J'ai enfoui ma tête dans les oreillers tandis que ma chatte se contractait autour de ses doigts, tandis qu'ils glissaient profondément en moi, humides et rapides, poussant frénétiquement jusqu'à ce que sa queue prenne le relais, jusqu'à ce qu'il me retourne pour me faire face. Ce visage triste, ce visage beau et tendre qui n'avait pas de nom. Il s'est penché pour m'embrasser, pour l'embrasser, elle. J'ai saisi ses cheveux, plats et trempés. J'ai agrippé sa bouche, sucé sa langue. Il m'a repoussée dans les draps, mes genoux serrés autour de ses côtes, cramponnés à ce moment partagé, manœuvrant plus vite à mesure qu'il s'enfonçait en moi, expulsant tout ce qui avait été enterré, tout ce qui avait été caché, baisant plus vite, jusqu'à ce que je ressente la montée d'énergie et l'attrape, lui l'étranger, pour mordre violemment son épaule tandis que mon gémissement – que son son – remplissait la pièce, ramenant un lit à la vie, avec une couche de douleur.

Cinq heures. La vie commençait au-dehors. J'ai roulé sur le côté, épuisée ; l'entrejambe endolori. Je me suis rhabillée discrètement dans la lueur du crépuscule en le regardant dormir. Je ne laisserai pas de mot. Je me suis faufilée jusqu'à la porte.

« Ce n'était pas rien, a-t-il dit.

— Je sais. »

J'ai fait demi-tour pour le prendre dans mes bras. C'était un souffle.

Les jours s'étiraient devant moi, leurs heures interminables, dénuées de sens, aussi suis-je allée dans un café français où je n'étais pas connue et où je n'aurais pas à contrer les « Alors, des nouvelles ? » par de polis « Pas encore. » Je me suis assise près de la fenêtre pour regarder la vie passer en direction des beaux quartiers. J'ai aperçu trois jeunes femmes qui marchaient bras dessus bras dessous en riant, et je me suis rendu compte que je n'avais pas vu cela depuis des jours ; cela semblait si étrange.

Là, j'ai écrit. Rédigé la chronique, écrit sur les Disparus. J'ai écrit sur les fleurs à chaque caserne, leurs piles de un ou deux mètres de haut, et les bougies qui ne s'éteignaient jamais ; les prières qui brûlaient à travers le désespoir, parce que c'était encore les premiers jours et qu'on ne savait jamais, même si, bien sûr, la plupart des gens savaient. Les gens savaient, étendus seuls la nuit, que c'était le début, le début brut qui allait devenir leur Présent, leur Maintenant, leur Futur, leur Mémoire. J'ai écrit sur ces étreintes soudaines en plein milieu des boutiques, et sur ces funérailles quotidiennes pour les pompiers et les policiers, des funérailles qui interrompaient le flot des passants avec une volée de saluts et de larmes. J'ai écrit au sujet du paysage perdu tandis que j'étais assise sur notre banc préféré le long de la promenade près de Brooklyn Bridge ; cet endroit où nous allions pour réfléchir et où nous imaginions à quoi ressembleraient nos vies dans trois, cinq, ou dix ans.

Plus que tout, j'ai écrit à propos de *lui* – rebaptisé Max –, mon frère, notre ami, disparu depuis dix jours à présent. J'ai écrit sur ce que j'avais perdu ce matin-là. Le témoin de mon âme, mon ombre d'enfance, lorsque les rêves étaient modestes et réalisables pour tous. Quand les bonbons coûtaient un penny et que Dieu était un lapin.

Nancy est repartie travailler à L.A. Elle n'était pas prête, mais ils l'avaient rappelée, et je lui ai dit qu'elle ne serait jamais prête de toute façon, donc autant y aller.

« Je songe à revenir, m'a-t-elle confié.

— Ici, à New York ?

— Non. En Angleterre. Ça me manque.

— Ce n'est pas parfait.

— On dirait, pourtant, comparé à ça.

— Cela pourrait arriver n'importe où, ai-je remarqué. On n'est à l'abri nulle part. Cela va se reproduire.

— Mais vous me manquez, vous autres, a-t-elle ajouté. Le quotidien.

— Tu changeras de disque quand tu auras bouclé ton ceinturon de flic.

— Idiote, a-t-elle dit.

— Reviens, alors, ai-je dit en la serrant contre moi. On a besoin de toi. »

Au moment d'ouvrir la porte d'entrée et de descendre le seuil, elle s'est retournée en chaussant ses lunettes de soleil. « Ça ira pour moi, n'est-ce pas ?

— Que veux-tu dire ?
— L'avion. Ça va aller ?
— Tout ira toujours bien pour toi », ai-je répondu.

Elle a souri. Rattrapée par la peur. Même les immunisés souffraient.

Nous sommes sortis ce soir-là, rien que Charlie et moi, notre première et dernière sortie depuis mon arrivée. Nous sommes allés à leur endroit habituel, le Balthazar, où nous nous sommes assis à leur table habituelle, et même si les gens se montraient discrets, ils nous demandaient comment nous allions, et Charlie répondait « ça va, merci ».

Nous avons mangé des plateaux de fruits de mer, bu du bordeaux, mangé des steak-frites, bu plus de bordeaux, fait tout ce qu'ils avaient l'habitude de faire, et nous avons ri et nous nous sommes saoulés, jusqu'à ce que le restaurant se dépeuple et que nous puissions rester dans un coin comme les Oubliés tandis qu'on nettoyait autour de nous en échangeant des plaisanteries sur la soirée. Et c'est alors qu'il me l'a dit. À brûle-pourpoint. Il m'a parlé de cette chambre au Liban.

« On peut se raccrocher à n'importe quoi, Elly, pour tenir le coup.

— Alors, à quoi est-ce que tu t'es raccroché ? »
Pause.
« La vue d'un citronnier. »

Il m'a alors parlé de la petite fenêtre, haut dans sa cellule, sans vitre, ouverte aux éléments, sa seule source de lumière. Il grimpait jusqu'à elle et se tenait en équilibre dans le courant d'air frais, cet air frais parfumé qui le faisait se sentir moins oublié. Il ne pouvait pas rester accroché au mur très longtemps, et il retombait dans les ténèbres, où toutes les odeurs venaient de lui ; humiliantes, sales, persistantes.

Quelques jours après l'ablation de son oreille, il s'était réveillé très tard dans l'après-midi et avait grimpé jusqu'à la fenêtre pour voir qu'un petit citronnier avait été installé dans la cour. Et dans la lumière déclinante, les citrons semblaient luire, magnifiques, lui mettant l'eau à la bouche, il y avait une brise et il sentait des arômes de café, de parfum, et même de menthe. Pendant un moment il s'est senti bien, car le monde était toujours là, le monde au-dehors était bon, et quand le monde était bon, il y avait de l'espoir.

Je lui ai pris la main. Elle était froide.

« Il faut que je retourne en Angleterre, lui ai-je dit. Rentre avec moi.

— Pas sans lui », a-t-il répondu.

Je savais qu'on nous avait demandé un échantillon d'ADN pour le cas où on le retrouverait, où on retrouverait quelque chose qui lui appartenait. Je suis allée dans la salle de bains avant de partir, emballant sa brosse à dents et sa brosse à cheveux, mais pas sa préférée, au cas où il reviendrait, voyez-vous ; celle-là, je l'ai laissée de côté, près de son après-rasage, près d'un vieux numéro de *Rubgy World*. Je me suis assise sur le rebord de la baignoire, et je me suis sentie tellement coupable de rentrer à la maison en le laissant ici, mais il le fallait ; il fallait rentrer et couvrir la distance qui séparait à présent mes parents affligés. C'est ainsi que j'ai laissé Charlie là-bas, dans la maison sur laquelle nous avions travaillé des mois, la maison au nid d'oiseau et à l'ailante et à la vieille pièce d'or que nous avions trouvée en creusant un trou dans le jardin. J'ai laissé Charlie là-bas pour se charger de la ligne téléphonique, passer des appels à l'ambassade, être présent quand ils appelleraient. Charlie, le rodé du traumatisme ; Charlie, la preuve inattendue que la vie peut, parfois, prendre un tour favorable.

Tout est tellement plus petit. Les magasins ont disparu, effacés de tout sauf de notre mémoire. L'épicier, le marchand de journaux, le boucher avec la sciure par terre, et le magasin de chaussures chic où nous n'entrions jamais, ils ont tous disparu. Je ne ressens aucune tristesse, je ne ressens rien, absolument rien. Je poursuis ma route, mets le clignotant à gauche et tourne dans la rue où nous avons tous commencé.

Je ne m'arrête pas devant mais quelques maisons plus tôt, et j'aperçois le frémissement des saris maintenant, dans la constellation changeante de l'immigration. Je m'étais imaginé remonter le chemin, ce sentier qui coupait à travers l'herbe et les parterres de fleurs, pour me dresser devant la maison et sonner à la porte. « J'habitais ici, autrefois », dirais-je, et on m'adresserait sourires et invitations à entrer, peut-être même une tasse de thé, et je leur raconterais des anecdotes de notre vie et leur dirais combien nous étions heureux, et ils se regarderaient en se disant « J'espère que leur joie et leur chance déteindront sur nous aussi. »

On frappe à ma portière, bruyamment. Je me retrouve nez à nez avec un homme que je ne connais pas. Il semble en colère. Je baisse la vitre.

« Alors, vous partez, oui ? C'est chez moi, je voudrais me garer. »

Je ne dis rien à cet homme. Il ne me plaît pas, alors je me tais. Je mets le contact et pars. Je roule lentement le long de la rue, jusqu'à la voir. Je m'arrête devant. Le mur a disparu, le jardin aussi, une voiture est garée là où s'épanouissaient autrefois les parterres de fleurs. Il y a un porche, et j'aperçois des manteaux suspendus dans la condensation. Je suis une étrangère. Je continue de rouler. Rien n'est comme il devrait.

Je consulte ma montre. Tard. J'ai froid. J'attends que les lumières de la maison s'éclipsent. L'allée a la même odeur ; je suis seule. J'aperçois le mouvement d'un renard. Il s'approche – ils sont urbanisés, à présent – j'envoie des cailloux dans sa direction et il détale, pas effrayé pour deux sous, mais agacé. Je regarde par-dessus la clôture. À ce moment même, les dernières lampes s'éteignent. Me voilà nerveuse, à présent ; définition des ombres tout autour. Est-ce un homme ? Je me plaque contre le vieux portail. Le sang battant dans mes veines. *Avance, avance, avance*. J'entends ses pas s'éloigner sur le gravier. Je compte le silence qui reste.

Je soulève le loquet avec aisance et bloque le portail avec une brique. Le rayon de la petite torche est étonnamment puissant, et le fatras de détritus au fond du jardin semble intact, si l'on excepte l'addition d'excréments de renard et d'une vieille tennis. Une demi-carcasse de poulet.

Je creuse à travers les feuilles humides jusqu'à atteindre la terre. Je suis la ligne le long de la clôture et mesure la largeur d'une main. J'écarte des poignées de terre jusqu'à sentir la surface froide de la boîte en fer. Je la dégage et en essuie le couvercle : biscuits assortis (nous les mangions tous).

Je ne remets rien en place, ne couvre pas mes traces. On accusera un renard. Je veux m'éloigner d'ici. Je retire la brique d'un coup de pied et verrouille le portail. Je m'éloigne à grands pas. Les ténèbres enveloppent mon sillage. Je ne suis jamais venue ici.

Le Polaroid semble étonnamment clair dans la lumière du petit matin. La fille qui était devenue un garçon. Je souris (je me cache). Le Noël de mon lapin. Laisse quelque chose derrière toi, avait-il dit.

J'attrape mon café. Je me couvre de plus belle et jette un regard par-dessus la familiarité de mon monde adulte. Je déplie sa lettre. Le gribouillis de son écriture d'adolescent me prend à la gorge – à mes yeux, un fatras de hiéroglyphes. Pour libérer, pour expliquer.

choix Golan. était jeunes, c'est tout. autrement la mort. dire à quelqu'un, pas toi Elly, faute. Lâche. parfaite toujours veiller sur TOI toujours.

Je suis arrivée alors que le froid de cette après-midi grisâtre s'abattait sur la gare, sonnant mon arrivée avec la promesse de rien. La gare était silencieuse ; un seul autre passager a débarqué en même temps que moi, qui portait sa maison sur son dos et a remonté la colline à l'allure expérimentée du marcheur professionnel. Je l'ai laissé prendre de l'avance.

Je n'avais prévenu personne de ma venue, pas même Alan, me contentant de prendre un taxi local à la sortie de la gare. En réalité, j'aurais préféré rester à Londres, loin de tout ce qui disait « Ceci est Joe »; car panoramas, parfums et arbres étaient tous lui, comme ils étaient moi, entremêlés que nous étions dans ce paysage, forgés, enracinés, retenus.

J'ai demandé à être déposée au sommet de la route, près du vieux portail, à côté de l'inscription mousseuse annonçant *TREHAVEN* que nous avions vue pour la première fois vingt-trois ans auparavant, lorsque nous nous tenions prêts, au bord de l'aventure, moi avec le timide désir de recommencer ma vie, lui avec un cœur brisé qui n'avait jamais cicatrisé.

Il faisait froid, j'étais vêtue trop légèrement, mais le froid me faisait du bien, il m'éclaircissait l'esprit, me permettait de m'arrêter pour tendre l'oreille à l'écoute du faible forage d'un pic-vert. Alors que la colline me rapprochait de la maison, l'espace qu'il avait laissé s'est emparé de moi, et quelque chose, quelque part dans cet espace, m'a murmuré *Il est toujours là*. Je l'ai entendu alors même que la colline me propulsait vers le silence des repas et de la peine dissimulée, des albums photo ouverts sortis de leurs tiroirs humides. *Il est toujours là*, disait le murmure tandis que mon pas se faisait plus pressant et que mes larmes tombaient, *toujours là*, jusqu'à ce que je me mette à courir.

Ils étaient dans la cuisine, tous les trois, en train de boire du thé et de manger de la génoise. C'est Nelson, le chien guide d'Arthur, qui m'a remarquée en premier, le petit labrador chocolat qui était devenu ses yeux un an plus tôt, lorsque les miens ne pouvaient plus s'y consacrer à temps plein. Il a bondi vers la porte en aboyant, et j'ai vu Arthur sourire car il connaissait cet aboiement, connaissait son sens, et ma mère et mon père se sont levés pour accourir vers moi, et tout semblait étrangement normal en ce premier instant de mon arrivée. Ce n'est qu'une fois montée dans ma chambre que les failles ont commencé à apparaître.

Je ne l'avais pas entendue derrière moi ; sa perte de poids avait allégé son pas, à moins que je n'eusse été distraite par la soudaine émergence d'une photographie sur ma commode, un cliché de Joe et de moi aux Plymouth Navy Days, quand nous étions jeunes, un cliché que je n'avais pas revu depuis presque quinze ans. Il portait une casquette de marin qui m'avait donné envie de rire, mais le positionnement de la photo n'avait rien d'ironique, aussi me suis-je retenue. Ma mère l'a saisie pour la contempler – passant ses doigts sur le visage de son fils, lui caressant le front.

« Nous avons eu tellement de chance de l'avoir », ai-je dit.

Ma mère a reposé la photographie avec délicatesse.

Silence.

« Je n'ai jamais été du genre folle, Elly, ni hystérique. Toute ma vie, j'ai été rationnelle, aussi quand je te dis qu'il n'est pas mort, ce n'est pas par simple souhait ni par espoir, c'est rationnel ; c'est une pensée lucide.

— OK, ai-je répondu, entreprenant d'ouvrir mon sac.

— Ton père pense que je suis dingue. Il s'éloigne dès que je commence à en parler, en disant que c'est le chagrin qui me fait perdre la tête, qui me fait dire tout ça, mais je le sais, Elly. Je le sais je le sais je le sais. »

J'ai arrêté de défaire mon sac. Interrompue par l'emprise désespérée de ses paroles.

« Où est-il, alors, maman ? »

Elle était sur le point de me répondre quand elle a vu mon père, debout dans l'encadrement de la porte. Il l'a regardée, s'est approché de moi et m'a tendu une pile de vieux numéros du *Cornish Times*.

« Je me suis dit que ça pourrait t'intéresser, a-t-il dit avant de ressortir de la pièce avec à peine un regard pour ma mère.

— Reste », ai-je lancé, mais il a choisi de ne pas m'entendre. Ses pas se sont faits lourds et tristes dans l'escalier en chêne.

Je l'ai retrouvé dans son atelier. Une silhouette voûtée, soudain vieillie. Une lampe improvisée était accrochée à une étagère juste derrière lui. Son visage paraissait doux et masqué dans la poussière illuminée, ses yeux sombres et tristes. Il n'a pas levé le nez quand je suis entrée, aussi suis-je allée m'asseoir dans le vieux fauteuil, celui que nous avions ramené de notre vieille maison en terrasse de l'Essex, celui qui était recouvert de coton sergé orange brûlée.

« Je ferais n'importe quoi, a-t-il dit, n'importe quoi pour le faire revenir. Je prie, je ne demande qu'à la croire, je t'assure. Et j'ai le sentiment de la trahir. Mais j'ai vu les images, Elly. Et chaque jour, j'entends parler des victimes. »

Il a attrapé une feuille de papier de verre et s'est mis à poncer l'arête de la bibliothèque qu'il avait presque terminée.

« J'ai toujours su que quelque chose de ce genre allait arriver. Il y a toujours eu cette épée de Damoclès qui planait au-dessus de notre famille. Quelque chose qui attendait son heure. Je n'ai plus le cœur à l'espoir. Parce que je ne le mérite pas. »

Il a interrompu son travail pour se recourber au-dessus de son banc. Je savais à quoi il faisait de nouveau allusion, et je lui ai répondu à voix basse « Tout ça, c'était il y a bien longtemps, papa.

— Pas pour sa famille, Elly. Pour eux, c'est comme si c'était hier, a-t-il dit. Leur chagrin est devenu le mien à présent. La boucle est bouclée. »

Je suis restée étendue sur le banc, frissonnante, jusqu'à ce que la nuit s'étende avec moi et que la lune se fraie un chemin à travers la canopée. Les feuilles refusaient de céder, se cramponnant fermement dans le froid soudain qui précédait le crépuscule ; elles ne tomberaient pas – pas ce soir, en tout cas.

Les sons de créatures et de mouvements invisibles – autrefois le son de la peur rampante – m'étaient devenus familiers, doux. Je respirais la froide humidité, le frisson terrien, remplissant mes narines et étouffant ces feux qui faisaient encore rage en moi. Le sommeil était mien. Libérée de tout rêve, j'ai dormi longtemps, longtemps jusqu'aux petites heures du jour où je me suis réveillée avec la pluie. Le matin était presque là tandis que le soleil encerclait les confins de la forêt. Je me suis redressée sur le banc ; le dos sec. J'ai tâté ma poche, en tirant une barre de chocolat à moitié consommée. Du chocolat noir, amer, le préféré d'Arthur. J'en prenais toujours avec moi lorsque nous sortions nous promener. J'en ai cassé un carré que j'ai laissé fondre dans ma bouche. Un peu trop amer pour le petit déjeuner, mais j'étais contente de l'avoir.

J'ai entendu le bruissement d'abord et j'ai su ce que c'était avant même de le voir. Je ne l'avais pas vu depuis des mois, presque un an, peut-être. Ses yeux noirs et intenses sont apparus d'une pile de feuilles, suivis de sa robe noisette, son nez pointu se tortillant en signe de reconnaissance. Il s'est arrêté devant moi, comme s'il voulait quelque chose. J'ai tenté de le faire fuir de mon pied, mais il n'a pas bronché cette fois ; il est resté là, à me regarder fixement. Il n'a même pas sursauté à la sonnerie de mon téléphone, cette sonnerie si crue dans la pénombre du petit matin. Ses yeux n'ont pas quitté les miens tandis que je décrochais avec un « Allô ? » nerveux. Il a continué de me dévisager pendant que j'écoutais sa voix – à présent tellement plus âgée – tandis qu'elle me disait « Elly, je ne peux pas te parler longtemps », exactement comme elle l'avait fait vingt et un ans auparavant. « Écoute-moi, n'abandonne pas. Il est en vie, je sais qu'il est en vie. Fais-moi confiance, Elly. Il le faut. »

Ses yeux n'ont jamais quitté les miens.

Je n'ai pas pris de douche, me contentant d'enfiler un vieux pull de pêcheur acheté presque quinze ans plus tôt. Il avait perdu son élasticité et pendait tout droit le long de mes hanches, béant à l'encolure, aussi. Joe avait pour habitude de dire que c'était mon confort. Peut-être avait-il raison. Il me semblait épais et rustique après les cotons estivaux ; il semblait défiant ; comme si l'hiver était à portée de main.

Arthur était assis à la table du petit déjeuner quand je suis descendue. Il écoutait sa radio de poche, une oreillette solitaire enfoncée dans son oreille gauche. Les deux autres avaient laissé un mot : « Partis acheter de la peinture à Trago

Mills ». De la peinture ? Je ne savais s'il fallait s'en réjouir ou non. C'était un début, c'est tout ce que je me répétais. Quelque chose qu'ils faisaient ensemble.

« Du café, Arthur ? ai-je proposé en désossant un croissant.

— Non merci, ma chérie, ça va. J'en ai déjà pris trois, j'ai des palpitations.

— Mieux vaut pas, alors.

— C'est ce que je me suis dit aussi. »

Je me suis accroupie et Nelson a accouru vers moi. Je l'ai embrassé, le grattant derrière la tête et lui donnant un morceau de ma viennoiserie, qu'il a essayé, en vain, de refuser. Il se donnait tellement de mal pour agir en conscience, mais nous, en tant que famille, l'avions gâté. Du jour où il était arrivé, sérieux et plein de bonnes intentions, tout ce que nous voyions, c'était la plus jolie des âmes, que nous traitions comme telle, jusqu'à ce que sa détermination se mue en une distraction volage ordinaire. Et tandis que je lui frottais le ventre, sa sveltesse était à présent remplacée par les rondeurs, car il était devenu le réceptacle du chagrin de mes parents et mangeait tout ce qu'on lui offrait ; leur évitant à chacun de nourrir le mal-être qui les rongeait.

J'ai apporté mon café sur la table et me suis assise.

« C'est tellement calme, ici, sans vous autres, a-t-il dit en éteignant son poste. C'est votre absence qui me vieillit. »

J'ai tendu la main pour tenir la sienne.

« Je n'arrive pas à y croire. Je pensais avoir laissé pareille violence derrière moi », et il a sorti son mouchoir impeccablement repassé pour se moucher silencieusement. « Je suis prêt maintenant,

Elly. Prêt à partir. La peur a disparu, en même temps que mon désir de vivre. Je suis si las. Las de dire au revoir à ceux que j'aime. Je suis désolé, ma chérie. »

Je lui ai embrassé la main. « Il y a une nouvelle famille de hérons au bord de la rivière, je crois. Papa les a entendus l'autre jour. Le plus jeune devrait pouvoir prendre bientôt son envol. Que dis-tu d'aller les trouver ? »

Il m'a pressé la main. « Ça me ferait plaisir », a-t-il dit, et j'ai terminé mon café et déposé les restes de mon croissant dans la gueule reconnaissante de Nelson.

Un vent vivifiant traversait la vallée, portant avec lui des pluies occasionnelles et l'odeur du sel, et l'eau hachait et giflait les flancs du bateau tandis qu'Arthur criait de plaisir. Nelson se tenait à l'avant comme une figure de proue, jusqu'à ce qu'un vol d'oies du Canada le fasse sursauter en prenant un envol inattendu. Il est descendu se cacher derrière les jambes tièdes et grêles d'Arthur. J'ai coupé le moteur et ramé le long de la rive à la recherche des gros nids que les hérons construisaient toujours au niveau de l'eau en bordure de cette zone. Nous nous sommes cachés entre les branches tombantes, nous arrêtant pour écouter les sons distincts de la rivière, et tandis que nous demeurions étendus sur un banc de sable couvert, les verts luisants, les vert-de-gris et les verts noirs des plantes aquatiques nous entouraient et se fondaient avec la vague sombre qui soudain remontait la rivière comme une épaisse fumée noire. C'est à peine si j'ai eu le temps de tirer la lourde bâche au-dessus de nous avant que l'éclair flashe et que la pluie se mette à tomber.

« Oh, je vois tout », s'est écrié Arthur tout en titubant sous la pluie, le visage tendu vers le déluge, couinant tandis que l'urgence folle de la nature venait fouetter ses sens à l'affût. L'air roulait avec le grondement du tonnerre, les éclairs rebondissant d'un champ à l'autre.

« Arthur ! Reviens ! » ai-je hurlé alors qu'il s'approchait du rivage.

Tonnerre et lumière ont triomphé de plus belle, le bruit déchiré du bois fracturé résonnant à travers la vallée ; le lourd crépitement de la pluie tandis qu'elle atteignait la surface de la rivière avant de se voir emportée par la masse montante. Nelson tremblait derrière les jambes d'Arthur, lequel s'est remis à crier sous l'orage, pestant contre la perte de son garçon, ce doux garçon béni qu'il ne percevrait et ne reconnaîtrait plus.

Je n'ai pas entendu la sonnerie de mon téléphone, pas la première fois – le vacarme assourdissant, peut-être, ou l'inconstance du signal qui flanchait pendant les tempêtes. Mais l'orage s'est déplacé, nous laissant sous le faible jet d'une pluie ensoleillée, et c'est là que je l'ai entendu, sa sonnerie ricochant soudain au beau milieu de l'épuisement silencieux de la vallée meurtrie.

« Elly, a dit la voix.
— Charlie ?
— Elly, ils l'ont retrouvé. »

Le moment que j'avais attendu. Je me suis agrippé le ventre. Les jambes soudain tremblantes. J'ai pris la main d'Arthur. Qu'avaient-ils retrouvé ? Quelle chose avaient-ils dénichée qui ait pu clamer son identité ? Et comme s'il pouvait lire mon silence, il a rapidement ajouté : « Non, Elly. Ils l'ont *retrouvé*. Il est vivant. »

...aux yeux des passants on aurait dit un homme assis sur un banc surplombant Lower Manhattan, profitant d'un moment de quiétude solitaire loin de sa femme, voire de ses enfants, des pressions de son travail. On aurait peut-être dit un insomniaque, à l'instar de tous ces joggeurs qui parcourent la promenade aux petites heures du jour. On aurait peut-être dit tout ça, parce qu'il était dans l'ombre des arbres et que personne n'était assez proche pour voir qu'il avait les yeux fermés ; pas assez proche pour voir le filet de sang coulant de son oreille ni la sombre tache humide qui maculait les boucles sur sa tête enflée ; parce qu'ils n'étaient pas assez proches pour voir, il aurait tout aussi bien pu être un ivrogne assis sur un banc aux petites heures du jour. Et personne ne s'intéressait aux ivrognes.

Il a été trouvé inconscient à trois heures du matin le 11 septembre 2001, sur un segment de la promenade à Brooklyn Heights, un endroit où il allait souvent pour réfléchir à la vie.

C'était loin à pied de sa maison, Jenny, mais il faisait ça la nuit, au lieu d'aller courir. Il adorait le pont, adorait le traverser à pied, sans jamais craindre l'agressivité vacante de la ville tapie dans les ténèbres, car elle l'exaltait, l'enhardissait. Peut-être l'excitait-elle, tout simplement. Il a été trouvé par un jeune homme venu lui demander du feu, un homme qui a vu de près l'hématome autour de sa bouche, les traits enflés de sa tête cabossée. Ce jeune homme lui a sauvé la vie en appelant la police.

On n'a rien trouvé sur lui. Ni portefeuille, ni téléphone, ni clés, ni argent, ni montre. Rien pour dire qui il était ni d'où il venait. Il ne portait qu'un t-shirt rouge délavé, un vieux chino, et des sandales marron. Il n'a jamais été frileux. Pas comme moi. Rappelle-toi comme je frissonnais.

On l'a transporté aux urgences, où on a drainé le fluide et travaillé sur son crâne jusqu'à ce que l'œdème se résorbe. On l'a transféré en soins intensifs, où on l'a mis avec quatre autres patients, et il est resté là, en attendant que ses esprits lui reviennent et ordonnent gentiment au reste de son corps de se réveiller et de vivre. Et il est resté là, en paix, apparemment, immunisé, jusqu'au matin où il s'est réveillé et a tenté d'arracher le tube de sa bouche. Il ne se rappelait ni son nom ni son adresse ni ce qui lui était arrivé. Ni ce qui allait advenir. Il ne le sait toujours pas.

Tout ceci est avéré. Ce que nous venons d'apprendre. Je te tiendrai au courant, Jenny, au fur et à mesure.

Ell xx

Elle s'appelait Grace. Grace Mary Goodfield, pour être exacte, elle était infirmière certifiée, depuis vingt-six ans et sans aucune intention de prendre sa retraite dans l'immédiat. Ses parents venaient de la Louisiane, où elle passait encore ses vacances.

« Vous y êtes déjà allé ?
— Non, pas encore », a répondu Charlie lors de leur première rencontre.

Elle vivait seule à Williamsburg, au rez-de-chaussée d'une vieille maison brownstone, un endroit joyeux, avec de bons voisins aussi bien au-dessus qu'en dessous. « Suffisamment de place pour moi, disait-elle. Enfants comme mari ont fui depuis longtemps. »

Comme beaucoup d'autres, elle n'était pas censée travailler le 11 septembre. Elle assurait principalement des services de nuit cette semaine-là, et avait prévu de consacrer sa matinée à remplacer ses rideaux par de nouveaux, plus lourds, en prévision de l'automne à venir. Mais avant même la chute des tours, elle s'était précipitée à l'hôpital pour prendre son poste comme tous les autres, attendant la mêlée des survivants et leurs histoires de chance pour ceux venant des étages supérieurs. Mais, comme nous le savons, cela ne s'est pas passé ainsi.

On n'avait pas besoin d'elle aux urgences, aussi avait-elle gagné son bureau à l'étage des soins intensifs et fait le tour des chambres pour remonter le moral des troupes, distribuant des cookies, et ce toujours avec le sourire, car elle était la meilleure des chefs de service, connaissait son équipe, connaissait ses patients. À l'exception du nouveau, celui qui était inconscient. Lui, personne ne le connaissait.

Elle l'appelait Bill, en souvenir d'un ancien petit ami qui aimait dormir. Elle s'asseyait à son chevet lorsque les autres patients avaient de la visite, lui tenait la main pour lui raconter sa vie ou lui dire ce qu'elle s'était fait à manger la veille. Elle essayait de le trouver sur les sites Internet de personnes disparues, mais cela ne menait nulle part, car ils étaient des milliers. La police voulait l'aider, mais ils ne pouvaient rien faire tant qu'il était dans le coma, leurs esprits et ressources étant dirigés ailleurs ; vers cette horreur qui se déployait derrière ces murs sécurisants.

Elle inspectait ses vêtements, les maigres possessions emballées dans son casier, sans rien pouvoir en déduire de sa vie. Ce vain anonymat l'effrayait. Elle craignait qu'il ne meure perdu, sans que personne ne le sache ; ni ses parents, ni ses amis. Je serai là pour vous, avait-elle dit un soir en partant après une garde particulièrement difficile.

Elle apportait différentes huiles et senteurs qu'elle plaçait sous son nez. Tout était bon pour stimuler sa mémoire. Elle présentait la lavande, la rose et l'encens à son esprit, le café aussi, de même que son dernier parfum en date – Chanel N° 5 –, que Lisa, des urgences, lui avait ramené de Paris. Elle encourageait les quatre autres patients à lui parler s'ils s'en sentaient l'énergie, et bientôt les histoires de guerre, de sexe, de baseball se répercutaient dans la pièce, ne baissant de volume qu'en présence des infirmières dans ce qui rappelait plus un vieux bar que l'unité de soins que c'était réellement. Parfois, elle apportait de la musique, portant un écouteur à son oreille avec tendresse. Lui donnant dans la trentaine, elle calculait quelles chansons avaient pu l'accompagner dans sa vie. Elle lui passait du Bowie, du Blondie, du Stevie Wonder – tous empruntés à son voisin, celui qui habitait au-dessus.

Près de trois semaines plus tard, elle avait reçu l'appel. Janice avait surgi pour lui annoncer que Bill s'était réveillé. Grace avait appelé un docteur. Lorsqu'elle était entrée dans la chambre, il était en train d'arracher son respirateur, paniqué, le bras gauche léthargique. « Tout va bien, avait-elle dit. Tout va bien », et elle lui avait caressé la tête. Il avait essayé de s'asseoir de lui-même et demandé de l'eau. On lui avait dit de boire lentement, de ne pas parler. Ses yeux avaient parcouru rapidement la pièce. Gerry, dans le lit près de la porte, avait lancé : « Bon retour parmi nous, gamin. »

Lorsqu'il eut repris suffisamment de forces, la police était revenue.

« Comment vous appelez-vous ? avaient-ils demandé.
— Je ne sais pas.
— D'où venez-vous ?
— Je ne sais pas.
— Où habitez-vous ?
— Je ne sais pas.

— Y a-t-il quelqu'un que nous puissions contacter ? »

Il leur avait tourné le dos.

« Sais pas. »

Il avait repris du poil de la bête les jours suivants. Mangeait bien, se remettait lentement à marcher, mais ne se rappelait toujours rien. Il reconnaissait les tours jumelles comme un ensemble architectural, non comme un endroit qu'il aurait visité pour des réunions, un endroit qui aurait abrité des gens qu'il aurait perdus. On l'avait transféré des soins intensifs à une chambre individuelle. Pas de nouvelles de la police. Grace gardait un œil sur lui, essayait de le voir tous les jours, lui portait des fleurs et continuait de l'appeler Bill ; cela ne le dérangeait pas. Ils discutaient d'articles de magazines et regardaient des films. Il avait regardé un film avec l'actrice Nancy Portman et décidé qu'il l'aimait bien, la trouvant drôle. À cet instant, il aurait été aux anges d'apprendre qu'elle était sa tante, mais il ne le savait pas, bien sûr. Il demeurait enfermé dans un monde réduit au seul présent.

Grace savait qu'il finirait par être transféré dans un hôpital psychiatrique public une fois en meilleure forme, ce qui ne ferait que l'enfoncer encore plus, le dissimulant dans un système dont il lui serait impossible de sortir à moins de retrouver la mémoire.

Il se tenait à la fenêtre, silhouette esseulée, chantant une mélodie qu'il avait entendue à la télévision. Il s'était retourné avec un sourire.

« Et cette dent, vous savez comment vous l'avez perdue ? » lui avait-elle demandé en désignant sa bouche.

Il avait remué la tête. « Une bagarre, probablement.
— Vous ne semblez pas du genre bagarreur, avait-elle remarqué. Trop doux pour ça. »

Puis, un soir, alors qu'il dormait, Grace était allée sortir ses vêtements du casier une dernière fois. C'était le seul indice à sa disposition. Elle avait isolé le t-shirt rouge délavé et remarqué une fois de plus le dessin effacé d'une femme – une starlette, peut-être ? – surmonté des mots *Six* et *Judy's*, à peine visibles. Elle l'avait retourné. Et avait lu avec peine : *Chantez de tout votre C* au dos.
C'était tout ce dont elle disposait.
Elle avait tapé *Six Judy's* et cliqué RECHERCHE. Attendu. Rien sur la première page. Elle avait attrapé son café. Un goût rance. Elle s'était levée en s'étirant.
Avait cliqué sur la deuxième page.
Le dernier mot était *Cœur*. C'était la dix-neuvième entrée :
Un chœur pour la charité
Les Six Judy's sont un chœur masculin spécialisé dans les chansons de Broadway et de l'âge d'or hollywoodien. Nous sommes une association à but non lucratif soutenant diverses œuvres, parmi lesquelles l'Unicef, HelpAge USA, la Coalition pour les sans-abri, l'Institut de recherche contre le cancer, ainsi que certains projets plus personnels tels que la collecte de fonds pour des greffes de rein ou des pontages aorto-coronariens. Pour plus d'informations, merci de contacter Bobby au numéro suivant.

Il était tard, trop tard pour appeler, mais elle l'avait fait quand même. Un homme lui avait répondu. Il n'était pas fâché, juste fatigué. Elle lui avait demandé si un de leurs chanteurs manquait à l'appel. Un seul, avait-il répondu. Je crois que je l'ai retrouvé, avait-elle dit.

« Il lui manque une dent à l'avant. »

Il me tournait le dos, encadré par la fenêtre. Dehors, les arbres commençaient à changer de couleur. Un avion est passé de droite à gauche, effleurant le sommet de sa tête, laissant derrière lui un panache de blanc éclairé par le soleil intermittent. Un jour normal à l'extérieur. À l'intérieur, il y avait un vase de fleurs, de simples roses roses que Charlie avait apportées quelques jours plus tôt ; c'était tout ce qu'il avait pu trouver. Je n'avais rien ramené. Je me suis soudain sentie intimidée, effrayée peut-être, par tout ce qu'il n'était pas. Il portait la chemise que je lui avais achetée à Paris, mais il ne le savait pas ; il ne me connaissait pas.

J'avais eu des jours pour me préparer à ce moment. Depuis le coup de téléphone où nous avons redirigé notre bateau battu par la tempête vers le port pour remonter avec enthousiasme la pente menant à la maison et à mes parents. Et depuis le moment où je m'étais dressée devant eux pour leur répéter tout ce que Charlie avait dit, et où ma mère avait répondu « Peu importe, il est avec nous, c'est tout ce qui compte. » Et depuis le moment où mon père l'avait regardée en murmurant « Je suis désolé », et où elle l'avait serré contre elle en disant « Il nous est revenu, mon chéri. Tu n'as pas à être désolé. »

Charlie m'a lâché la main en me faisant signe d'avancer.
« Salut », ai-je lancé.
Il s'est retourné avec un sourire, il était exactement le même ; plus reposé, peut-être, mais sans aucune marque visible, pareil qu'avant.
« Tu dois être Elly ? » a-t-il dit avant de porter la main à sa bouche et de commencer à se ronger les ongles ; un geste qui le caractérisait. « Ma sœur.
— Ouais. »
Je me suis approchée de lui avec l'intention de le prendre dans mes bras, mais il m'a tendu une main, que j'ai serrée, qui semblait froide. J'ai désigné sa bouche.
« Tu t'es fait ça en jouant au rugby, au fait.
— Ah, je me demandais justement », a-t-il répondu.
Je n'avais pas revu cet espace depuis des années, quand il avait cassé sa couronne sur un morceau de coquille de crabe rebelle. Je me suis demandé s'il fallait le préciser. Je ne l'ai pas fait.
Il a regardé Grace avec un haussement d'épaules.
« Le rugby, a-t-il dit.
— Vous voyez, je vous avais bien dit que vous n'étiez pas du genre bagarreur, Joe. »
Elle prononçait « Joe » comme s'il s'agissait d'un mot nouveau.

Il fallait y aller doucement. C'est ce que disaient les médecins. Il était comme un album de photos vierge. J'avais envie de repositionner toutes les photos, mais les médecins me disaient qu'il était important pour lui d'en créer de nouvelles.

Allez-y doucement, disaient-ils. Mes parents comptaient sur Charlie et sur moi pour le ramener à la maison. Mais pas tout de suite, disaient les médecins. Allez-y doucement. Travaillez à reculons. Laissez-le se déconstruire tout seul. Allez-y doucement.

Je l'ai vue dans le couloir pendant que je parlais à mes parents. Elle refaisait les lacets de ses chaussures noires pratiques, conçues pour le confort, non pour la mode. Qu'est-ce que j'en ai à faire, de la mode ? pouvais-je l'entendre dire dans ma tête. Mes parents m'ont demandé de la leur passer, l'ont remerciée, invitée en Cornouailles pour aussi longtemps qu'elle le désirait ; « pour toujours », criait mon père bredouillant, et il était sincère, bien sûr. Grace Mary Goodfield, qui sentait si merveilleusement le Chanel et l'espoir. Je vous connaîtrai pour le restant de mes jours.

Charlie et moi avions déjà fait nos adieux. Nous attendions, assis sur le lit.

« Eh bien, Monsieur Joe, a dit Grace. Nous y voilà.

— Je sais. »

Elle lui a tendu les bras tandis qu'il s'approchait d'elle.

« Merci, a-t-il dit. Merci. »

Et il lui a murmuré à l'oreille quelque chose que ni Charlie ni moi n'avons pu entendre.

« Gardez le contact, surtout. Si vous pouviez obtenir de votre tante qu'elle nous envoie des photos dédicacées pour tout le monde... Des vêtements pour la tombola, aussi, ce serait chouette, a-t-elle ajouté en riant.

— On vous l'enverra en personne. Pour assurer quelques gardes, ai-je déclaré.

— Ça lui fera les pieds, a renchéri Charlie.
— Encore mieux », a dit Grace.
Silence gêné.
« Et n'oubliez pas – la Louisiane – c'est toujours agréable au printemps.
— Au printemps, alors, avons-nous répondu.
— Je ne vous oublierai jamais, a dit Joe.
— Je vous l'avais bien dit, que vous n'étiez pas du genre bagarreur », a-t-elle dit en désignant sa bouche.

Je suis là mais je ne t'appartiens pas.

*

Il s'appuyait contre la fenêtre du taxi, distant, silencieux, non communicant. Nous avons traversé le pont. Les lumières ont égayé le crépuscule, et le visage de Joe s'est détendu devant le panorama qui s'offrait à lui.

« Mon Dieu », s'est-il exclamé tandis que le monde illuminé enflammait son imagination, jusqu'à ce que je comprenne, naïvement, que c'était sans doute la première fois qu'il le voyait.

« Et les tours, où étaient-elles ? » a-t-il demandé.

Charlie lui a montré du doigt. Il a acquiescé et nous n'en avons plus parlé ; ni de ce jour-là, ni de l'endroit où on l'avait trouvé, ni combien il était attaché à ce pont – nous avions tout le temps pour cela. Nous nous sommes contentés de suivre son regard, goûtant à nouveau en silence l'émerveillement de la ville, comme ni l'un ne l'autre ne l'avions perçu depuis des années.

Charlie a payé le chauffeur et nous sommes descendus de voiture. J'ai ressenti un froid soudain auquel je n'étais pas préparée.

« C'est chez toi », ai-je annoncé à Joe avant de grimper les marches en m'attendant à ce qu'il me suive. Mais non. Il a erré jusqu'au milieu de la chaussée pour regarder de chaque côté de la rue ; tentant de prendre des repères, je suppose. Il semblait nerveux à l'idée de pénétrer dans un environnement qui lui donnerait des indices quant à son identité.

Charlie lui a tapoté le dos, l'encourageant à prendre la direction de la porte. « Allez », a-t-il dit avec le plus grand naturel.

L'entrée était illuminée. Je pouvais encore sentir l'odeur des chandelles que nous avions allumées deux nuits plus tôt ; la nuit où Charlie m'avait expliqué à quoi m'attendre, la nuit où nous nous étions saoulés jusqu'à une heure indue.

La maison était chaleureuse, la lumière projetait des ombres autour de la cheminée et de l'escalier, agrandissant étrangement les pièces. Joe est entré à ma suite ; il s'est arrêté pour contempler l'intérieur en silence. Il a regardé les photos sur les murs de l'entrée – un trio de Nan Goldin pour lequel il avait payé une fortune –, toujours sans un mot, avant de courir à l'étage. Nous l'avons entendu faire les cent pas sur les deux seuils puis revenir vers nous pour nous dépasser et rejoindre la cuisine en dessous. Nous l'avons entendu ouvrir la porte de derrière. S'élancer sur l'escalier de secours.

Je l'ai croisé à nouveau dans le salon. J'étais en train de m'agenouiller devant la cheminée, une petite pile de baguettes à la main.

« Je peux m'en occuper », a-t-il proposé avant de les placer sur le lit de papier journal n'attendant plus qu'une allumette. C'était l'un de ces nombreux moments où sa mémoire, arrivée à un carrefour, l'autorisait à retrouver son savoir-faire pour allumer un feu, mais pas à se rappeler quand il l'avait fait pour la dernière fois, ni avec qui. Il s'est tourné vers moi avec un sourire. Il allait apprendre à sourire souvent ; lorsqu'il était à court de mots ; lorsque la politesse, la peur de blesser – toutes choses dont les familles ne s'encombrent guère – s'interposaient entre nous.

« Est-ce que tu crois que tu pourrais leur parler ? lui ai-je demandé. Je pense qu'ils seraient heureux d'entendre ta voix.

— D'accord, a-t-il répondu. Comme tu voudras. »

Je l'ai laissé seul dans la chambre. J'ai saisi un mot ici ou là, comme « maison », « vais bien », et surtout beaucoup de « Grace », j'ai alors compris que c'était ma mère au bout du fil, cette femme qui n'imposait jamais sa conversation, qui savait attendre un peu plus longtemps parce qu'elle avait déjà attendu et qu'il lui suffisait de savoir qu'il était de ce monde.

Il nous a retrouvés dans la cuisine. Descendant l'escalier comme s'il était fragile. Je lui ai tendu un verre.

« Tiens, ai-je dit avant de lui verser du vin. C'était ton préféré.

— Okay », a-t-il répondu avec gêne.

Nous l'avons regardé boire.

« C'est bon. » Il a présenté son verre à la lumière. « Il est cher ?

— Terriblement, oui.

— J'en ai les moyens ?

— Je pense. Tu pourras vérifier l'état de tes comptes demain, si tu veux.

— Je suis riche ?

— Tu t'en tires bien.

— Ai-je assez pour une donation ?

— Je n'en sais rien, ai-je dit avec un haussement d'épaules. Tu veux léguer tes biens ?

— Je ne sais pas ce que je veux », a-t-il répondu en se resservant.

Il écoutait tout d'abord nos histoires du quotidien ou de ma vie à Londres, mais partait brusquement se coucher ou sortait de la pièce, et c'était ça le plus dur ; ce soudain ennui que lui inspiraient ces gens qu'il ne connaissait pas ou plus, qu'il n'avait nullement la curiosité de connaître. Seules l'intéressaient les histoires concernant Grace, les films qu'il avait vus à l'hôpital, Gerry aux soins intensifs, ou encore les portiers, toutes ces histoires précieuses de sa vie post-accident, ces cinq semaines de sa vie qui se répercutaient avec la contagion de son souvenir. De cette vie dont nous ne faisions pas partie.

« Qu'est-ce que tu écris ? m'a-t-il demandé un jour après une visite de contrôle à l'hôpital.

— Une chronique pour un journal. C'est ce que je fais. Mon travail.

— Ça parle de quoi ?

— Toi, en partie. Je t'ai rebaptisé Max. Et Charlie. Et Jenny Penny.

— Qui est-ce ?

— Une amie d'enfance. Tu l'as connue à l'époque. Là, elle est en prison. Pour avoir tué son mari.

— Sympa, ta copine », a-t-il dit en riant. Insouciant.

Cela m'a déstabilisée. Il me déstabilisait.

« Oui, tu l'as dit », ai-je répondu à voix basse.

Nous nous sommes rapprochés autant que possible. L'odeur de carburant brûlé avait laissé la place à la pestilence de l'indicible. Il a lu les photocopies décrivant les Disparus, et je sais que, quelque part, il avait l'impression d'en faire toujours partie. Nous nous sommes séparés et je l'ai regardé remonter la file, parcourant cinquante, peut-être soixante visages souriants avant de s'arrêter soudain pour toucher une des photos.

« Elly, a-t-il dit en me faisant signe de le rejoindre. C'est moi. » Et là, bercé par la grand-mère, avec ses rebords élimés, se trouvait son visage souriant ; le miroitement monochrome de la piscine derrière lui. Il a décroché la photo avant de la plier ; l'a mise dans sa poche.

« Rentrons, ai-je suggéré.

— Non. Continuons. »

J'ai jeté un œil à l'espace vide. En sachant que j'aurais dû me sentir plus heureuse.

Nous étions allés trop loin ; il avait surestimé son endurance, et bien vite son visage avait pâli sous le coup de l'épuisement. Nous avons pris notre temps pour traverser le pont. Je lui ai dit combien il l'aimait autrefois, et qu'il l'avait sans doute emprunté le soir de son agression. Nous avons gagné la promenade, en direction du banc où nous avions l'habitude de nous asseoir ; ce banc sur lequel il avait été retrouvé par ce jeune homme de l'Illinois, ce jeune homme que nous appellerions plus tard Vince.

« On venait souvent ici ? m'a-t-il demandé.

— Plus ou moins. Quand on avait besoin de parler, en cas de problème. Ça semblait marcher ici, quand on contemplait la ville. Enfants, on n'arrêtait pas de parler de cette ville. Enfin, non, pas quand on était petits – tu sais, adolescents – c'était notre échappatoire ; l'endroit où on rêvait d'aller plus tard. "New York, New York." Tu sais, le rêve de tout un chacun. On allait venir le vivre, ici. C'est là que tu t'es enfui, que tu t'es épanoui.

— Je me suis enfui ?

— Oui. Tous les deux, en un sens. À la différence que toi, tu l'as fait physiquement.

— Qu'est-ce que je fuyais ? »

Haussement d'épaules. « Toi-même ? »

Il a ri. « Je suis pas allé loin, alors ?

— Non, c'est vrai. »

Il a sorti le papier plié pour se regarder.

« Est-ce que j'étais quelqu'un de bien ? »

C'était étrange de l'entendre parler de lui-même au passé.

« Oui. Tu étais drôle, gentil. Généreux. Difficile. Mais adorable.

— Qu'est-ce que j'avais comme problèmes ?

— Les mêmes que tout le monde.

— C'est pour ça que je suis venu ici cette nuit-là, tu crois ?

— Peut-être.

— J'ai demandé à Charlie si j'avais un petit ami.

— Et qu'est-ce qu'il t'a répondu ?

— Que je n'en avais jamais eu. Que j'étais dur avec ceux qui m'aimaient. Est-ce que tu sais pourquoi je faisais ça ? »

J'ai remué la tête. « Le sait-on jamais ? »

Pas de réponse.

« Je t'aimais, ai-je dit. Je t'aime toujours. »

J'ai regardé la photo qu'il serrait toujours dans sa main. Miami. Février, presque huit mois plus tôt. Je m'étais inquiétée du prix excessif de ces vacances, de leur extravagance. Stupide, me disais-je.

« Tu gardais toujours un œil sur moi quand on était petits, lui ai-je dit. Tu me protégeais. »

Il s'est levé avant de s'agenouiller près du banc.

« C'est ici qu'on m'a retrouvé, c'est bien ça ?
— Qu'est-ce que tu fabriques ?
— Je cherche des traces de sang.
— Je ne crois pas qu'il y en avait beaucoup. »

Il s'est accroupi, en équilibre contre les lattes du banc.

« Est-ce que tu attends que la mémoire me revienne intégralement ? »

J'ai pris un moment pour considérer ma réponse.

« Oui.
— Et si ce n'est pas le cas ? »

J'ai haussé les épaules.

« Pourquoi est-ce si important pour toi ?
— À ton avis ? Parce que tu es mon frère.
— Je peux toujours l'être. »

Tu ne seras pas le même frère, me suis-je dit.

« Tu es la seule personne qui me connaisse vraiment, ai-je répondu. On était comme ça, c'est comme ça qu'on a grandi.
— C'est un peu tordu. Aucune pression, alors ? »

Et avant que j'aie pu répondre, il a ajouté : « Je crois que j'en ai trouvé », avant de s'approcher du pied en métal. « Tu veux voir ?
— Pas vraiment, non. »

Il s'est levé et est revenu s'asseoir à côté de moi.

« J'ai envie de sexe, la plupart du temps, a-t-il déclaré.
— Là, je ne peux rien faire pour toi. »

Il a ri.

« Où est-ce que j'allais ?
— J'en sais rien. Dans des clubs ? Des saunas ? Et Charlie, qu'est-ce qu'il a dit ?
— Qu'il m'emmènerait.
— Faut sortir couvert de nos jours.

— J'ai perdu la mémoire, mais je ne suis pas complètement crétin.
— Bien sûr », ai-je répondu.

J'étais étendue dans mon lit, agitée et épuisée. Il était presque quatre heures quand j'ai entendu la porte d'entrée. J'aurais pu aller à leur rencontre, mais j'avais besoin de ce moment de solitude. Besoin de me vider la tête, de me débarrasser de cet amer désordre qui s'entassait derrière mes paroles, aussi m'en étais-je remise à la musique plutôt, la musique et le vin – en abondance, dans les deux cas. Mais voilà que j'étais étendue sur mon lit, somnolente et à cran, l'ivresse qui m'avait aidée à m'endormir remplacée par une soif perverse.

J'ai entendu des pas dans l'escalier – un seul homme. J'ai attendu. Petits coups à ma porte. Je me suis levée pour ouvrir.

« Salut, Ell.
— Charlie. »

Il est entré en titubant, ivre. Je l'ai guidé jusqu'au lit, où il s'est écroulé avant de rouler sur le côté. Il semblait malheureux.

« Où est-il ? ai-je demandé.
— Sais pas. S'est fait draguer, je les ai laissés à leurs affaires.
— T'es trempé.
— Pas pu trouver de taxi. »

Pas trouvé de taxi qui te prenne, tu veux dire.

Il a essayé de me dire quelque chose au sujet de cette soirée, d'un strip-teaseur, mais ses paroles étaient à peine audibles tandis qu'il les enfouissait dans le creux de mon oreiller encore tiède. Je l'ai déshabillé et recouvert avec la couette, et bientôt son souffle s'est fait profond et sans effort, régulier.

J'ai tiré le store pour regarder dehors. La rue semblait graisseuse et luisante ; la pluie avait cessé, et les premiers travailleurs – les nettoyeurs, les postiers – pointaient leur nez. Je me suis levée et j'ai enfilé un pull. Il sentait la laine humide depuis que je l'avais lavé. Joe m'avait dit que je ne pourrais jamais le porter dehors, seulement à la maison. C'était le Joe d'avant.

Je suis descendue à la cuisine ouvrir la porte de derrière pour sentir le parfum de terre et de pluie que j'associais aux Cornouailles, désireuse soudain d'y retourner, de faire mon deuil dans un paysage né du chagrin et érodé par lui, où les collines se jetaient dans la mer dans un geste de désespoir.

J'ai entendu la porte d'entrée se refermer alors même que le café se mettait à bouillir. Il devait avoir remarqué la lumière, car il est descendu et a passé la tête par la porte, l'air étonnamment sobre.

« Hello, a-t-il dit. Réveil matinal ou nuit blanche ?

— Sais pas trop. Un café ?

— C'est pas de refus. »

Nous sommes allés nous asseoir, emmitouflés, sur les vieilles chaises de bistro dehors, dont les lattes humides nous ont rapidement pénétré la peau, mais pas de manière inconfortable. Le bruit de la circulation s'éveillait lentement de l'autre côté du mur, précurseur insidieux de l'aube dorée. Il a parcouru le jardin du regard, semblait apaisé par la vue, un effet de la lumière, peut-être, car les ténèbres masquent les ténèbres.

« Tu étais un jardinier de merde qui a accouché d'un chef-d'œuvre, lui ai-je dit. Ginger avait pour habitude de dire que tu aurais pu féconder une femme d'un simple regard. Elle t'adorait. »

Il a hoché la tête. Soupiré profondément.

« Tout le monde m'aimait, on dirait. Qu'est-ce que je suis censé faire de ça ? »

Je sentais la colère tapie dans sa voix.

« La nuit a été bonne ?

— Étrange. Je me suis fait draguer par un gamin qui m'a ramené chez lui. Et avant même que je sois à poil, il me dit que je suis qu'une salope, et qu'il ne me baiserait pour rien au monde. C'est à peu près ce moment qu'a choisi son coloc pour venir assister à mon humiliation.

— Je suis désolée, ai-je dit en tentant de cacher mon rire.

— Non, je t'en prie, vas-y. Ça me fait un bien fou.

— Une autre tasse ?

— Okay. »

Je l'ai resservi.

« Qui était-ce ? ai-je demandé.

— Un fantôme du passé ? Quelqu'un à qui j'aurais fait du mal ? Quelqu'un qui ne m'aimait pas, pour le coup... j'en sais rien. Il pensait que je le faisais marcher quand je lui ai dit que je ne me souvenais pas de lui. »

Il a attrapé sa tasse.

« Je suis retourné voir le banc, a-t-il ajouté.

— Pourquoi ?

— J'ai pris le pont, parce que je voulais voir ce que cela signifiait pour moi, comme tu l'avais dit. Sentir la personne que je suis censé être. Mais rien n'y a fait. Quelque chose a changé ; c'est moi qui ai changé. Je me suis assis, j'ai contemplé la ville, et je me suis langui de ces derniers moments. Je pensais que cela pourrait me pousser à me rappeler quelque chose, m'effrayer, n'importe. Mais c'était juste un banc. J'ai ressenti aucune paix, aucune appartenance. Je pensais que ça m'aiderait. Je cause tellement de peine à tout le monde. Tout me rappelle sans cesse une personne avec laquelle je ne peux rivaliser. Personne ne veut de celui que je suis aujourd'hui.

— C'est faux, ai-je dit sans aucune conviction.

— Non, c'est la vérité. J'en souhaiterais même retourner à l'hôpital ; c'était devenu mon chez-moi. Il n'y a rien qui m'attende ici. Je suis perdu. »

Tout a changé après cette soirée. Il ne s'intéressait plus à rien. Je comprenais à présent pourquoi Charlie avait dit à mes parents de m'envoyer plutôt que de venir eux-mêmes. C'était vide, cela faisait mal. Il fallait m'armer de patience, c'est ce que disaient les médecins, mais j'en manquais par moments. Il lui arrivait d'attraper un sandwich au fromage ; je lui disais alors « Tu n'aimes pas le fromage », et, suivant son humeur, il me répondait souvent droit dans les yeux « Maintenant, si. »

Il a indiqué vouloir vivre seul, ne plus vouloir être avec nous, tellement nos attentes lui pesaient, ce que je ne pouvais rapporter à mes parents, impatients qu'ils étaient de le voir revenir. Il passait ses journées entières dehors, se moquait des photographies que j'essayais de lui présenter le soir et avait recours à la cruauté pour essayer de nous repousser. Il disait ne même pas nous aimer. Selon les médecins, c'était normal.

Nous avons loué une voiture et roulé hors de la ville jusque chez Charlie. Nous sommes arrivés alors même que le soleil se couchait derrière la crête des montagnes. Cela aurait dû être magnifique ; les couleurs changeantes qui se disputaient la dominance le long de l'horizon, le feu reflété sur nos visages, lesquels étaient pourtant tristes, et aucun de nous n'avait dit quoi que ce soit dans la voiture. Un air lugubre étouffait notre amitié ; une séparation finale attendant d'être entendue.

Charlie a montré sa chambre à Joe, et nous ne l'avons plus revu de la soirée. Nous n'avions pas le cœur à manger ; l'alcool venait trop souvent remplacer nos repas. Nous étions malheureux, chacun défiant les autres d'énoncer l'indicible, notre mécontentement à tous.

Nous sommes sortis sur la terrasse, dans les confins de la lumière émergeant de la grande fenêtre qui encadrait le Mohonk. Des yeux brillaient dans le bois derrière. Un cerf ? Un ourson ? Charlie en avait aperçu un tandis qu'il débroussaillait à peine un mois plus tôt. Il s'est assis et a allumé une cigarette.

« J'étais assis ici, la nuit où Bobby m'a téléphoné, après le coup de fil de l'hôpital. Ça semble tellement loin maintenant. »

Il a écrasé sa cigarette. Un piètre fumeur, depuis toujours.

« Je suis tellement fatigué, Ell. »

Je me suis baissée pour le prendre dans mes bras et embrasser sa nuque ; le serrer fort.

« Ne t'avise pas de m'abandonner maintenant », ai-je murmuré.

Je n'ai pas pu le regarder en retournant à l'intérieur. Je savais que je venais de le condamner.

Joe n'a pas reparu pendant deux jours. Avant de finalement émerger avec le soleil, comme aurait dit Ginger, et d'entrer dans la cuisine en proposant de nous faire des toasts. Nous avions déjà mangé mais nous avons accepté, c'était un joli geste et il semblait faire des efforts. Il ne s'était pas rasé depuis des jours. Une barbe commençait à se former, ce qui me faisait plaisir. Il ne m'était plus familier ; cela le rendait plus facile à haïr.

Nous avons mangé sur la terrasse, vêtus pour nous prémunir contre le froid, fait des commentaires sur le soleil, disant tous qu'il faisait *chaud*. Conversation civile. Il m'a demandé à quoi j'avais occupé mes journées. « À écrire, ai-je répondu.

— Hm hm », a-t-il fait en mangeant son toast.

J'ai attendu qu'il ajoute quelque remarque cruciale, provocante. L'attente n'a pas été longue.

« Il me semble que tu fais partie de ces gens qui écrivent au lieu de vivre, non ?

— Va te faire foutre, ai-je rétorqué en y ajoutant un sourire – de composition – à la manière de Nancy.

— J'ai visé juste. »

Nous nous sommes dévisagés un moment ; mal à l'aise, souriants.

« Je construis des étagères dans la cabane de pilote, a dit Charlie. J'aurais besoin d'aide.

— OK », a répondu Joe.

À peine leur café fini, ils se sont dirigés vers le petit bâtiment au bord de la piste, parcourant à grands pas les mottes d'herbe épaisse, scies et boîtes à outils à la main, unis par leur tâche commune. Ce que je ressentais : de la jalousie.

J'ai pris le camion jusqu'en ville, où j'ai acheté les ingrédients du dîner, je voulais prendre du steak mais me suis retrouvée avec du crabe – pas sûre de supporter toutes les manipulations. Mais il aimait le crabe, et moi aussi, et puis cela remplirait le réfrigérateur pour plusieurs jours, le temps de prendre des décisions. Il ne revenait pas en Angleterre, il n'y avait pas de doute à ce sujet. Je ne l'avais pas dit à mes parents. Comment aurais-je pu ? Nancy était avec eux à présent, c'était mieux. Nancy serait avec eux quand je le leur dirais. Nancy, qui retenait la peine des autres. J'ai brusquement enfoncé les freins. Les yeux me fixaient. J'avais failli les percuter. Perdue dans mes pensées. Il fallait que cela cesse. J'avais manqué de justesse la femme et son enfant. Elle me criait dessus, me menaçait, l'enfant pleurait. Je me suis garée dans une petite rue en attendant que mon tremblement disparaisse. Je perdais la boule.

Ils ont œuvré sans regarder l'heure, ne s'arrêtant qu'une fois le soleil couché. Il semblait ragaillardi par l'aspect physique de cette activité, les souvenirs inconscients que son corps retrouvait en travaillant le bois, en reprenant contact avec lui. Ils sont revenus dans la cuisine, emplie d'odeurs de crabe bouilli et de mayonnaise à l'ail, comme deux collaborateurs au bout d'une journée productive, renforçant encore mon exclusion. Ils se sont lavé les mains en discutant au sujet des nouvelles étagères, de la possibilité de poser un plancher. Je les écoutais tout en étalant les crabes sur le papier journal, espérant à moitié que ceux-ci sautent au sol et interrompent leur bavardage carré. J'ai déposé deux bouteilles de vin sur la table avant de m'asseoir, épuisée.

Joe nous a pris les mains sur la table.

« Prions », a-t-il dit en baissant la tête.

J'ai regardé Charlie. *Qu'est-ce que c'est encore que ces conneries ?*

Il a haussé les épaules.

« Pour le bien que nous nous apprêtons à recevoir », a commencé Joe avant de s'interrompre pour nous regarder. Tête baissée, nous avons répété ce qu'il venait de dire.

« Je plaisante, a-t-il dit en attrapant un crabe dont il a cassé la grande pince. Je déconne », a-t-il ajouté, et Charlie a ri. Pas moi. Connard, me suis-je dit.

Je me suis retirée, ne prononçant pas un mot de la soirée, me contentant de boire – comme nous tous ; on perdait le compte. J'ai senti ma rage brûler tandis que je le regardais évoluer dans son présent, dont il semblait heureux. Je ne savais pas pourquoi j'éprouvais pareil sentiment. *Normal*, aurait dit le médecin, c'était un sentiment normal. Voilà pourquoi on le payait, pour un diagnostic de normalité.

Charlie m'a frotté la jambe sous la table, faible réconfort ; il m'a regardée avec un sourire, satisfait de sa journée de travail, de cette reprise de contact. Joe s'est brusquement arrêté de mâcher en portant la main à sa bouche ; j'ai cru qu'il allait vomir. Saloperie de carapace, ai-je pensé, encore une dent à la con.

« Recrache, ai-je dit.

— Ça va, a-t-il murmuré.

— Tu aimais le crabe, autrefois. »

Il a brandi une main pour m'interrompre. Une paume dressée devant mon visage. Nouveau geste. Que je détestais.

« Tu aimais ça avant, ai-je poursuivi. Oh, oui, j'avais oublié – je ne suis pas censée te rappeler ce que tu aimais autrefois, c'est ça ? Trop de pression.

— Ell, je t'en prie », a-t-il dit en se tenant toujours la bouche sans mâcher ; les yeux clos, en train de réfléchir peut-être, se retenant de parler. Je me suis levée pour rejoindre l'évier.

« Je n'en peux plus de ces conneries, ai-je dit en me servant un verre d'eau.

— Elly, ça va aller, a dit Charlie.

— Non, ça ne va pas aller. J'en ai ma claque. »
J'ai entendu sa chaise grincer contre les dalles tandis qu'il la poussait et s'élançait vers moi. Il m'a attrapé le bras.
« Va te faire foutre, Joe.
— OK, a-t-il répondu en s'écartant.
— Un peu trop facile, tu ne crois pas ? Tu ne te bats jamais pour rien. Rien de tout cela ne t'intéresse. Ni nous. Ni rien. Tu t'en fous, de ce qui se passait avant. Tu te fous de notre gueule.
— C'est faux.
— Laisse-le, Elly, a dit Charlie.
— J'ai tellement à te raconter, mais tu ne demandes jamais rien.
— Je ne saurais même pas par où commencer.
— Eh bien *commence*, ai-je rétorqué. Commence, tout simplement. Avec n'importe quoi. *Quelque chose.* »
Il m'a dévisagée sans rien dire, sans un mot. Il a porté de nouveau la main à sa bouche, fermé les yeux.
« Ell, a-t-il dit doucement.
— OK, et si je commençais, plutôt ? Tu *aimes* les bananes. Les œufs au plat bien cuits. Tu aimes nager dans l'océan mais pas dans les piscines, tu aimes les avocats mais pas avec de la mayonnaise, et les petites laitues romaines, les noix, la génoise, les carrés aux dattes et le scotch – mélangé, bizarrement, pas le single malt – et tu aimes les comédies d'Ealing, la Marmite et le cake au saindoux, les églises et les sacrements, tu as même pensé te convertir au catholicisme un jour, après être allé à la messe avec Elliot Bolt. Tu aimes la crème glacée, mais pas la fraise, et l'agneau saignant – mais pas bien cuit –, ainsi que les jeunes blettes. Bizarrement, tu aimes les

chaussures de bateau et les chemises sans col, les pulls orange à col rond, tu préfères Oxford à Cambridge, De Niro à Pacino, et... »

Je me suis arrêtée brusquement pour le regarder. Il avait les yeux fermés, et des larmes coulaient le long de ses joues.

« Pose-moi une question », ai-je dit. Il a secoué la tête.

« Tu as eu la rougeole et la varicelle. Et une copine, Dana Hadley. Tu t'es cassé trois côtes. Et un doigt. En le coinçant dans une porte, pas en jouant au rugby. Tu n'aimes pas les raisins secs ni les fruits secs enrobés de chocolat, mais tu les apprécies dans la salade. Tu n'aimes pas les gens mal élevés. Ou ignorants. Ou pleins de préjugés, intolérants. Pose-moi une question. »

Il a remué la tête.

« Tu n'aimes pas le roller en ligne, ni le café de Starbucks, ni leurs mugs à la con. »

Il s'est assis, la tête dans les mains. Charlie s'est assis à table.

« Tu ne sais pas jouer au Frisbee. Ni danser. Voilà qui tu es, Joe. Toutes ces choses-là. C'est la personne que je connais, et à travers laquelle tu vas apprendre à me connaître, parce que toutes ces choses sont reliées à des *instants*, auxquels j'ai participé, pour la plupart. Et c'est ce qui fait tellement mal.

— Elly, a murmuré Charlie. Arrête.

— Tu vois, tu étais la seule personne qui sache *tout*. Parce que tu étais là, toi. Tu étais mon témoin. Et parce que tu donnes un sens au désordre qui s'empare de moi de temps à autre. Et que je pouvais toujours te regarder et me dire, lui au moins il sait pourquoi je suis comme je suis. Il y *avait* des raisons. Mais je n'en peux plus, je me sens tellement seule. Pardonne-moi. Ça n'a plus grand sens, pas vrai ? »

Et pour la première fois, j'ai émergé de son ombre et suis sortie, mal préparée, dans le noir, dérangeant les chauves-souris endormies.

Il faisait froid, mon haleine faisait de la buée. Je me suis rendu compte que cet automne avait à présent disparu et que l'hiver était de retour. Soudain, je ne savais plus où aller, ce n'était pas mon domaine, et les ténèbres qui y régnaient étaient féroces ; des sons étranges, un aboiement, des coyotes ? J'aurais dû pouvoir les différencier, mais j'en étais incapable. C'était un domaine ancestral, et plus je m'enfonçais vers l'ombre de la montagne, plus je percevais sa rage, les visions d'autrefois.

Je me suis assise au milieu de la vieille piste désaffectée, autrefois terrain de jeu pour un riche propriétaire, aujourd'hui craquelée par l'herbe et les pâquerettes qui poussaient à travers le tarmac. Je l'ai regardée s'étirer dans la nuit telle une rivière gelée jusqu'à disparaître dans le mur d'arbres sombre, frontière du néant au bord du monde.

Il a surgi de l'obscurité, marchant avec audace, ses boucles blondes accrochant les restes du clair de lune, une aura blanche entourant sa tête. Son étrange présence avait mis à nu une solitude tellement rongée par le désir, plongeant cruellement dans le passé. Je savais que je ne pourrais plus rester près de lui. Je partirais le lendemain ; prendrais le bus pour rentrer en ville, puis l'avion pour Londres, avant d'apporter des explications en Cornouailles. Un jour, peut-être, il reviendrait. Un jour.

Il ne marchait plus mais courait à présent dans ma direction, effrayant. Je me suis levée, faisant mine de m'éloigner de lui, de ses paroles, de son « Ell, attends » et de ses mains tendues, et bientôt je courais vers les ténèbres, vers le néant où plus rien n'existait cette nuit-là à part le chant des chouettes, le vol des moucherons et les fantômes des avions à l'approche, leur moteur pétaradant tendu vers la terre dans le plus désolé des silences.

« Fous-moi la paix, ai-je crié.

— Attends, a-t-il dit, et j'ai senti sa main sur mon épaule.

— Qu'est-ce que tu veux, bordel ? ai-je rétorqué, mon poing serré contre ma cuisse.

— C'est juste... quelque chose qui m'est revenu, Ell. À l'intérieur. Charlie m'a dit que c'était à toi qu'il fallait demander.

— Me demander quoi ? ai-je répondu d'une voix froide, méconnaissable.

— Le mot *Trehaven*. Qu'est-ce que c'est ? »

En levant la tête, j'ai vu Alan nous faire signe depuis le pont. Il semblait nerveux à notre approche, et lorsque nous sommes arrivés devant lui, il a parlé d'une voix claire et forte, comme si ce n'était pas seulement la mémoire que mon frère avait perdue, mais aussi l'ouïe.

« Joe, je m'appelle Alan. Je te connais depuis que tu es petit. Haut comme ça, a-t-il précisé en mettant sa main à une hauteur qui aurait fait de mon frère un nain.

— Depuis qu'il a *seize* ans, ai-je rectifié.

— Si vieux que ça, vraiment ? a demandé Alan en se tournant vers moi.

— Oui. Et moi, j'en avais onze.

— Dans ce cas, tu n'étais pas grand pour tes seize ans, a dit Alan. C'est tout ce que je peux dire.

— C'est toujours bon à savoir, a répondu mon frère. Et Alan, ne t'en fais pas. Je me souviens de toi.

— Ah, tu illumines ma journée ! s'est-il exclamé en ramassant nos sacs avant de remonter la rampe en direction de son nouveau monospace avec toit ouvrant électrique et « nav sat », comme il disait, ainsi qu'un désodorisant suspendu contenant une photo de la petite Alana.

Joe s'est brusquement arrêté à mi-chemin pour contempler la gare, douce et floue dans la lumière, les paniers suspendus bercés par la brise, leur contenu délaissé, bruni, flétri depuis longtemps, comme l'été qu'ils coloraient. Il faisait souvent cela ; s'arrêter soudain pour aider un souvenir bancal à clopiner jusqu'à la compréhension.

« Qu'est-ce qu'il y a ? ai-je demandé.

— Ginger, je crois, a-t-il répondu. Qui chantait ici. "Beyond the Sea" ? En robe de soirée ? C'est possible ?

— Turquoise, courte ?

— Oui.

— Oui, c'est bien réel. Bienvenue dans la famille. »

Et je l'ai poussé vers la voiture.

Alan nous a déposés en haut de la piste, et nous lui avons fait signe tandis qu'il disparaissait au loin, creusant sa route à travers les rangées de haies désolées telle une faucheuse. Je sentais le sel dans l'air ; la marée haute, sans doute. Une brise ricochant sur la surface de l'eau nous accueillait. Nous avons parcouru l'allée gravillonnée, plus que jamais couverte de feuilles, jusqu'à ce que Charlie s'exclame « On fait la course ! » et que nous nous élancions vers le portail en bois, ligne d'arrivée imaginaire au bout de notre périple. Charlie est arrivé le premier, Joe le deuxième. Mon cœur n'y était pas alors j'ai abandonné, et ils m'ont attendue en haletant tandis que je les rejoignais, m'imprégnant des odeurs et de la vue des arbres nus dans la lumière crue de ce jour grisâtre. J'ai levé les yeux et aperçu un corbeau solitaire, ébouriffé et immobile sur une branche réduite par le froid. Il s'est enfoui le bec dans la poitrine. J'ai soufflé sur mes mains et me suis élancée vers le portail.

« Ça, je m'en souviens », a déclaré mon frère en se penchant pour suivre du doigt les lettres T R E H A V E N, laissant une trace verte sur sa peau. Puis quelque chose a retenu son attention, sur la surface extérieure, à gauche de l'inscription. Je sais qu'il l'a vu, je sais qu'il a vu le JP et son cœur gravé maladroitement, ainsi que les lettres CH juste en dessous, des lettres vieilles de plus de vingt ans, des sentiments vieux de plus de vingt ans et pourtant cachés pendant des semaines. Je sais qu'il l'a vu, mais il n'en a rien dit, ni à moi, ni à Charlie, et nous avons parcouru rapidement la pente, lui en retrait pendant un temps, nous observant, ses yeux transperçant mon dos, désirant enfin quelque chose, tandis que les pièces se mettaient en place pour révéler leur sens, et que l'indicible qui planait au-dessus de leur amitié s'exprime enfin à travers des lettres aussi saillantes que du braille.

Nous avons pris le virage. J'avais presque oublié l'effet que faisait la maison, d'une blancheur immaculée, imposante dans la clairière. À cet instant, elle s'est immiscée dans mon cœur pour s'y enterrer à jamais. Ils étaient alignés devant l'entrée, par ordre de taille apparemment, et tandis que nous nous approchions – tandis que *mon frère* s'approchait –, toute cette formalité leur est devenue insupportable, et c'est mon père qui a brisé le rang le premier, puis ma mère, accourant vers lui, les bras grands ouverts, deux adultes jouant à l'avion, fondant sur lui, criant et souriant, jusqu'à l'embrasser et le serrer contre eux en murmurant : « Mon fils. »

« Je suis ta tante. Nancy, a annoncé Nancy, essoufflée par la course. J'espère que tu te souviens de moi, quand même.

— Bien sûr, a répondu mon frère avec un sourire. *Il pleure dans mon cœur*[1].

— Ah, a fait Nancy en feignant la timidité.

— Une tempête dans un verre d'eau, oui, a dit Arthur en s'efforçant de contenir un Nelson surexcité.

— Tu étais vraiment bien dans ce film, Nance, a déclaré mon frère.

— Merci, chéri », a-t-elle dit en souriant comme à l'approche de la saison des prix.

Puis Joe s'est tourné vers Arthur.

« Salut, Arthur. Comment va ?

— Tout ce que tu as besoin de savoir à mon sujet se trouve là-dedans », a-t-il répondu en tirant son autobiographie de la poche de sa veste.

Je les entendais rire en bas. J'aurais dû me lever, mais le contact du matelas était agréable à mon dos, et j'avais envie de dormir toute l'après-midi et toute la nuit, tous les jours et semaines qui allaient suivre, si lourds étaient mes yeux après ces longues heures d'attente vide. Je me suis pourtant redressée pour me servir un verre d'eau, dont j'ai bu la moitié, puis un peu plus.

Je suis allée à la fenêtre et les ai vus marcher sur la pelouse en direction de la jetée alors même que la lumière perdait sa bataille contre une épaisse couverture nuageuse. Mon frère s'est baissé pour se contempler dans l'eau. Charlie s'est agenouillé à ses côtés. C'était une image que je croyais perdue à jamais, perdue sous la poussière et les débris de cet autre temps qui hantait le

---

1. *Raining in my Heart* est un film australien de 1983, dont l'action se situe dans une ferme de l'outback mise en péril par une terrible sécheresse. (*N.d.A.*)

passé, fantomatique et indésirable, un temps qui vous arrachait au confort des rêves comme la chair de l'os.

Ma mère est apparue derrière moi. Je l'ai entendue gravir l'escalier, appeler mon nom, mais j'étais trop fatiguée, trop mutique pour répondre. J'ai senti son souffle sur ma nuque.

« Merci de nous l'avoir ramené. »

Je voulais me retourner, lui dire quelque chose, mais les mots me manquaient, je n'avais que cette image de son fils, mon frère, de nouveau parmi nous ; la lumière l'étreignant dans le frêle crépuscule, cette lumière qui disait *ne t'éteins jamais*.

Les souvenirs ont commencé à lui revenir régulièrement après cela ; lentement tout d'abord, parfois au hasard, une fois même en plein milieu d'une dépression venue déchirer le paysage, révélant des images et des moments qui le plaçaient fermement sur les lieux. Il remontait ses traces sur la lande et les falaises, le long des sentiers secrets menant à la plage, suivant les cônes de glace qu'il n'avait pas mangés depuis des années, le parfum de la vanille – le ramenant au souvenir d'une cloche flottant sur l'eau. « Est-ce possible ? » me demandait-il. J'acquiesçais. *Oui*.

Nous le suivions, nous, sa famille de bric et de broc, redécouvrant les souvenirs et incidents perdus depuis longtemps dans le train-train de la vie, vivant à nouveau à travers l'éclat de ses réminiscences. Lui écoutait nos histoires, posait des questions, reconstituait le puzzle des événements, établissant mentalement le lien entre les participants jusqu'à ce qu'une connexion se fasse, tel un arbre généalogique en lambeaux maintenu en place par du scotch usé.

Ce faisant, il révélait chez nous un curieux besoin : chacun d'entre nous espérait secrètement être celui dont il se souvenait le mieux. C'était étrange, à la fois vital et tordu, jusqu'à ce que je comprenne que, peut-être, le besoin de ne pas être oublié était plus fort que celui de ne pas oublier soi-même. Mais il y avait longtemps que j'avais abandonné toute prétention à pareille position. Il était si souvent différent de la personne dont *je* me souvenais ; disparu, le fragile cynisme qui le maintenait à distance des rapports humains ordinaires, à présent remplacé par un enthousiasme débordant qui posait sur la vie un regard d'enfant. Cela me manquait parfois, ses commentaires acérés, son côté sombre, dangereux et poétique, qui me laissait sur le fil, ces appels à trois heures du matin dont je doutais, quelque part, qu'ils surviennent encore, ces appels qui me faisaient sentir entière et bien.

Et parfois sa mémoire cédait à sa discrétion, laissant échapper les révélations de secrets qu'il avait autrefois promis de ne jamais révéler, comme ce moment où il s'est tourné vers moi sur le sentier menant à Talland pour me demander « Et Andrew Landauer, il t'a payée combien, finalement, pour vos rapports sexuels ? », à quoi j'ai répondu « Pas assez » en avançant à grands pas, bras dessus dessous avec Nancy, fuyant le regard choqué de mes parents qui essayaient d'additionner deux et deux, avec un résultat très éloigné des trente livres et six pence qu'avait coûté ce mini-cab depuis Slough.

Ou comme ce moment où, alors que nous nous mettions à table pour le dîner, il s'était tourné vers mes parents pour leur demander : « Vous lui avez pardonné ? »

Et ils ont répondu « À qui ? »

Et il a précisé « M. Golan. »
Et ils ont demandé « À quel sujet ? »
Et il leur a raconté.

Je les ai attendus dehors. La nuit était froide, mais je ne ressentais rien alors que j'observais, assise, une chauve-souris qui voletait à travers le ciel marine française. Je savais que je les avais écartés de ma vie. Certaines années, j'avais coupé les ponts, comme pour les empêcher de connaître cette part endommagée de moi, cette part qu'eux seuls auraient pu rectifier autrefois. Je savais que je les avais blessés en imposant cette distance, ce silence, et voilà qu'ils comprenaient ; mais à quel prix ?

J'ai entendu la porte s'ouvrir derrière moi. Vu le rayon de lumière bouger de gauche à droite avant de se stabiliser. Mes parents sont apparus devant moi, abandonnés, inadaptés. Ma mère s'est assise à côté de moi et m'a pris la main.

« Pourquoi ne nous as-tu rien dit ? »

Haussement d'épaules. Je n'avais toujours pas de réponse définitive.

« Je ne sais pas, ai-je répondu. J'étais timide. Et puis, il était mon ami. Et je ne savais pas vraiment quoi dire.

— Mais, et après ? En grandissant ?

— J'ai continué ma vie. C'est ce que font les enfants. Et je me suis arrangée.

— Mais nous n'avons jamais eu la possibilité de veiller sur toi, a dit mon père, ni de rectifier les choses.

— Vous avez toujours rectifié les choses, ai-je dit. Tous les deux. Des choses arrivent. À tout le monde. Personne n'en réchappe.

— Mais ça a été dur, a-t-elle dit.

— Et je m'en suis sortie. S'il vous plaît, ne revenons pas là-dessus.

— Mais il le faut pourtant », a dit ma mère, tendant la main pour m'attraper sous ces couvertures et ramener les années en arrière. Elle m'a enveloppée, m'extirpant des ténèbres, et pendant un bref instant dans ses bras, alors que le temps et les souvenirs reculaient, j'ai cédé et nous sommes retournés en arrière. Et c'était la chose à faire.

« Je peux nager ? » C'est tout ce qu'avait dit mon frère. Une question de potentiel ou de sécurité, j'étais incapable de me figurer lequel, mais j'ai posé l'ancre, nous harnachant au fond sablonneux, à peine six mètres plus bas.

C'était trois semaines avant Noël. La nature nous avait gratifiés d'une journée d'ensoleillement exceptionnel qui nous ramenait au début de l'été, une journée où l'air était chaud et incontesté, et où seules l'absence de bourdonnements et la nudité des arbres nous remettaient sous la coupe d'une saison bien plus tardive. Mon frère a goûté la température – toujours pris dans l'étreinte glaciale de décembre –, la peau envahie par la chair de poule tandis qu'il ôtait sa dernière couche de vêtements.

« Tu viens ? a-t-il demandé.
— Non merci, ai-je répondu.
— Charlie ? a-t-il dit en l'aiguillant du regard.
— Peut-être. »

Il a plongé de la poupe et nous l'avons regardé glisser juste sous la surface comme les otaries solitaires qui jouaient souvent le long de ce segment de la côte. Il a émergé, crachant de l'eau et des rires – encore une première pour lui. Peu lui importait le froid qui saisissait son corps, nouveau rappel de son retour à la vie, nous rappelant, à nous, de vivre. Je me suis déshabillée en hâte pour plonger avant Charlie. Le froid m'a coupé le souffle tandis que je m'enfonçais dans les profondeurs vertes et sablonneuses et que mes yeux s'adaptaient au monde désolé et silencieux en contrebas. Je me rappelais ma première incursion dans cet univers – je devais avoir dix, onze ans peut-être –, vêtue d'une combinaison remplie de cailloux pour me lester. Voilà que je m'asseyais à présent sur le fond ridé, et je suis sûre, en levant les yeux, d'avoir vu leurs jambes entremêlées au-dessus de moi. À moins que l'eau ne m'ait joué des tours. Distordant, magnifiant les choses – et même les espoirs. Mes poumons semblaient à l'étroit – je manquais d'exercice –, aussi me suis-je empressée de remonter vers la ligne miroitante au-dessus de la tête, émergeant loin du bateau. Je les ai vus se tenir à la corde qui pendait de la poupe. J'ai vu mon frère mettre la main sur celle de Charlie. Je l'ai vu lui effleurer la bouche et l'embrasser. Je leur ai enfin vu un futur.

Nous nous sommes éparpillés cette après-midi-là, plongés dans des tâches retardées depuis longtemps. Mes parents étaient à l'intérieur, occupés à créer une nouvelle publicité en ligne pour leur bed & breakfast, maintenant qu'ils se sentaient de nouveau à même de recevoir. Nancy, assise sur une chaise longue près de Nelson et de moi sur la pelouse, finissait son scénario au sujet d'une agent double bisexuelle sous la Seconde Guerre mondiale, qu'elle avait sobrement intitulé *À voile et à vapeur*. (Un film qui allait entrer en pré-production l'année suivante, à vrai dire, mais pas, heureusement, sous ce titre provisoire.) Charlie et Joe, à l'autre bout de la pelouse, près de l'eau, jouaient à la balle avec enthousiasme, jetant leur fardeau comme un ballon de rugby et le lançant haut dans les airs en prenant garde à ne pas le laisser tomber de peur qu'il ne se fende.

Je ne savais pas pourquoi ils l'avaient achetée en premier lieu. Ils s'étaient contentés d'annoncer qu'ils feraient la cuisine ce soir-là, préparant un authentique curry thaï ou quelque chose dans ce genre, et qu'ils en avaient besoin parce que cela changerait le goût du tout au tout, c'est pourquoi ils l'avaient achetée – la dernière dans le magasin, évidemment –, et voilà qu'ils jouaient avec comme s'il s'agissait d'un ballon de rugby. C'est Joe qui l'a lancée le dernier, très haut dans le ciel, Charlie savait qu'ils étaient allés trop loin, bien avant qu'elle lui passe au-dessus de la tête, aussi s'est-il mis à courir à reculons au moment même où Arthur était sorti inopinément de son cottage. Cela n'aurait eu aucune gravité si Arthur s'était arrêté un instant pour rentrer sa chemise dans son pantalon comme il en avait l'habitude, ou s'il avait hésité ne serait-ce qu'une seconde de plus pour positionner sa canne devant lui, ou même s'il avait continué d'avancer. Mais il ne l'a pas fait. Il s'est arrêté, sentant quelque chose planer au-dessus de lui, un oiseau peut-être ? Et lorsqu'il avait levé instinctivement la tête, une ombre était rapidement descendue sur lui, et ses lèvres avaient esquissé un sourire, avant que retentisse un énorme « crac ! » et qu'Arthur tombe par terre sans vie ; une noix de coco fendue à ses côtés.

Nancy et moi sommes arrivées les premières à son chevet, hurlant qu'il ne respirait plus. J'ai vu Charlie se fouiller les poches à la recherche d'un téléphone avant de courir à l'intérieur. J'ai tâté son pouls ; rien.

« Essaye encore ! a crié Joe en remontant la pente en courant.

— Il est mort, m'a chuchoté Nancy.

— Impossible. Ce n'est pas possible. Cela aurait dû se produire il y a des années.

— Que veux-tu dire ? m'a demandé Nancy.

— C'est n'importe quoi.

— Mais enfin, de quoi parles-tu ?

— Le *yogi*, lui ai-je répondu.

— Quel *yogi* ? »

Joe a accouru vers nous. « Comptez pour moi, a-t-il ordonné. Prévenez-moi quand je serai arrivé à trente », et nous l'avons observé tandis qu'il pompait, rappelant la vie dans le corps osseux dénué de réaction. À trente, il s'est penché pour lui souffler dans la bouche, par deux fois. Avant de se redresser, trente pressions sur le torse. Bouche à bouche. Deux fois. Pas de réaction.

« Voyons, Arthur, ai-je imploré. Tu ne vas pas nous faire ça maintenant.

— Reviens à nous, Arthur, a dit Nancy. Au diable ton yogi. »

Charlie est ressorti de la maison accompagné de mes parents et a pris le relais de Joe qui s'est assis, épuisé, sur la pelouse. J'ai compté pour Charlie. Trente ; bouche à bouche ; pas de réponse. Le bruit de l'ambulance qui arrivait à toute allure. Dix-sept, dix-huit, dix-neuf, vingt.

« Allez, Arthur, a encouragé ma mère. Allez, tu peux t'en sortir.

— Allez, mon chou, a dit Nancy. Respire, tu veux ! »

Et puis, d'un seul coup, à vingt-sept, je crois, Arthur a toussé, ou haleté pour reprendre son souffle ; quelque chose forçant son corps à respirer de nouveau. Il m'a pris la main qu'il a serrée, faiblement certes, mais serrée. Et alors même que le Samu accourait sur la pelouse, il s'est tourné vers Joe pour lui dire « Essuie-moi donc ces larmes, mon garçon. Je ne suis pas encore mort. »

Je me suis penchée vers lui. « Comment sais-tu qu'il est en train de pleurer, Arthur ? »

À quoi il a répondu : « J'ai recouvré la vue. »

Tout le monde m'a dit de ne pas m'en faire, d'attendre. Qu'elle sortirait aux alentours du Nouvel An. Elle aurait dû sortir avant Noël ; je le savais, mon père le savait, mais le pouvoir en place s'y opposait. C'est ainsi que je me suis pointée en ce mercredi glacial, sachant pertinemment qu'elle ne me verrait pas – elle refusait toujours, même après toutes ces années. Mais je devais aller jusqu'au bout de ce pacte que nous avions conclu de façon invisible, celui qui disait « Je serai toujours là pour toi », exprimé à travers des lettres et une chronique de journal qui clopinait vers son point final en réclamant son retour.

Pas la moindre once de chaleur cette après-midi-là, pas même dans le taxi au sortir de la gare ; le chauffage était en panne.

« Désolé pour cette voiture de merde, Miss, avait dit le jeune homme. Je peux vous souffler sur les mains, si vous voulez.

— Ça ira, merci », ai-je répondu.

J'ai attendu mon tour, un petit sac de cadeaux à la main, non emballés bien sûr – j'avais retenu la leçon. J'ai jeté un œil derrière moi et aperçu un jeune homme qui tripotait son téléphone ;

on le lui confisquerait bien assez vite. Je voyais bien que c'était sa première visite, et même si d'ordinaire j'évitais ce type d'interaction, je lui ai offert un morceau de chocolat, qu'il a accepté avec gratitude, tant pour la nourriture que pour le soulagement d'avoir enfin un peu de compagnie.

« Première fois ?

— Ça se voit tant que ça ?

— J'en ai bien peur.

— Fait froid, non ?

— Glacial, ai-je répondu en consultant ma montre.

— Vous venez pour qui ?

— Une amie. Elle sort bientôt.

— C'est génial, a-t-il dit. Ma sœur en a pour trois ans. Elle commence tout juste.

— C'est dur.

— Vous l'avez dit, en plus juste avant Noël, a-t-il dit en tapant un peu des pieds. Ça se passe bien pour elles ? À l'intérieur, je veux dire.

— Pas trop mal. D'après ce que je sais il y a bien pire.

— Bon ben tant mieux alors. J'aimerais pas qu'elle soit dans un trou à rats.

— Ça va aller. La plupart s'en sortent pas trop mal. »

Le portail s'est ouvert et la queue a commencé à avancer.

« Bon, ben, bonne chance », ai-je lancé tandis que nous nous mettions à marcher.

J'ai passé la sécurité sans anicroche, il faut dire que je connaissais la chanson à présent, et les gardiens me souriaient souvent, me demandant parfois comment j'allais. J'étais connue ici, j'avais une réputation, celle qui vient à chaque fois mais n'est jamais reçue, l'objet de toutes les spéculations : j'étais l'amante rejetée. Le mouton noir de la famille. La bénévole chrétienne avide de propager la parole divine.

Il faisait chaud dans le salon des visiteurs, pour une fois. Les décorations étaient les mêmes que l'année précédente, passées et cornées, rebiquant aux mêmes endroits et toujours incapables de faire sourire la Reine tandis qu'elles pendaient autour de son portrait d'une manière qui frisait le lèse-majesté. J'ai repensé à l'arbre que nous venions d'installer en Cornouailles, qui reliait le sol au plafond dans une masse dense de pin à l'odeur verte. Nous l'avions décoré quelques jours plus tôt, Arthur avait grimpé sur l'échelle pour accrocher l'étoile au sommet, maintenant qu'il avait un bon œil qui lui permettait de voir pour le restant de ses jours et rendait à Nelson son simple statut de chien.

Les femmes ont commencé à sortir, j'ai aperçu le jeune homme de la file rejoint par sa sœur – une des premières à entrer –, qui semblait si heureuse de le voir. Puis Maggie sur la gauche ; sa fille portait un survêtement tout neuf. Elles se sont tournées vers moi pour me faire signe. Je leur ai souri. Maggie me rappelait Grace Mary Goodfield. J'ai repensé à ses manières pleines de bon sens, à ses chaussures pratiques, et à la visite qu'elle allait nous rendre en février. Je me suis dit qu'elle se serait tellement bien entendue avec Ginger, la mère courage. J'ai commencé à rédiger une liste de cadeaux – un monocle pour Arthur, lui qui en rêvait depuis toujours –, et ce faisant, j'ai vu une ombre se projeter sur ma page, écho d'un nuage sombre à l'extérieur, ou tout du moins c'est ce que je pensais. J'ai attendu un moment qu'elle passe, mais elle n'en a rien fait. Elle restait immobile.

Et lorsque j'ai levé la tête, elle était là.

Elle avait perdu l'aspect potelé de ses jeunes années, la tignasse sauvage derrière laquelle elle cachait sa honte, les vêtements toujours trop grands. Remplacés à présent par une beauté sereine. Mais ces yeux, c'étaient bien les siens ; ses yeux et son sourire.

« Bonjour, Elly », a-t-elle dit.

Je me suis levée et l'ai prise dans mes bras. Elle avait gardé son parfum d'enfant, ce parfum de chips, et soudain, ce monde s'est ouvert à nouveau devant moi, un monde déverrouillé par une simple odeur, un monde que nous allions enfin, peut-être, pouvoir réparer ; et alors que je m'écartais pour la contempler de nouveau, elle m'a tendu un petit cadeau enveloppé dans un mouchoir.

« Ouvre », m'a-t-elle intimé. Ce que j'ai fait.

Là, au creux de ma main, se trouvait le fossile ; l'empreinte recroquevillée d'une créature d'un autre âge. *Rien ne reste oublié pour longtemps.*

« Je l'ai gardé à l'abri pour toi. »

Le soleil était bas ; de l'orange émanant à travers le paysage ancestral, poli par le moderne. Nous étions emmitouflées dans des couvertures, des chandelles allumées sur la table défoncée émettant de fortes bouffées de tubéreuse. Je l'ai regardée parcourir des yeux les toits et le marché à viande pour enfin s'arrêter sur les gens en contrebas, et ai réfléchi au chemin qui nous avait réunies ici, à cette étrange journée de retrouvailles qui avait vu sa carte arriver et m'entraîner dans son périple, six ans auparavant. Elle s'est tournée vers moi avec un sourire. Pointant l'horizon.

« Regarde, Elly, c'est presque fini.
— Prête à faire tes adieux ? lui ai-je demandé.
— Prête », a-t-elle répondu, avant de se rasseoir à mes côtés. Je lui ai tendu l'ordinateur, et elle s'est mise à taper.

REMERCIEMENTS

Il y a tellement de personnes sans l'amour et les encouragements desquelles ce livre n'aurait pu voir le jour.

J'aimerais remercier maman, Simon et Cathy pour une vie entière de soutien et pour avoir rendu tant de choses possibles, ainsi que mes amis ici et à l'étranger qui m'ont aidée en route ; en particulier Sharon Hayman et David Lumsden pour les meilleures années jamais partagées. Merci, Sarah Thomson, d'avoir été une lectrice aussi fiable et érudite.

Ma gratitude éternelle à Eamonn Bedford pour m'avoir donné une chance quand peu l'auraient fait, et pour m'avoir présentée à Robert Caskie – agent littéraire, ami, insurpassable dans ces deux rôles. Merci pour tes conseils, monsieur Caskie.

Mes remerciements à Leah Woodburn, mon éditrice, pour avoir rendu ce livre meilleur, ainsi qu'à toute l'équipe de Headline Review pour leur soutien et leur enthousiasme étourdissants.

Merci à toi, Patsy, pour tout.

11021

Composition
PCA

*Achevé d'imprimer en Slovaquie
par NOVOPRINT SLK
le 24 mars 2015.*

Dépôt légal février 2015.
EAN 9782290092958
OTP L21EPLN001660B002

ÉDITIONS J'AI LU
87, quai Panhard-et-Levassor, 75013 Paris

Diffusion France et étranger : Flammarion